落月似霞

穆弓 著

江苏凤凰文艺出版社
JIANGSU PHOENIX LITERATURE AND ART PUBLISHING

图书在版编目（CIP）数据

落月似霰 / 穆弓著. -- 南京 : 江苏凤凰文艺出版社, 2022.9（2023.7重印）
ISBN 978-7-5594-7023-2

Ⅰ.①落… Ⅱ.①穆… Ⅲ.①长篇小说－中国－当代
Ⅳ.①I247.5

中国版本图书馆CIP数据核字(2022)第126905号

落月似霰

穆弓 著

责任编辑　孙建兵
特约编辑　郭　幸
装帧设计　徐　林
出版发行　江苏凤凰文艺出版社
　　　　　南京市中央路165号，邮编：210009
网　　址　http://www.jswenyi.com
开　　本　889mm × 1194mm　1/32
印　　张　12.25
字　　数　151千字
印　　刷　三河市双升印务有限公司
版　　次　2022年9月第1版
印　　次　2023年7月第2次印刷
书　　号　ISBN 978-7-5594-7023-2
定　　价　79.80 元

序

在20世纪90年代，言情小说曾经无限风靡过。在那个手机还没有普及、娱乐讯息也不发达的年代，言情小说就是女生的最爱。在女生宿舍中，若是哪里有了新书出现，那必定是整栋楼的热点，有时你得提前几周预约，才能有幸借来一阅。

说来惭愧，我没有追捧过言情小说，哪怕到现在，我也没有完整地看过一部言情小说。

但是我却对武侠小说情有独钟，宿舍里别的同学在为某个女主角哭得一把鼻涕一把泪的时候，我却捧着《笑傲江湖》沉浸在我的诗酒江湖里。《笑傲江湖》《萍踪侠影》《绝代双骄》《四大名捕》《逆水寒》等，看得不亦乐乎。当然最喜欢的还是金大侠的书，他的书里透着一种浑厚的江湖侠士风范，还有一种快意恩仇的洒脱，总是那么地令人向往。

当然读史书也是一大乐趣。

盘点我们中国上下五千年的辉煌时刻，大多数人都能说出秦皇汉武唐宗宋祖这些耳熟能详的人物。但是在历史的长河中，更多的人，他们不是那么耀眼，却也同样才华横溢、智慧超群。

我们知道汉武帝时期有位少年英雄，叫霍去病，那个“匈奴未灭，无以家为”的少年，用他短暂的一生谱写了一段无比辉煌的历史。

可是，大多数人或许不知道，在那个时代，还有一位少年，他大约比霍去病晚了二十年出生，这位少年才华不逊于霍去病，只是他不被汉武帝喜欢，所以他成为不了霍去病那样的风云人物。

这位少年就是李广的孙子李陵。

李家三代可谓是多灾多难，李广难封、李敢被杀、李陵远遁，都留给后人太多的唏嘘感慨。如果说“李广难封”只是换得后人一句感叹的话，那么李陵所承受的东西显然要比他爷爷多得多。

多年以前我就希望能写一写李陵，写一写这位少年曾有过的辉煌。这是我写这本书的第一个原因。

第二个原因，便是想圆了我少年时代的武侠梦。那时，每每在读金大侠的书的时候，总是梦想着有一天我也能仗剑走天涯。当然，这确实只能是一个梦，像李白这样的诗酒剑仙，前无古人，后无来者，再也无人能超越。

一直以来我以为快意恩仇的江湖只存在于虚构的世界中，直到有一天我读到了太史公笔下的江湖人物。原来真的有那么一个时代，游侠之风如此盛行。这个时代就是西汉（或许不只西汉，在西汉以前就有，只是没有人像太史公一样把他们写进史书里，我们不知道罢了）。

太史公所记录的游侠，如朱家、田仲、王公、剧孟、郭解，这些人在当时无一不名满天下。这是真实存在的江湖侠士，他们一如我们认识的虚构中的侠士一样，信守承诺，做事坚决，愿意到千里之外去伸张正义，为道义而死而不顾现实。

这本书，一半是历史，一半是江湖，有历史人物，也有虚构的人物。历史上郭解有没有后代我不知道，而李陵的后代有没有来过汉朝我也不知道。他远遁匈奴，一生郁郁寡欢，有他自身的因素。但他是一位军事天才，他的才能在某一瞬间曾经绽放过，我们不应该忘记。

而当时的游侠们，他们的行为虽然不遵循法律的准则，但他们的取舍皆符合道义，与结成帮派的豪强有本质上的区别。豪强喜欢用暴力欺凌弱小、随心所欲地满足自己。而游侠认为这些行为是可耻的，他们看重自己的修养、砥砺名节，这也是他们广泛被人称赞的原因。

目录

001 楔子
005 第一章 浚稽山之战
013 第二章 英雄末路
021 第三章 狼人之后
027 第四章 洞庭湖畔
035 第五章 长泽剑仙
049 第六章 荆楚勇士
061 第七章 胡天悲歌
067 第八章 血旗之谜
079 第九章 北上祭祖
091 第十章 逍遥剑客
105 第十一章 陇西宗祠
115 第十二章 血旗之争
127 第十三章 君子之交
141 第十四章 行医世家
151 第十五章 身陷囹圄
167 第十六章 谁的阴谋
181 第十七章 人在江湖
197 第十八章 灞水长安
207 第十九章 去往华山
223 第二十章 女医师
237 第二十一章 追兵将至
247 第二十二章 无处可逃
259 第二十三章 落月剑
275 第二十四章 长安之困
283 第二十五章 昔日好友
295 第二十六章 回到漠北
307 第二十七章 山之马鬃
321 第二十八章 显的秘密
333 第二十九章 将门虎子
345 第三十章 连弩再现
357 第三十一章 狭路相逢
363 第三十二章 既定婚约
373 第三十三章 月照花林

楔子

十月秋风。

颇冷。

树叶枯黄，已纷纷落地。

即使在中原，也到了穿棉衣的季节。

匈奴王庭的浚稽山下，却还是青翠的颜色，一眼望去，让人感觉仿佛还置身春天。

与这青翠不协调的是山脚下的营寨，方圆十里之内尽是营旗在飘荡。

看士卒的衣着应为汉军，估计有四五千人。

为首的人神情肃穆，应是汉军的首领。他不断地看向远方，面容有些焦虑，似乎将有大事发生。

将军选了两山之间的一片开阔地安营扎寨，因为起伏的山峦能够阻挡匈奴骑兵的攻势。他用大车把营寨围了起来，士兵列队站在车外，前排士兵手持长戟和盾牌，后排士兵手持弓弩。

这个阵法俗称为“铁桶阵”，是步兵对付骑兵最有效的方式。

布置停当后，将军带着几名随从登上山顶，想再看看还有没有什么不妥之处。

塞外清冷的风拂过，勾起了将军的许多思绪，他常常自问是不是太莽撞了。

或许他们家的人生来就倔强，又或许他所背负的家族命运太沉重，他太迫切地想要证明自己。

其实皇上本来并没有给他这次机会，是他不顾一切争取来的，为此他还忤逆了皇上，不知道皇上将来要如何处治他？

想太多了就会头疼，头疼了他也会安慰自己：只要打了胜仗，皇上自然会改变对我的看法。

匈奴的且鞮侯单于其实早就知道了这支汉军的到来，但是他没有立即出击，因为他还没弄明白汉军的目的。据探子回报，汉军只有五千人左右，而且，没有发现他们的补给线。

浚稽山已经深入匈奴腹地，如果真没有补给，区区五千人无异于羊入虎口。

且鞮侯单于陷入了沉思，汉军意欲何为？决战匈奴主力吗？就凭区区五千人是不可能的，除非汉军是想诱敌深入。如果真是诱敌，贸然出击必定会暴露自己主力的位置。且鞮侯一时摸不清楚汉军的用意，因此也不敢轻举妄动。

多年来匈奴仗着辽阔的北方与汉人周旋，在大汉边境抢完财物就往北方腹地跑。辽阔的北方，特别是在冬天，对于汉人简直就是一个禁区。找不到匈奴主力，汉军也无可奈何。

然而这些年汉军突然实力大增，被汉军发现的匈奴主力无一不被消灭殆尽。匈奴让汉人打怕了，已忘了匈奴曾经有过的辉煌。曾几何时，自己的先祖冒顿单于把大汉的老皇帝围在白登，差点就要了他的命。后来大汉就年年上贡。这得有一百年了吧？二十多年前大汉新帝登基时尚是少年，大家本以为汉匈关系不会有什么改变，谁知进贡没了，不仅如此，新帝还做了一件他的先辈们都不敢做的事：主动出击匈奴！近二十年间匈奴被大汉打得四分五裂，单于死的死逃的逃，匈奴王庭也不断地往北迁。

区区五千人也敢深入匈奴腹地，真是欺我匈奴无人了！

若不灭了他们，匈奴就真颜面无存了！

第一章 浚稽山之战

斥候来报，且鞮侯单于率领三万人马杀了过来。

对于匈奴军的到来，李陵是早有准备的。此次出征本就为了寻找匈奴主力。不怕他们来，怕的是他们不来！

李陵静观匈奴军阵营的变化，等待着他们进入强弩的射程范围。

六百步，五百步，四百步……三百步！

李陵立刻下了第一道命令，只见盾牌手和弓弩手迅速交换了位置，随即又一声令下："放箭！"

强弩放出第一批箭矢。

放完第一批箭矢，第一队弓弩手和第二队弓弩手迅速交换了位置，由第二队弓弩手继续放箭，第一队弓弩手则退到第二队身后装箭。

汉军如此交替更换队形，匈奴始终无法靠近汉军，自己的骑兵已经在排山倒海地倒下。

匈奴人被如此恐怖的战斗力吓住了，都不敢再向前。

这时匈奴军阵脚大乱，不得已，且鞮侯命令匈奴军撤退。

看到匈奴军溃逃，汉军撤了盾牌阵，开始追击溃逃的匈奴军。

这一仗，匈奴军死伤八千人。

第一次交锋，汉军给了匈奴军一次迎头痛击。

不过这次胜利并没有给李陵带来多少喜悦，匈奴实力犹存，在皇帝面前立下的军令状还没有完成，李陵仍无法向皇帝交差。

原本皇帝给他的任务并不是去找匈奴主力部队决战，而是作为后勤部队给李广利押运粮草。可是李陵不干，他不甘心只做后勤兵。

他向皇帝请命：臣请以五千荆楚勇士自成一军，北出兰干山，吸引匈奴主力以解贰师将军之围。

孝武皇帝知道李陵想立功，却偏不想给他立功的机会。说实话，他不喜欢李家人的脾气。他现在宠幸李夫人，很希望自己的大舅子能立功给他长脸。他已命令公孙敖和路博德去支援李广利了，皇帝认为，李陵一个年轻后辈，让他押运粮草并不算委屈了他。

李陵的不服从让皇帝很不高兴，脸上写满了不满的情绪，他对李陵说："贰师将军已经征调了所有的骑兵，我没有多余的骑兵可以派给你了。"

所有人都知道，匈奴以骑兵作战，如果不匹配相应的骑兵，几乎可以肯定，汉军打不赢匈奴。他以为这样说，李陵就会知难而退。

然而他低估了李家人的倔强。

李陵没有顾及这么多，他只想抓住这次出兵的机会建功立业，一扫李家多年来的阴霾。

李家在他爷爷还在的时候受过许多不公平待遇，他从很小的时候就开始想着要建功立业。李广自杀的时候他才蹒跚学步；他叔叔李敢死的时候他还没记事；他是遗腹子，生下来就没见过父亲。他爷爷戍边几十年，匈奴人听到他爷爷的名字都闻风丧胆，可就是这样的英雄人物，也不过落一个自杀的下场。

他太想立功了。

他再次向皇帝请求：没有骑兵没关系，我愿以五千步兵决战匈奴王庭。

皇帝没想到李陵竟是如此倔强，勃然大怒，本想当场驳回他的请求。

但是最终，他还是同意了李陵的请求。因为武帝有一个弱点：喜欢以少胜多。而李陵的这一请求恰好迎合了他的口味，他也想看看李陵到底有多大能耐。

所以，他妥协了。

孝武帝批准了李陵的这一疯狂举动，并让路博德做李陵的后援。

浚稽山一役，匈奴损失了七八千人，而李陵部却几乎毫发无损。

且鞮侯单于从附近又迅速调集了五万人马，总共八万人。此时的他已被杀得火起，发誓不灭李陵绝不罢休！

八万人！是李陵部近二十倍的人数！

且鞮侯单于带着怒气，杀气腾腾地追赶着李陵。

而李陵此时已率部撤到了龙城——这是他的祖父李广多次跟随大将军卫青出征的地方。这里有太多关于爷爷的事迹，但他已无暇去怀念这些。

沿着龙城故道行军四五天后，前面就是一片芦苇沼泽地。这片沼泽地绵延有几十里，对带有许多辎重的李陵部来说，实在是不易通过。但若不从这里走，就得绕上很大一段路，那样的话，且鞮侯的骑兵很快就能追上他们。

思虑片刻后，李陵还是决定走沼泽地。

之所以选择沼泽地，还有另外一个原因，那就是——沼泽地不利于骑兵骑行。

当然且鞮侯也发现此地不利于骑兵行军。且鞮侯在芦苇地边缘徘徊了很久，他在思索对策。

此时已是深秋，且鞮侯猛然发现，芦苇已经干枯！

这是一个绝好的机会，你想阻碍我前行，殊不知我也有办法置你于死地！

于是他果断下令放火烧了这片芦苇。

匈奴军站在上风口的位置，而李陵部处在下风口。

火烧得很快，滚滚浓烟瞬时蔓延到了李陵部所在的位置。再不想办法，不被大火烧死也会被烟熏死！几个副将都在焦虑地看着李陵，等着他拿主意。李陵看了看四周，立刻下达了命令：让士兵在芦苇地里割出一块空地，并朝上风口的位置放了一把火，然后以急行军的速度由下风口所在处向南边撤出芦苇地。

这是一步险棋，如果速度稍慢，所有人都得葬身火海。

所幸，他们撤出了芦苇地。

走出芦苇地的士兵们有些疲惫。虽然他们都是来自荆楚一带的勇士和剑客，身体素质异于常人，但是一路疲于奔命，身体已有些吃不消。这不是最重要的，让士兵感到疲惫的其实另有原因：他们没有看到援军的身影。

虽然皇上让路博德接应李陵，但李陵心里明白，路博德连给李广利做后援都虚与委蛇，他会愿意给自己做后援吗？李陵心中自然清楚得很。

十多天下来，盔甲战车需要修补，箭矢需要补充。

李陵带着队伍开始艰难地向南行进，负面情绪正在队伍里扩散。他不能责怪士兵，他能说什么呢？但李陵很担心，“哀兵必败”！他担心这支队伍会葬送在这里。

“要想尽一切办法撤到鞮汗山以南。”李陵心里想道。

且鞮侯终于追上了李陵。

李陵部刚好走到一个山坳里，匈奴的骑兵刚一看到汉军，就从山坡上俯冲下来，试图以骑兵速度冲散汉军的步兵。李陵见状，命令士兵分散进入树林中。

树木阻挡了骑兵的速度，也给了汉军很好的掩护。

汉军将匈奴军拦截在半山腰。强弩再次发挥出了强大的威力。因为匈奴军是从山坡往下冲，马儿只会越跑越快，骑兵难以勒住缰绳，李陵正是利用这一地势使匈奴骑兵无法掉转马头。一旦进入强弩射程范围，匈奴骑兵只能成为强弩的牺牲品。

这种大汉独有的先进武器，再次让匈奴人见识到了它的威力！

这一战，匈奴死伤上万人。

李陵部士气大振，一扫前几天的阴霾气氛，李陵脸上也露出了笑容，他觉得，他可以带他的士兵们回家了！

然而他并没有高兴多久，因为副将韩延年告诉他，有一个人跑了。

第二章 英雄末路

这天夜里，韩延年来到李陵帐中，告诉他一个消息：管敢跑了。

“跑了？”李陵问道。

“跑了。”

“为什么？”

“他违反军纪被罚了四十军棍。今天夜里巡营的时候发现他不见了。”

“有没有派人去找？”

“找了，但没找到。”韩延年摇摇头说。

李陵顿时有种不祥的预感。

如果仅仅是跑了一个管敢倒也没什么，但要是他被匈奴抓住，那麻烦就大了，他知道的虽然不多，但这些信息也足以对汉军造成致命的打击。

不幸的是，这个逃跑的人果真被匈奴抓住了，并且，他毫无保留地将知道的信息全部告诉了且鞮侯：汉军就只有这五千人，不会有后援和补给了，而且所有优势力量，只集中在李陵和韩延年各率领的八百精兵上。

这个消息对且鞮侯来说来得真是太及时了，无疑让他吃了颗定心丸。他本来还以为，李陵且战且退是在诱敌深入，目的是将匈奴军诱到汉匈边境以歼之。

且鞮侯已经被李陵杀得几近崩溃，如不是部下劝阻，他早就撤兵了。而现在他获知了如此重要的军情，不必再有顾虑了。

这五千荆楚勇士都是由李陵亲自训练出来的精兵，大汉王朝最精良的步兵部队。李陵对这些士兵很是爱惜，希望将他们都带回大汉去。

昨天怀着这个想法的时候他还信心满满，但他现在感觉有些力不从心了，这似乎变成了一种奢望。

他不无伤感地对韩延年说：“延年，如果管敢出卖军情，我们有可能都回不去了。”

韩延年却满不在乎地说：“回不去就回不去，大丈夫就当战死沙场，马革裹尸还！”

李陵不知该说什么好，拍了拍韩延年的肩膀道：“好！”

不知过了多久，前面探路的来报：再走一天就到鞮汗山了。

这个消息让李陵精神一振，鞮汗山离遮虏障只有一百多里了！这多少让人涌起了一些回家的希望。

然而没多久军需官来报：箭用完了。

完了！每次当李陵燃起希望的时候，现实总会给他当头一棒！

要知道追他们的匈奴兵有八万人，他们能活到现在，完全依赖他们有让匈奴闻风丧胆的武器——强弩。当然，有箭矢的强弩才能所向披靡，没有箭矢的强弩只是废物一堆。面对着即将成为废物的强弩，他能拿它们怎么办呢？

李陵清点了一下人数，还有三千多人。也就是说，他们杀敌近两万，自己只损失了不到两千人。

这是相当骄人的战绩，李陵希望皇上能为他感到骄傲。

不过这只是李陵一厢情愿的想法。皇上并没有为他感到骄傲。相反，李陵杀敌越多，皇帝的脸色就越难看；李陵表现得越优秀，皇帝就愈发不喜欢李陵。

为了不让李陵抢李广利的风头，或者说为了证明李广利不是个废物，皇帝甚至毫不掩饰地表示：希望李陵战死。

而李陵此时仍在焦急地等待着援军，现在是最好的时机，援军此时如果能到来，必能把且鞮侯部全歼于此。

他不知道，皇帝已经将他和他的荆楚勇士抛弃了。

他毕竟不是霍去病，霍去病是皇上的股肱之臣，每次出征都有强大的后援支撑，丰富的物资供给，霍去病每次都吃喝不完，因变质和腐烂而倒掉的食物不计其数。

和霍去病相比，李陵更像是一根草。

此时的草根李陵正走在一条绝路上。箭矢没了，兵器盔甲损耗严重，基本等于没有。失去制敌的武器，更要命的是李陵此时已有点神志不清，他准备从山谷走到鞮汗山。如果此时他能抬头看一看山谷，或许就不会选这条路了。这是一条笔直的山谷，左右都无路可走，只能前进或者后退，如果且鞮侯单于此时截断李陵的后路，并在山顶埋伏上弓箭手，那么李陵部只有死路一条！

不幸的是，且鞮侯单于真这么做了。

说什么都晚了，先头部队已经走进了山谷，疲惫的士兵正在埋头赶路。突然间山上就有落石滚滚而下，士兵们下意识地举起盾牌去挡。

盾牌还有什么用？大批士兵被落石砸得血肉模糊，死得极其惨烈。

这是李陵出征以来损失最惨重的一次，两千人葬身在了山谷里。

夜幕降临了，黄昏残余的光线落在山谷里，使得山谷里的血变成了黑色……

穿过山谷的李陵部还剩一千多人。李陵这时才真正意识到他们被皇帝抛弃了，他所做的一切努力：诱敌、合围、回家……都成了泡影。他们逃过敌人的千里追杀，却要死在离家近在咫尺的地方。

“我不甘心！”他在心里怒吼着，绝望并且愤怒！

李陵的身体此时因痛苦而扭曲了起来，他的意识开始变得模糊，他走出军帐，朝着匈奴军的方向走去，并大声喊着：“我将一人挑单于于马下！”部下见状赶忙将他拉了回来。

他想不通的是，这五千人朝廷都不要了吗？

当太阳再次升起的时候，李陵带着残部到达了鞮汗山，离遮虏障只有一百多里了。

此时且鞮侯却不急着追击了，因为没有了武器的区区几千汉军已构不成威胁。

单于也是爱才的，他佩服李陵的胆识谋略，他想活捉他。

一阵痛苦的痉挛过后，李陵下达了最后的命令：分头突围，只要能活着，就到遮虏障会合。

他把最后的水和食物分给了士兵，自己和韩延年跨上了战马，身后只跟着几名亲兵。

最后，韩延年战死。

在韩延年倒下的那一刻，李陵想过横刀自刎，可他不甘心。他又想到了自己的爷爷和三叔，而自己，即将死在家门口，皇帝却连看都不看一眼。李陵的心像是被刀扎一样，握刀的手越握越紧，人却在无声地抽泣着。

就在他恍惚的瞬间，匈奴人果断地缴了他的兵器。

他就这样做了俘虏。

然而即便这样，也只是痛苦的开始。

被李陵派回去送地形图的陈步乐被逼自杀，然后满朝文武开始指责李陵叛国投敌。只有司马迁一个人为李陵说了句公道话，却因此受了腐刑。

两年后公孙敖被派去接李陵回朝。

事实上公孙敖并没有去到匈奴，更没有派人和李陵联络过。公孙敖只到半路就折返了。

公孙敖回朝后对皇帝说："李陵已经投敌，现在正在帮匈奴训练军队。"

皇帝因此诛了李陵全族。

真相有时并不是那么重要，皇帝需要的只是一个借口、一个背黑锅的人，来惩戒一下那个敢违背他意愿的人。

而公孙敖就是那个背黑锅的人。

当噩耗从遥远的长安传来时，李陵已经无力再痛。

宿命，也许这就是宿命！

从此，他便以匈奴为家。

第三章 狼人之后

秋风习习的狼居胥山下，一个少年牵着一匹青骢马，信步而行。

少年人一身粗布短衣，上身套着一件狐皮小袄，脚上穿着马靴，身材高大挺拔，只是肤色有些黝黑，不过这黝黑黑得恰到好处，反而给他增添了几分健硕的英气。

眼看太阳正一点一点地没入地平线，少年似乎也不着急，他找了一个避风的地方，搭了一个毡帐，生了一堆篝火，准备在这里过上一夜。

塞外的天气早晚温差大，白天骄阳似火，到了晚上却寒风刺骨。

少年躺在篝火边，望着天上的星星发呆。

突然，“嗷呜……嗷呜……”的叫声从远处传来，少年一个激灵从地上坐了起来，再仔细一听，声音大约从东南方五百步的地方传来。少年道声“不好”，便“嗖”地抽出短刀，朝声音发出的方向奔了过去。

奔出几百步远，依稀可见有狼群，再走近些一看，原来是几头狼正围着一个男孩厮斗。

男孩十七八岁的模样，显然已经和狼群搏斗了一阵，身上衣服已被狼爪撕裂，露出了身上的一条条血印子，有的血印子很深，鲜血直流。

此时狼群占了上风，再看地上，两头狼已倒在血泊之中。或许是因为同伴遇害的缘故，为首的狼露出了凶狠的眼神，迫不及待地想要为同伴报仇，恨不得现在就把男孩撕成碎片。

少年见状，点燃带来的火把朝狼群劈去。狼天生对火有种畏惧，吓得慌忙闪开，少年见状立即跳到男孩的身前，随即用火把在狼群眼前扫了一圈，狼群吓得又后退了几步。

少年用凌厉的眼神逼视着狼王，向它示意：你们最好走开，否则就拼个你死我活！

狼王和少年对视了一下，它有些畏惧少年的眼神。狼是这大漠中最有灵性的动物，它能灵敏地嗅出危险的气息。此时的狼王似乎感觉到自己不是少年的对手，略一犹豫，极不甘心地带着狼群走了。走出几步，又回头望了少年一眼，便迅速地消失在了黑夜之中。

男孩看狼群退去，支撑着他的一口气终于松懈下来，一头栽倒在地上。

其实在匈奴人的领地，一直都伴有狼群出没。这里一直流传着一个传说。

相传夏朝末年，商汤打败了末代夏王履葵。履葵在亡国前让自己的儿子淳维带着妹喜和剩余族人逃往北方。

淳维于是带着族人离开夏都，在北方找到一处水草丰美的地方生活。

后来，他们就在遥远的北方定居并在那里繁衍生息。

淳维和妹喜有两个女儿，大女儿嫁给了本族部落首领，小女儿却跟着一个狼人离开了部落。

慢慢地，淳维原有的部落分化成更多的部落，比如猃狁、荤粥、楼烦等。

一千多年后，广阔的大漠出现了一支凶悍的游牧民族，他们自称匈奴人，是淳维的小女儿和狼人的后代。

所以匈奴人不怕狼，他们与狼有一种惺惺相惜的情感，他们生活在同一片土地上，互相欣赏，又互相厮杀。

少年将男孩背回毡帐，打了清水给他清洗伤口并包扎好，看着他沉沉地睡去。

第二天男孩醒来，看见昨天救他的那个少年坐在他身边，喊了一声："阿兄……"少年回头看男孩，关切地问道："你醒啦？"

男孩虚弱地点了点头，说："谢谢你昨天救了我。"

少年爽朗地笑道："不必客气。"

少年看看男孩，又问道："对了，你怎么一个人在这里？"

男孩说："我已经在这里生活了好几年。我十岁那年父亲死在了战场上，母亲一个人抚养我，我们过得很吃力，过了两年母亲也病死了。

"像我这个年纪的人早该骑马射箭上战场了，可是我不喜欢打打杀杀的，我就喜欢在大山里，与鸟兽为伴。母亲死后我就独自一人在山里生活。

"前几日我出去打猎，被狼群盯上了，狼多，追了我好几日。我打不过它们，当时我心想完了，今日成狼的晚餐了，然后阿兄你就来了。"

少年看这男孩倒可爱，没有他所认识的那些人的凶狠好斗，便说："我叫扎仆颜，你叫什么名字？"

"我叫阿鲁图。阿兄你怎么一个人来这里？"

扎仆颜笑笑说："我父亲曾经给我讲过一个故事，和这里有关，所以我想来看看。"

阿鲁图看了看扎仆颜，眼神流露着羡慕，他父亲从没给他讲过什么故事。

看着阿鲁图瞪着一双好奇的眼睛，扎仆颜问道："你想听故事？"

阿鲁图眨了眨眼睛又点了点头。

"五十多年前，大汉有个年轻人，这个年轻人很厉害，很有胆识，也很有魄力，他做将军的时候也只和你差不多大。"

阿鲁图一脸的惊讶，打断扎仆颜问道："我今年十七岁，他十七岁就做将军了吗？"

扎仆颜笑笑不答，继续说道："有一次他率领五万人从长安出发，北行一千多里，翻过离侯山，渡过弓闾河，所经过的匈奴部族都不能抵挡，最后他捉住了匈奴的韩王、将军、相国、当户、都尉等八十多人，以及匈奴民众无数。然后，他在这里举行了祭天大典。"

"这么说，那位年轻的将军打赢了我们匈奴人？"阿鲁图问道。

扎仆颜叹了口气道："何止是那位将军，这些年匈奴何曾赢过大汉。"

"阿兄为什么要来看一个汉人胜利的地方？"

扎仆颜愣了一下，这一问倒把他难住了，从小他父亲就教他学习汉文化，他感觉自己就是个汉人。阿鲁图这一问倒让他想起了自己是匈奴人，于是他低头嘲弄地对自己笑了笑。

他并不喜欢匈奴。匈奴因为物资匮乏，基本靠掠夺为生，常年有战争，像阿鲁图这样的孤儿不计其数。

他对阿鲁图说：“我并非为了汉人的英雄而来，不过我的确仰慕这位英雄，我希望我们匈奴也能出现这样的英雄。匈奴物资稀少，多靠掠夺，侵扰汉境已有多年，如果我们也有这样兼具见识和胆魄的英雄，或许汉匈之间能少许多战争。”

阿鲁图“哦”了一声，又问：“那位少年将军叫什么名字？”

“他叫霍去病。”

这些天扎仆颜一直陪着阿鲁图养伤。阿鲁图年少精壮，伤口愈合得很快，没过几天伤口就结痂了。

有一天扎仆颜对阿鲁图说：“你伤好得差不多了，我也该走了。”

“阿兄要去哪里？”

“去长安。”

阿鲁图有些依依不舍，想说些什么，可是话到嘴边又没说出口，吞吐半天只说了一句：“阿兄保重。”

第四章 洞庭湖畔

洞庭湖一带风光旖旎，是荆楚之地的鱼米之乡，不知有多少文人墨客都在这里流连忘返，当年楚顷襄王带宋玉游云梦台，宋玉在此写下了著名的《高唐赋》和《神女赋》。

今日碧波涟涟，景色尤新，一叶轻舟在湖中慢慢划行。

一个青衫少年独自坐在船头，似乎在赏景，然而脸上却没有喜悦之色，倒像是心事重重，闷头喝着酒，反而是船夫怡然自得许多，在船尾悠闲地哼着调子摇着橹。

就在少年沉浸于美酒与美景之中时，不远处传来了一阵悠扬的歌声，打断了少年的思绪。少年循着歌声望去，只见一个粗布衣衫，容貌却很俏丽的少女在划着一只小渔船，边摇着橹边唱道：

夫何神女之姣丽兮，

含阴阳之渥饰。

披华藻之可好兮，

若翡翠之奋翼。

其象无双，其美无极。

毛嫱鄣袂，不足程式。

西施掩面，比之无色。

…………

少女摇着橹唱着歌从少年身边划过，少年正听得出神，少女却突然不唱了，将渔船停了下来，然后一个猛子扎进了水里。少年见状着实吓了一跳，因担心姑娘的安危，正急得团团转，忽地转念一想，自小生活在江南的人水性都好，这姑娘大概不会有事。

过了一刻钟，仍不见少女上来，少年担心少女出事，便朝着水面喊道："姑娘，你没事吧？"

这一喊倒把船夫逗得笑了起来。这一笑让少年想起船夫应该也是水性不错，便央求道："船夫大哥，你识水性，可否下水看一下刚才那位姑娘？"

船夫又是哈哈一笑，不以为意地说："放心吧，这里的人水性好着呢，半个时辰不上来的大有人在。"

正说话间，两人只听"噗"的一声，水面被划开，从水里冒出一个头来，定睛一看，正是刚才那少女。少女从水里捞起一个陶罐，将它放到渔船上，跟着从水里一跃，便翻身上了渔船。

少女转头看了看少年，问道："刚才是你在喊我？"

少年不好意思起来，嗫嚅道：“我以为……我以为……”

“以为我被淹死了？”少女咯咯地笑了起来，“你可真有意思。”说完摇着渔船走了。

望着少女远去的背影，少年似乎又想起了什么，冲着少女的背影喊道：“喂……我叫李飞，你叫什么名字？”

“郭什。”少女远远地答道。

李飞就是扎仆颜，和阿鲁图分别后他就一路南下，出了匈奴界，他觉得自己身上的匈奴服饰有些碍眼，便换了一身汉服，还给自己束了一个武冠，倒显得英俊潇洒。李飞是他父亲给他起的汉名，到了大汉他就把自己的匈奴名字隐去了，改用汉名。

父亲临终前让他到大汉办一件极为重要的事。他须得先找一个人，但这个人他从未见过，甚至父亲和这个人也有三十年未见了，只知道他是荆楚一带的剑客，所以李飞一路南下来到楚地。只是，他已找了大半年，仍是没有消息。

离开洞庭湖，李飞在附近找了一家客栈住下。

店小二待人很热情，话又多，看李飞不像本地人，便问道：“客官不是本地人吧？可是游历至此？”

大汉游侠之风盛行，然朝廷并不喜欢游侠，认为游侠无视法律，霍乱社会秩序，屡次禁止，却又屡禁不止。小二看李飞像个游侠，是以一问，但是怕犯禁又不好用“游侠”二字。李飞初来大汉，并不懂这些规矩，他一路游玩，说他来“游历”倒也不假，因此随口应了一声“嗯”。小二听李飞答应，以为李飞也像别的游侠一样喜欢求师问友，便说：“那客官可来对地方了，我们这里山清水秀，专出名士剑仙啊。”

李飞虽不是游侠，但极好武学，听小二如此说，便来了兴趣，赶忙问道：“此地真有名士剑仙？”

小二得意地说：“那当然。离此地三十里有座长泽山，山里住着一位仙人，人称长泽剑仙，剑术那是出神入化啊。”

李飞道：“小二哥可曾见过那位剑仙？”

小二道：“那倒不曾。”

李飞撇撇嘴，故意说道：“说得如此神乎，你又不曾见过，可知不过是以讹传讹。”

店小二急道：“客官若不信可以去别处打听打听，我何曾打过诳语！”

李飞呵呵一笑道：“我自然信你。我问你，那剑仙可收徒？”

“听说是收的，只不知他收什么样的徒弟。客官可是想拜师学艺？”

“正是。小二哥可知道如何才能找到剑仙？”

“此地往东走三十里即可到长泽山，至于怎么找到剑仙，那我可不知了。”

“多谢小二哥了。”李飞随手抓了一大把五铢钱赏了店小二，小二喜滋滋地接过，躬身谢过李飞，转身退去了。

李飞按着小二所说，沿着东南方向走了一日，但见一片连绵不绝的大山，山峰云雾缭绕，林木郁郁葱葱，宛如人间仙境，心想便是这里了吧，只是这大山宽广，上哪里找剑仙去？又问了附近村民，都说不知。如此在大山中转了数日，山中连个人影都不见，更别说剑仙了。又想莫不是那店小二信口雌黄吧？

这日李飞又在山中苦寻，寻到日上三竿，肚子饿得咕咕叫，便坐在一块大石头上歇息，想着上哪里寻些野味来充饥。

正歇着，忽见一中年汉子挑着一担柴往山下走。数日以来连个人影都没见着的李飞，这时看见个大活人，像捡到宝似的，赶忙上去拉住樵夫问道：“这位大哥，向你打听个事。”

樵夫常年在这深山里砍柴，极少碰到人，这时突然蹦出个人来，着实吓了一跳，他看李飞不像坏人，这才说道：

“什么事？”

“此地可是长泽山？”

“正是。”

“这里可是住着一位剑仙？”

“你找剑仙做什么？”

李飞一听樵夫这话似乎有眉目，接着又问道：“那你可知他住在什么地方？我要找他拜师学艺。”

“剑仙倒是有一位，只是他很少出山，极少有人见过他，我常年在这里砍柴，也只见过几回他的弟子，还从未见过剑仙，你想拜师，恐怕难喽。”

“只要能找到他，我自有办法让他收我为徒。大哥只说知不知道他住哪里？”

樵夫指了指群峰之中最高的山峰，说道：“你看到那座山峰了没有？”

李飞顺着樵夫所指的方向看去，只见一山笔直而立，耸入云霄。李飞心下骇然，又不由自主地点了点头。

樵夫说：“我只在那座山峰上看到过他的弟子，具体住哪里，我可不知道喽。”说完背着柴走了。

“多谢大哥。”李飞冲着樵夫的背影喊道。

李飞顺着樵夫指的方向又走了约莫一个时辰，渐渐地便能听到流水声，又往前走了一阵，山坡陡峭，路越来越难走，要借助双手攀爬才能往上走。走一阵歇一阵，约莫又过了一个时辰，李飞抬头一看，峭壁之上赫然出现几间小木屋。李飞心中一阵狂喜，心想这一定是剑仙的居所了。如此隐蔽，怪道不好找。只不知这里如此荒僻，行路都难，这房子又是如何建的？不管了，先上去再说。

走近木屋，但见一个童子在打扫院子，另有两个十七八岁的少年在练功。

李飞朝童子招手问道：“这位小哥哥，长泽剑仙可是住在这里？”

童子没看李飞，也不答话，自顾自地扫地。

李飞看他不答话，刚想推开院门进去，只见童子一个箭步上前制住李飞，道：“这里没有剑仙，你走吧。”

李飞扯住童子的衣袖央求道：“小兄弟你就带我去见见剑仙吧，我好不容易才找到这里。”

童子不耐烦地说：“我说了没这个人，你怎么这么死皮赖脸呢！”说完将袖子一甩，走进屋去，不再理会李飞。

李飞心想定是这里没错，都说剑仙极难得收徒，果然如此。我就不走，看他如何。

打定主意后，他也不生气，就在木屋屋檐下坐着。饿了就打鸟摸鱼充饥，晚上又回到木屋屋檐下歇息。如是个把来月，也不问剑仙在家与否。

第五章 长泽剑仙

李飞赖在屋檐下不打紧，只是童子每日开门都看见一个人躺在檐下，未免有些生气，因此每次开门都要将他赶走。李飞倒也不和他争辩，童子赶他他就走，只是晚上等他们都歇下了又再回来。

童子无奈，只得去禀告师父。童子本来是想跟师父讨个主意，好将那人赶走，不料剑仙却对童子说："带他来见我吧。"

童子甚是纳闷，师父不是不喜欢外人的吗？怎么今天突然想见那个死皮赖脸的人？只是疑惑归疑惑，师命不敢违。

第二天童子开门，李飞睁眼看是童子，以为又要赶他走，他朝着童子笑嘻嘻地说："不劳小哥哥了，我自己走。"

童子却没好气地说："家师要见你。"

李飞一愣，以为自己听错了，揉揉眼睛又问童子："真的吗？剑仙真的肯见我了？"

童子不答，白了他一眼，冷冷道："跟我来吧。"

童子将李飞带到木屋前，朝屋内躬身施一礼，禀道："师父，人带到了。”

只听屋内传来一个浑厚的声音道：“让他进来吧。”

李飞心想那定是剑仙老前辈了。果然童子转身对李飞说：“家师有请。”说完转身离开了。

李飞推门进去，只见一老者在正中打坐，须发皆白，神态却祥和，想来便是剑仙了。于是低头便拜了下去，说道：“弟子李飞拜见老前辈。”

老者道：“起来吧。听说你在我屋前睡了一月有余？”

李飞笑笑，摸着头说：“是……晚辈想找剑仙老前辈拜师学艺。”

老者道：“这里哪有什么剑仙，你还是下山去吧！”

李飞愣了一下，心道：“刚才那童子分明说了屋内就是家师，他不是剑仙又是谁？定是这老头不想收徒，拿话诓我。”

他思索一下，道：“前辈诓我，剑仙大名这方圆数百里谁人不知？前辈为什么不承认？”

老者笑笑，也不甚理会李飞。

李飞腆着脸问道：“前辈你能收我为徒吗？”

老者问道：“你为什么要学剑？”

“我……”这怎么说呢？他来中原时日不多，但每到一处都有历代侠士的事迹，心中很是羡慕。父亲善于行军打仗，却不善剑法；自己曾练过一些棍棒枪法，但对于剑法却不曾窥得一二，实在是敬仰得很。但若是让他说出来，他又不知道怎么说。

“前辈，我想行侠仗义。”想了想，李飞正色回答道。

老者回身说道：“行侠仗义固然不错，只是剑道并非为了好勇斗狠。如果心浮气躁，就永远无法窥破至臻至善的剑术。”

李飞道：“前辈若能收弟子为徒，弟子必定竭尽所能，修身养性，修炼剑法！”

老者捋了捋白须，道：“你有此心，甚好。观你筋骨，当有些根基，若心诚，或是可造之材。”

李飞一听，立刻反应过来，跪地拜倒：“多谢师父收我为徒，我必定诚心修炼！”

老者又道：“只是，做我的弟子须终身在此修炼，不得出长泽山，你可能做到？”

“这……”

这可为难了，父亲交代的事还没有去办，怎能终身不出山呢？

李飞为难道：“不瞒师父说，我有父亲遗命在身，弟子……弟子实是不能不出山。”

剑仙道：“做我长泽山弟子，须终身在此修炼，终身不出长泽山。你既有俗事，便就此下山去吧。”说完就要走。

李飞好不容易才见到剑仙，哪里肯轻易让他走？眼见他要走，扑通一声跪了下去，边哭边说：“我爹让匈奴人给杀了，我要给他报仇，求前辈教我剑法。呜呜……”

这一个多月千难万难才见到剑仙，眼看一言不合就要前功尽弃，他哪里肯放弃！不得已，只得编瞎话，加上他又哭得伤心，哭得剑仙似乎动了恻隐之心，问道：“你父亲是谁？”

“我父亲是前车骑督尉李陵，我的曾祖父是大汉飞将军李广。”李飞把家谱搬了出来。

“哦？”剑仙道，“二十多年前我听说李家被灭门了，怎么还有后人在？”

李飞又哇地一声哭出来，说道：“二十多年前我父亲假降匈奴，被奸人进谗言说他真降了，皇上一气之下灭了我李家满门。我即是在匈奴出生的。后来我父亲死在匈奴了。待我练好武功，我还要回匈奴找仇人报仇！”

李飞这话说得半真半假，他父亲死在匈奴不错，可是他的外公和母亲对他父亲却是很好，父亲在匈奴衣食无忧，不能说他是枉死。所以李飞说这话时不敢抬头，生怕剑仙看出他在撒谎。好在剑仙没有往下追问。

剑仙叹了口气道：“我年轻的时候，你曾祖还活着，‘飞将军’的大名无人不知无人不晓。只是李家命途多舛，你出生在匈奴，还能回到大汉来，却也难得。”

又叹了口气，道：“也罢，我便破例传你一套剑法。明日一早你仍到这里来吧。”

李飞知道剑仙已答应收他为徒，捣蒜似的磕头拜谢。

第二天，李飞来到师父的居所，剑仙早已等候在此，然而他并没有急着传授剑法，而是先给他讲了一个故事。

“两百多年前，有位剑客叫赵成，他的剑术非常高超，当时天下无人能敌，号称天下第一剑。他居无定所，行踪不定。有许多人仰慕他，想追随他，但都因为他行踪不定而无法找到他。直到很多很多年以后，再没有人知道他的消息，人们才猜测他或许已经故去了。许多人因此而失望，因为他的剑法和他一起消失不见了。”

听到这里，李飞不无失望地说：“实在是可惜。”

剑仙笑笑不答，又继续说：“多年前我也曾在外游历，一个偶然的机会，我得到一份剑法的残本，细参之下发觉其中所载剑法之精妙绝伦，实是平生所未见。只可惜是残本，未得窥其全部。后来我花费了数年时间研习，在此基础上创造出另一套剑法，名为‘长空剑法’。”

李飞不解地问：“师父，长空剑法和赵成有什么关系？”

剑仙道：“那本残本，就是赵成剑法。”

李飞道：“哦，原来如此。赵成剑法终究没有失传，太好了。”

他想了想，又歪着头小声问道：“师父，您跟我说这些，是要将长空剑法传于我吗？”

剑仙笑而不答，只说：“明日此时，你仍到这里来。”

李飞知道师父是答允了，忙跪下给师父磕头，说：“多谢师父！弟子定当潜心向学。”

剑仙又道：“你既不能守我长泽山不出山的规矩，我便不能收你为徒。你我既无师徒名分，也不必称师父，待你学成后便可下山去。”

听师父如是说，李飞不禁感到失落，不过他性格开朗，心想反正来日方长，以后总有机会让师父接受自己。这么想着，心里倒也不十分在意了。至此，李飞便在长泽山安心练剑。

离长泽山七八十里处，有个村子叫水荷村，村子里有户人家，父亲五十多岁年纪，精神矍铄，家中一儿一女，女儿十八九岁年纪，长得出水芙蓉一般，儿子十四五岁，年纪虽小，人却很机灵。

这天，男孩正在院子里劈柴，一个虬髯客带着几个黑脸大汉路过这里。虬髯客看着很面生，应不是当地人氏。虬髯客向四周望了望，不见有人，便冲着院子喊道：“喂，小孩，这村里有没有一个叫范清渠的人？”

男孩看来人一脸凶相，便不想搭理他们。

虬髯客喊了几声没有回应，火气就上来了，冲着小孩吼道：“喂，小孩，你聋了吗？我在跟你讲话！”

男孩却也不怕这凶相大汉，把斧子一放，朝虬髯客喊道：“吼谁呢！你才聋了呢。”

这虬髯客脾气也不好，从来只有他吼别人，几时有人吼过他？如今他被一个小孩噎得说不出话，立刻火冒三丈，大怒之下冲进院子，伸手就要来抓男孩，谁知那男孩身子像条泥鳅似的，滑溜溜的，怎么也抓不着。于是乎，一大一小在院子里追逐起来。

这时屋里传出一个清脆的声音：“阿罗，什么人在院子里？”话音刚落，从屋子里走出一个人来，竟是一个绝美的少女。男孩一看便跑到少女身边，扯着少女的衣袖说：“姐姐，他欺负我！”

少女打量了一下虬髯客，说道：“你是谁？干什么欺负我弟弟？”

虬髯客道：“我没欺负他呀，我只是向他打听一个人。”

少女问：“你找谁？”男孩在姐姐耳边小声说道：“他们要找范清渠。”

少女想了想，对虬髯客说：“这里没这个人，你们到别处去找吧。”

虬髯客道：“没有？我们打听了很久才找到这里，你不是骗我吧？”

少女没理他们，拉着男孩往屋内去了。虬髯客还在后面喊：“喂……喂……”

虬髯客只顾在院里喊，少女也不理他，径直走进屋内。屋内坐着一位老者，少女便将门外发生的事一一对老者说了。

老者问道：“那些人可曾说找我何事？”

“没有。”少女说道，“那虬髯客说找您好久了，想来是有重要的事。但我看他们不像好人，将他们打发走了。”

范清渠摇摇头道：“水荷村能有多大地方？他们出去问一遍，必然还会找到这里来。”

“也罢，就会会他们吧，看看是什么来头。”范清渠又道。

夜里，大约子时时分，果然有几个黑影窜进范家，摸摸索索地来到窗下，正准备从窗子窜入屋内，此时屋内突然有人说话了："门开着，进来吧。"几个黑影被这突如其来的声音吓了一大跳，都驻足不前。

既已被发现，那就乖乖现身吧，虬髯客心想，便率先推门进来，另外几个人也依次从门口走进房中。

范清渠点上灯，扫视了一下几个人，问道："我就是范清渠，说吧，找我什么事？"

几个人半夜做贼被逮个正着，实在是很尴尬。虬髯客首先摘下面具，讪笑着说："我们是从匈奴来的，我叫鞑胡，我们是奉乌齐都尉之命来向先生要一样东西的。因白天您女儿说没您这个人，我们怕您不愿意给，才想到夜里来偷，希望先生莫怪。"

范清渠冷笑道："我和匈奴素无来往，不记得曾拿过你们匈奴什么东西！"

鞑胡连忙解释："不是您拿的，是李将军的，您还记得李陵李将军吗？"

"李陵？你们是李陵的什么人？"

"我们不认识李将军，乌齐都尉是他的朋友。乌齐都尉只交代我们来找您拿东西，其他的事他没说，我们做下属的也不便多问。”

“李陵他好吗？”

“李将军已经去世好几年了。”

“去世好几年了？”

一别三十载，乍一听到消息，竟然是故人已去。

终究还是不能再见。

范清渠颓然地坐下。

“他生前交给您一样东西，曾嘱咐乌齐都尉要等他去世后才能来拿。”鞑胡说道。

“这么重要的东西乌齐自己怎么不来拿？”范清渠问道。

“这……乌齐将军有要事在身，不能来，所以遣我们来拿。”

“既是如此，你们稍等片刻，我去拿来。”

范清渠慢慢起身，准备去书房。走了几步，突然像是想起来什么，回过头来问鞑胡：“李陵给过我几件东西，你们要哪一件？”

鞑胡看着同伴，同伴也看着他，面面相觑，都不知道是什么东西。

原来，李陵在匈奴一直不被信任，且鞮侯单于死后，匈奴王庭一直监视着李陵，李飞来汉，匈奴王庭自然是知道的。左都侯乌齐杜哈派鞑胡一路跟踪李飞来到大汉。他们跟踪李飞已半年有余，李飞一路上都在打听一个叫范清渠的人。出了洞庭客栈之后李飞去了长泽山，他们便趁李飞离开之际来找范清渠。本来，他想虏了范清渠再逼问他，但白天看那个小孩还有两下身手，心想他父亲武功也不会弱，才出此下策——夜里来偷。谁知还没进门就被逮个正着，无奈之下才编出这么一套说辞，其实他哪里知道要拿什么东西。现在范清渠问他要哪一件，顿时慌了神，吞吞吐吐地说："拿……拿……最重要的一件。"

范清渠听说，径直走到藏书阁前，却不取信物，而是唰地抽出长剑，回身对着鞑胡照面就是一下。这里鞑胡正等着范清渠拿东西，并未料到范清渠照面就是一剑，眼看剑光闪来，慌忙闪身避过了。范清渠没有给他喘息的机会，唰唰数剑，分指各大要害，鞑胡武功本来不弱，只是范清渠手法太快，他避闪不及，只得用一种最实在的方式——在地上打几个滚，避过了范清渠的剑锋。亏得范清渠没有倾尽全力，否则鞑胡几人性命不保。

几人见阴谋已败露，抱头鼠窜去了。

这里李飞在山上一住半年有余，每日勤学苦练，倒也不觉得寂寞。

父亲在世时也曾教他刀枪之法，但都是行军打仗冲锋陷阵时所用，武学之中的剑道却是不曾见过。刀枪之用，与兵法相结合，剑术之臻化，却与修道为一体。难怪师父不愿下山。

李飞练了半年，心境竟与之前大有不同。

这日，他将长空剑法一套演练完毕，竟发现师父不知何时已站在身后，遂收起剑，欢快地朝师父跑去："师父师父，你看我练得怎么样？"

剑仙虽已说过和李飞并非师徒关系，但李飞却非常执拗地将剑仙称为师父，剑仙也无奈。有时他觉得这年轻人甚是灵动可爱，也就不去刻意纠正他，随他去了。

剑仙笑着说："你根基甚好，招式自是都熟练了，至于上乘剑法，还需时日去领会。你为人聪慧机敏，假以时日，修为定可在你的几个师兄之上。"

"多谢师父夸奖。"

剑仙顿了一下，说："你可下山去了。"

李飞虽然早就知道自己在这里住不长，但总觉日子太短，又过得太快。对于这位慈祥的老者，李飞甚是不舍，他嗫嚅着说："师父，我想多陪陪您。"

剑仙走到李飞跟前，摸了摸李飞的头，柔和地说："聚散皆是缘。你下山以后，望你谨记，你乃将门之后，要善用剑法，不可恃强凌弱。”

李飞含泪答道：“弟子谨记师父教诲。”

他当下给师父磕了三个响头，拜别师父，依依不舍地下山去了。

第六章 荆楚勇士

李飞下山几天后，一路寻到水荷村范家。

此时院子里空无一人，也不知道是否有人在家，他试探地朝院子里喊："有人在家吗？"

无人应答。

于是他推开院子的门进去看看，刚走进院门，便看到门后伸出一个小脑袋来。他看样子十四五岁，冲着李飞问道："你找谁？"

李飞问："这里可是范清渠的家？"

男孩朝李飞看了看，没有回答，而是朝屋内喊道："姐姐，又有人找范清渠。"

李飞纳闷，为什么是"又"？难道还有别人找范清渠不成？不及细想，只见屋后盈盈走出一个少女，穿着紫色罗裙，面若桃花、目似含嗔，娇俏可爱。

少女对李飞说："你找范清渠什么事？"

李飞看了看少女，刚要答话，但觉得这少女好面熟，好似在哪里见过，便努力回想在哪里见过这少女。突地猛一拍大腿，想起那日在洞庭湖上见到的便是这少女，只是那日她穿着粗布衣衫，又绾着发髻，不似今日秀发披肩，又穿着及地罗裙，是以认不出来。

李飞指着少女说："你……你……你是……"刚要说"你是郭什"，突然，头上被什么东西重重敲了一下，便感到一阵晕眩，不省人事。

过了不知多久，李飞慢慢醒转过来，发现自己被五花大绑在一根柱子上。室内四面是石壁，只有一点微弱的光。他想开口叫人，发现嘴里被塞了块破布，出不得声；想挣脱绳子，发现被绑得着实结实，无法挣脱。

又过了一阵，才听到说话声，似乎是从头顶方向传来，李飞抬头看了看，才发现这是一间地室，四面无门，仅屋顶处有一个方形出口，能容一个人上下，声音即是从此处传来。

只听方才那少女说："阿罗，去看看那人醒了没有。"

一个孩子的声音应道："没醒。"听声音正是日间那个男孩子。原来他叫阿罗，李飞心想。

"姐姐，你说他会不会被打傻了？"阿罗问道。

少女恼道："你没看他佩着剑吗？习武之人哪那么容易就被打傻，你少啰唆，快去看看！"

阿罗回了一声“哦”，便嘻嘻哈哈地向门边走过来。

只听“咯吱”一声响，木板门被掀开，阿罗用火把照着地室，把头伸进去看，正看到李飞怒气冲冲的脸。

阿罗迅速把脑袋又缩了回去，盖上木板门，跟少女说：“姐姐，他醒了。”

不一会儿，李飞又听到木板门被打开的声音，原来是少女下到地室来了。她拿掉李飞嘴里的布条，问道：“你是谁？为什么要找范清渠？”

李飞看着少女：“姑娘，我叫李飞，我们见过，你不记得了？”

少女道：“我问你为什么找范清渠！”

“我找范叔叔借一样东西。”

“少在这里胡说，谁是你的范叔叔？”

“抱歉抱歉，是范先生。”李飞马上改口道。

“你要借什么？”少女又问。

“我也不知道是什么东西，父亲没有告诉我。”

“哼！不知道是什么东西就敢‘借’？”

“这……父亲确实没告诉我是什么。”

“借不到就该偷了吧？偷不到就该抢了吧？”

“我……”李飞想解释，可是少女却不给他说话的机会，打断他道："你说，你跟那些匈奴人是不是一伙的？"

李飞不知道她说的是谁，问道："什么匈奴人？"

"你还装！你不就是个匈奴人？"

李飞虽然在匈奴长大，但从小就学习汉人的语言文字，自认为很懂汉人的文化习俗，自来到大汉，便不喜欢别人说他是匈奴人，现听她这么说，不禁恼道："你哪只眼睛看见我是匈奴人？"

少女却一脸不屑，说道："你看看你那黑不溜秋的样子，还说自己不是匈奴人！"

李飞满肚子委屈，心道，自己虽然黑了些，但是整日在马背上打滚，哪有不黑之理？在匈奴，这种肤色被称为勇士的肤色，怎么汉人不喜欢呢，反而喜欢那种不见日光的煞白？他虽然不理解，却也不敢反驳少女，只得耐着性子跟少女解释道："那是因为我母亲是匈奴人，我父亲是汉人。"

"你看，你母亲是匈奴人，那你就是半个匈奴人，你还说不是！"

少女认定了李飞跟鞑胡是一伙的，气急败坏地说："你等着，我去叫人来把你的手脚砍了拿去喂狗，这次我绝不轻饶你们这些做贼的匈奴人！"

“阿罗！”少女喊道，“下来看着他。”说完转身出去了。李飞在少女身后喊道：“喂……喂……听我说啊……”

少女却头也不回地走了。

郭什从地室出来，范清渠便问道：“问出来什么没有？”

郭什撇撇嘴说：“此人满嘴胡言乱语，我看就是跟上次那个什么鞑胡是一伙的，干脆把他扔湖里算了。”

范清渠知道阿什又使小性子，但总舍不得对她严厉，笑了笑，也就不放在心上。

过了几日，阿什又来到范清渠的书房：“伯伯，地室的那个人你要不要见见？”

范清渠放下正在看的书，饶有兴趣地问道：“哦？为什么？前几日你不是还说要把他扔湖里吗？”

郭什噘起嘴说：“这人整天嚷嚷个不停，吵死了。”

“哦，既如此，那就把他扔湖里吧。”范清渠故意说着，又拿起刚才的书继续看。

“哎呀，伯伯！”郭什撒起娇来，“我说笑呢，好好一个人，我怎能把他扔湖里？”

范清渠哈哈笑起来，用竹筒在郭什头上轻轻敲了一下，道：“鬼丫头，我就知道你嘴硬心软。说吧，那人都说了什么？”

“他说他叫李飞，不是匈奴人。”郭什道。

“哦？”范清渠又问，“他有什么特别的？”

“他和前些天来的匈奴人不一样，除了肤色有点黑，看着也不太像匈奴人。”

“他还说了什么？”

“他说他没有同伙。依我看，他和前日那些人不像是一伙的。”

“李飞？”范清渠仔细咀嚼着这个名字，陷入了沉思。前些日子那伙人说是李陵让他们来的，虽不可信，但这个叫李飞的小伙子跟李陵会不会有什么关系？

他想了一会儿，对郭什说：“阿什，带他来见我。”

想到李陵，范清渠总不免叹息。

当年李陵来荆州一带招募士卒，他还是一个年轻的剑客，正四处游历。

那天他去游洞庭湖，因为争一条游船和一位年轻的游侠起了争执，那时候他还不知道这位游侠就是李陵，还以为他和自己一样只是个四处游历的游侠。两人都要租船，船只剩一条，船夫看看这个看看那个，觉得得罪谁都不好，干脆让他们俩自己决定。

于是两人约定比武定胜负，谁赢谁用。

李陵不善用剑，招式却稳，守得密不透风。范清渠剑招变化无穷，李陵也无法欺近他身。两个人拆了三百招仍未分胜负，最后打累了，天也黑了，洞庭也游不成了。然而这一架却打得酣畅淋漓，两人都生出英雄相见恨晚的感觉。

后来李陵跟他说他是大汉骑都尉李陵，李广的孙子，来南郡招募士卒。李陵见范清渠武功高强，极力邀他入伍，为国效力，建立一番功业。那年范清渠二十岁，年少气盛，喜欢无拘无束，功名于他真若浮云。他并不喜欢纪律严明的军队，所以拒绝了李陵的邀请。

不久后李陵要离开南郡，带士卒前往张掖训练并防备匈奴。走之前他来和范清渠告别，两人都喝得酩酊大醉。

李陵说起他爷爷年轻时候的事，那是在孝文帝时期，爷爷还年轻，刚参军不久。那年匈奴老上单于率十几万大军入侵萧关，想直取长安。爷爷那时还只是个良家子，随军出征。北地郡都尉孙卬仅有四万兵马守萧关，挡不住老上单于的十四万大军，汉军援军又未能及时赶到，最终孙卬战死，匈奴突破萧关，进入彭阳县，不得已，汉军只能退守关中。虽然这一战汉军失利，但李广却表现神勇，单骑杀敌八十八人，因此被封为汉中郎。这是李陵的爷爷在军事中崭露头角的第一战，李陵希望有一天也能像他的爷爷一样，用鲜血保卫国家。

范清渠出生在普通人家，性格洒脱，从小习武，长大之后就喜欢浪迹天涯，他不是很懂李陵为何想建功立业，但是两个热血青年有着共同的家国情怀。

李陵离开的前一晚，范清渠翻来覆去想了一夜，第二天，他还是决定随李陵去张掖。

孝武皇帝天汉二年，皇帝命李广利于酒泉出击匈奴右贤王，结果李广利战事失利，被匈奴围困，李陵主动请缨出战以解李广利之围。

当他们走出大泽芦苇地的时候，李陵大概已经意识到援军不会来了，这五千人正处于极为危险的境地，于是他让范清渠去找路博德。

只是，范清渠没有找到路博德，再回去的时候，也没有找到李陵。

后来，他听说五千勇士只有四百人活着回到了大汉。

再后来，他回到了南郡，依旧做他的剑客。

从此以后他再没见过李陵。

李飞无缘无故在地室里被关了几日，心中甚是恼怒，本想逃走，想到范清渠就在这里，又逃不得，每日里阿罗送饭时他总想套些话，谁知那阿罗人虽小，却机灵得很，每次放下饭菜就走，半句话也不肯多说。

李飞郁闷了几日，正无处发火。这日郭什突然来了地室，李飞一见她，顿时火冒三丈，冲着郭什大喊："要杀要剐你倒是给句话，这么关着我是什么意思？"

郭什解开他身上的绳索，冷冷说道："跟我来，带你去见范清渠。"

李飞本来想着，等恢复自由定要给她点教训，这一来倒弄得他不好意思了，又不知道她说的去见范清渠是真是假，只弱弱地问道："真带我去见范清渠？"

郭什回头瞥了他一眼，没好气地说："信不信由你。"

既如此，李飞只得跟着走。

他跟着来到一间宽敞的房间，只见房中有许多竹简，想来这是书房了，又见席上坐着一个老者，五十多岁年纪，须发已经半白，不过看面色倒是和蔼可亲。

郭什说道："这就是你要找的人。"

苦找了一两年，此刻人就在眼前，李飞却不知道该说什么，愣愣地看着范清渠。而范清渠也上下端详了李飞半天，才问道："你叫李飞？"

李飞点点头。

范清渠又问："李陵是你什么人？"

李飞道："是家父。"

范清渠这才抱住李飞，老泪纵横，说道："是你！果真是你！错不了，这眉眼和你父亲年轻的时候一模一样。"

听到范清渠如是说，李飞才哭着拜了下去："侄儿拜见范叔叔。"

范清渠拉着李飞的手将他扶起来，又端详了一会儿，欢喜地说："像，真的像。"

看到父亲的故人，自然又想起父亲，李飞不自觉地鼻子发酸，眼眶湿润，忍不住抽泣起来。

范清渠叹了口气道："前些日子有几个匈奴人来，你父亲的事，我已听说了。"

"范叔叔，我不认识那几个匈奴人。"

"我已知道了。"范清渠道。

"我和你父亲浚稽山一别，已匆匆三十载，没想到此生竟不能再见。"

"父亲虽不能回来，但他甚是思念故土，未曾忘过自己是汉人，我们兄弟三人皆有汉名，大哥李忠，二哥李成，而我，父亲取曾祖'飞将军'之号，给我取名李飞。"

"唉……"范清渠又是一声长叹，"你父亲一生命途多舛。"

“所幸我外祖父且鞮侯单于和我母亲对我父亲很好，他在匈奴并没受什么委屈，范叔叔不必挂怀。”

“想当年我刚认识你父亲的时候我们都正当少年，一转眼我也老了，李兄得子如此，想来也没有遗憾了。”

“对了，你此来大汉是有什么事吧？”范清渠又问。

李飞道：“父亲临终前让我来找范叔叔，但是让我侍奉母亲终老之后才能离开匈奴，不然侄儿该早些来看望范叔叔的。”

范清渠道：“你父亲这么安排自然有他的道理。”

李飞道：“父亲想和范叔叔借一件东西一看。”

“那几个匈奴人来时说是要拿你父亲留下的一样东西，想来这件东西很重要，幸而我没给他们，或许你父亲让你来也是和这件东西有关？”

李飞道：“父亲并没有告诉我要拿什么东西。其实，外祖父死后，即位单于并不信任父亲，现在匈奴单于壶衍鞮年幼，实际权力掌握在大阏氏手里。或许在我南下的时候，匈奴早已派人跟踪我，我却一直没有察觉。”

范清渠道：“不妨事，我已将他们打发了。你跟我来。”

说着将李飞领到书房。墙角处有许多竹简，范清渠一一将它们移开，墙体内露出一个暗格，拉开暗格，里面有个小盒子。

范清渠拿出盒子，递给李飞，道："这是你父亲十几年前托人带给我的东西，你看看是这个吗？"

李飞接过盒子，打开一看，竟是一面褪了色的血旗！

这并不是一面完整的旗子，而是旗的一角，并且因为年岁已久，血迹已经变得暗淡。

这应该是父亲当年征战时用过的旗，但是这有什么寓意呢？

李飞看不明白，转过头来疑惑地看着范清渠："父亲可还有别的东西留下？"

范清渠摇摇头："没有。这么多年你父亲只让人带过这一件东西给我。这还是当年苏武大人回汉时你父亲托他带回来的。当年我和苏大人都仔细看过，看不出来什么，苏大人也说这就是你父亲留给我做纪念的。我也就不去多想了。如今看来它或许真有特别的意义，也许只有你能看懂。"

李飞摇着头说："我也看不懂。"

范清渠道："不急，你慢慢看。"

第七章 胡天悲歌

孝武皇帝时期，大汉经常讨伐匈奴，为了了解匈奴的情况，大汉多次派使节出使匈奴，名义上是为了两国友好往来，实际上是为了侦察匈奴国情。一来二往，匈奴知道了大汉的用意，也同样派出使节到大汉展开侦察。

这种不友好的往来自然容易产生磨擦，因此，匈奴曾先后扣留了十余批大汉使节，当然大汉也会扣留匈奴使节相抵。

三十多年前，且鞮侯单于刚刚即位，此时匈奴已不像冒顿单于时期那么强大，由于内外交困，已经经不起战争的折腾。为了与大汉修好，且鞮侯单于送还了之前扣留的路充国等大汉使节。孝武皇帝非常高兴，为了表示对且鞮侯单于此番做法的赞许，他决定礼尚往来，送还被大汉扣留的匈奴使节。武帝命苏武以中郎将的身份持节护送匈奴使节回匈奴，张胜作为副将随行。

此次出使本是为了促进两国友好关系，但是苏武此行不巧，刚好碰上匈奴王庭有几个人密谋造反。

原来，是匈奴缑王、虞常想投奔大汉，却不好空着手来，于是就想劫持单于的母亲阏氏作为礼物献给大汉。

这倒奇了，这两个人好端端的为什么要投奔大汉？其实说起来也不是多大的事，不过是缑王和虞常都与阏氏有嫌隙。这阏氏好弄权，又野心勃勃，大肆培植自己的势力。缑王和虞常被阏氏打压和倾轧，因此生出了反叛之心，而虞常是汉人，家人都在大汉，他在匈奴处处受辖制，更是萌生了回汉的念头。

虞常想，反便反了，偏偏他心思较多，想着如果空手而去必定得不到皇帝的信任，到时候别说荣华富贵，性命保不保都不好说。而此时，有一个武帝非常憎恨的人在匈奴，虞常就打上了这个人的主意。

这个人就是卫律。

武帝为什么恨卫律？其实武帝原本并不恨卫律。卫律是李夫人之兄李延年的好友，彼时李氏兄妹正得宠，李延年便将其引荐给武帝，武帝任其为大汉使节。后来李夫人病故，李延年失宠，卫律怕受牵连，便归顺了匈奴，成为匈奴的重要谋臣。武帝因此大怒。

所以虞常才想到要将卫律的人头献给武帝以博取他的欢心。

虞常在大汉时就与张胜交好，想让张胜和他一起刺杀卫律。他找到张胜，跟张胜说：皇上恨卫律，如果能杀了卫律，将他的人头带回，皇帝一定高兴，那样的话就能立功了。张胜因此答应了虞常。

可不知怎的事情却败露了，单于一怒之下扣押了使节，张胜因此投降了匈奴。

因为张胜和虞常密谋的事苏武不知情，因此匈奴说只要肯降便既往不咎，可苏武却宁死不肯投降，于是单于便把他发配到北海去牧羊了。

苏武在北海一待十九年。期间李陵去看过他几次，但苏武都不怎么理睬李陵，他认为李陵背弃了大汉而投降了匈奴，在他心里，其实是有些瞧不起李陵的。

汉昭帝始元六年，大汉终于派人来接苏武回汉。

临走前，李陵来给苏武送行。

两人喝得酩酊大醉。酒后李陵放声大哭，他对苏武说："苏兄，我真羡慕你，你可以回家了。"

苏武也放声大哭，哭自己，也哭李陵，他现在开始有点理解李陵，对他的敌意也不再那么深了。自己在这苦寒之地待了十九年，所有的青春和热血都埋葬在了这寒风和大雪之中。但比起李陵，自己受的这些苦根本就不算什么，至少，他还能再回到故乡，故乡还有家人在等他。

最后，李陵哭完了。

苏武也哭完了。

苏武问李陵有什么事需要他做的。

李陵让他做两件事：一是替他回陇西祭扫李家宗祠，二是找到范清渠，他是荆楚一带的剑客，带一件东西给他。

当年苏武带回来的就是这面血旗。

那天范清渠风尘仆仆地从外归来，五岁的小阿什一蹦一跳地出来迎接他，不停地喊道："伯伯，伯伯你回来啦，给阿什带什么礼物了吗？"

范清渠抱起阿什，从怀里掏出一个高鼻子卷头发的泥人给阿什，阿什拿着泥人高兴地去玩了。

从前，他只在汉中一带游历，自从浚稽山之战归来后，他每年都会去一次居延，然后从居延往西走，出玉门关。这次，他走得远了一些，一直走到车师国才往回走。

阿什拿着小泥人正准备出门去跟村里的小孩炫耀，走到门口又回过头来说："伯伯，屋里有位白胡子老爷爷在等你。"

范清渠"哦"了一声，正自奇怪，什么人会来找他。

走进屋内一看，一个六十上下的老者正在等着他，老者须发皆白，起身对范清渠说：“可是范先生？”

“正是在下。先生找我？”

“我叫苏武，李陵托我给先生带一件东西。”

“原来是在北海牧羊十九载的苏武苏大人，在下失敬了。李兄可好？”

苏武说道：“我在北海牧羊十九载，本也以为此生将客死他乡了，谁知苍天有眼，竟得以还乡。”

“李将军在匈奴，生活倒是无忧，只是，对于李家被诛一事，他仍无法释怀，我想他此生不会再回大汉了。”苏武又道。

李家被诛范，清渠早已听说了，他能理解李陵那种悲愤绝望的心情，就像当初在浚稽山他四处找不到援军时一样。

不过，李陵还活着，对他多少是些安慰。

他对苏武说：“苏大人一路辛苦，可否在舍下多留些时日？”

“范先生不必客气，苏武在此等候先生也有些时日了，我还有事，就不多留了。”苏武说着从怀里掏出一方绢帕，交给范清渠。

范清渠打开一看，竟是一面血迹斑斑的残破旗帜。旗虽已褪色，但范清渠一眼就看出是当年浚稽山一战留下的。

范清渠一时不明白何意，便问苏武："苏大人，你可知是何意？"

苏武摇摇头，道："李陵让我转告你，这是你们当年血战浚稽山时遗留的，让你好好珍藏。"

"如此，多谢苏大人了。"

他一直以为就是个纪念，把它收藏得很好，十几年来也没动过。

第八章 血旗之谜

李飞在范家住了三月有余，每天不是练剑就是对着血旗发呆，但也始终看不出里面藏了什么秘密。

这天李飞练完剑后又坐在院子里，拿着血旗左看看右看看，还不停地唉声叹气。

阿罗从屋里蹑手蹑脚地出来，像猫一样悄无声息地刺溜到李飞身边，想吓他一跳，伸开手臂刚想扑上去，李飞却开口叫道：“阿罗！”

一看被发现了，阿罗撇撇嘴道：“飞哥哥，你背后长眼睛了吗？”

李飞道：“没长眼睛，但长了耳朵，你真以为你走路没声音啊，再练练去！”

阿罗很是不服气：“哼，你以为你武功好啊！”

闹归闹，不过，家里来了一个哥哥，阿罗还是很高兴。平常姐姐都是管着他，这不让做那不让做，李飞却不一样，带着阿罗上山掏鸟、下河摸鱼，还能教他练剑，因此，李飞在的这些日子他总是黏着李飞。

他年纪尚小，未曾出去远游，因此对李飞是从匈奴来的这件事充满了好奇，成天缠着李飞给他讲塞外的故事。李飞耐烦不过他，便给他讲了匈奴的风土人情、骑马射箭等，还讲到李家世代善射，李飞自己的射术，是得自父亲的真传。听得阿罗一脸向往。尤其是李飞在长泽山学艺一事，阿罗羡慕得两眼闪光。长泽山离此处仅八十余里，他一直都想去长泽山学艺，只是父亲不让，是以总是闷闷不乐。

他们平时所练剑法浑厚沉着，力量刚猛，但是阿罗看李飞的剑势却很是灵动飘逸，稍有些嫌弃自己所练剑法，总是央求李飞教他剑法，言下之意，是要去旧法而练新法。

其实他不知道，范清渠常年行走江湖，剑术以御敌为主，招式虽不好看，但威力无穷，招招皆致命。阿罗只是年幼，力量犹且不足，待到年长，自然能发挥出其剑术的力量。只是苦了郭什一个女孩子，练这么沉重的剑招。

见阿罗闹得多了，范清渠就把他们三人都叫过来，先问李飞："飞儿，你这套剑法可有名称？"

"有，师父说叫'长空剑法'。"

"长泽剑仙是你师父？"

李飞挠挠头说："不是，他不肯收我为徒，只是我喜欢这么叫而已。"

“你师父可跟你说过这套剑法的来历？”

“师父说是出自两百多年前的一位剑客，叫赵成。”

“哦？”范清渠道。

李飞道：“范叔叔知道赵成？”

范清渠哈哈笑道：“知道赵成的人怕是不多。”

李飞道：“师父说他年轻时在外游历，一次偶然的机会得到一本残本，他根据残本自创了一套剑法。”

范清渠道：“他把自创的剑法传授于你，这么看来剑仙对你倒是不错。”

李飞摸着自己的后脑勺说：“师父对我很好，只是，我不明白他为什么不肯让我叫他师父？”

范清渠道：“剑仙这么做自然有他的道理。”

接着范清渠又问道：“你们可知道，赵成既如此厉害，为什么江湖上没有他的传说？”

被范清渠这么一问，李飞才想起来，江湖上的确没有赵成的传说。

在大汉的这些时日，李飞听过不少侠士的传闻，朱家、剧孟，连聂政、荆轲都曾听闻，只没有听过赵成。他不禁好奇起来，问道：“这是为什么？”

郭什和范罗也是一脸迷惑。

范清渠才缓缓道来："那位剑客本名叫赵成没错，但是大多数人都不知道他的本名，因为，大家都只记得他的外号。"

"他的外号叫什么？"阿罗抢着问道。郭什朝他瞪了一眼，小声说道："听伯伯说完。"

范清渠呵呵一笑，接着说："他的外号叫盖聂。"

"哦……"三人异口同声。原来赵成就是盖聂，盖聂之名谁人不知！

看着三人一副恍然的表情，范清渠笑笑，又接着问道："你们知道赵成为什么叫盖聂吗？"

三人又摇摇头。

范清渠接着说道："那是因为有一次他到聂村，村里的人向他挑战，没有一人能赢他。盖聂之意，是为武艺盖过整个聂村的人。"

"盖聂也是行走江湖之人，他的剑法相当凌厉，并不似飞儿使出来这般飘逸。我想，许是剑仙修道时间长了，了却世俗纷争，才将它改得这般飘逸。如此一来，多了许多虚招，看似超凡脱俗，实则失了制敌先机。"

李飞自下山以来并未遇到敌手，未经过实战，是以不甚了解，于是问道："那岂不是中看不中用？"

范清渠捋着胡须说：“那倒也不是，盖聂之剑岂能是虚招，否则盖聂怎会被誉为天下第一剑客？你方才使的一招可是‘仙鹤长鸣’？”

李飞道：“正是。”

“你演示给阿什和阿罗看，就用这招。”范清渠说着摆出接招的架势。

李飞知道范叔叔要指点他剑法，便不客气，捡起地上的长剑，右手捏个剑诀，挽起一片剑花，只一眨眼的工夫，似有无数把剑向范清渠袭来，眼看就要刺到，就在离范清渠眉中只有一寸之时，只见他衣袂飘动，身子便向后移动了一尺有余，在他侧身的瞬间，剑尖已稳稳地夹在他的两指之中。

李飞从未见过如此快的身形，甚是惊骇，心想，眼前若是敌人，只怕我已没有命在了，不由得赞叹道：“范叔叔怎能如此之快！”

范清渠道：“并非我快，只是你慢了。剑术之道，要虚实并用。若只有实招，你未出招对手便知道你的招式；若只有虚招，那只能唬对手一时，若虚招过多，则限制了实招的力道。只有虚实结合得当，才能有效制敌。”

又道：“你们三人可相互切磋，尤其是阿什，我的剑法过于刚猛，阿什一个女孩子在力量上先天不足，若能与飞儿的剑法相糅合，那是再好不过，要做到实中有虚，虚中有实，虚实结合，变化无穷，才是上乘剑法。个中变换，你们须自行体会。”

李飞回味着范叔叔说的那句话——并非我快，只是你慢了。他心里琢磨着，或许不仅是这招，长空剑法里还有许多招式在出剑前必得先运势，势成则剑出，如此，剑势则快如闪电，但也往往失了先机。如何才能既不失先机，又保持运剑之快？

至此，李飞像是着了魔，日夜琢磨此事。

三人也常一起切磋，他原本就聪明机敏，不过一月有余，竟给他悟出不少道理来。

这天，三人正在练剑，李飞突然问起郭什：“阿什，你记不记得我们在洞庭湖上见过？”

阿什道：“记得啊。”

“记得你那天为什么还把我打晕？”

郭什咯咯地笑起来：“记得不代表你就是个好人啊！不打你打谁！”

郭什笑起来有两个浅浅的酒窝，甚是可爱，李飞也不自觉地跟着笑了起来。

这天，李飞又对着血旗发呆。郭什拿了些吃的给李飞，正好看见他发呆的样子，扑哧一声笑了出来：“飞哥哥，你又在看旗？”

“嗯。”李飞懒懒地应了一声。

郭什说：“旗可以慢慢看，先吃点东西吧。”

李飞突然转过身来问道：“阿什，你说我父亲想告诉我什么？我怎么一点都看不出来？”

郭什想了想说：“李将军临终前有没有对你说过什么特别的话？”

“没有，匈奴并不信任父亲，父亲平时说话做事谨小慎微，不敢有出格之处，即便是在弥留之际，也只是让我来找范叔叔，并无过多的话。”

“你把血旗给我看看。”

李飞将旗递给郭什。

郭什接过来看了看，这旗已有些年头了，快三十年了吧，旗和血渍都褪了色。十多年前李将军让苏武将旗带给伯伯，伯伯一定是顾念当年的友情，将旗保存得很好，这旗还是十多年前的面貌。

阿什拿着旗看了有一个时辰。

“阿什，看出什么了吗？”李飞看郭什发了一个时辰的呆，便问道。

“没有。”

“我就知道看不出来。”李飞叹了口气道。

“不过……”

“不过什么？”

“你看，这里有个小血点，颜色和周围的不同。”

李飞拿过血旗，旗的右上角有一个小点，颜色略深一些，看看血点的周围，好像能连成某个形状，又侧过头看了一会儿，竟有些熟悉的感觉，好像在哪里见过。

李飞侧着头看了许久，旗上的血渍忽然像是在眼前浮了起来，然后慢慢飞扬，最后竟一点一点地连了起来，这画面竟是那么熟悉。

马鬃山！

难道父亲让他去马鬃山？

记得在他十三岁那年，父亲替匈奴征讨乌孙，将自己带出去历练，班师回来，途中在马鬃山休整。父亲带着他进山勘察地形，走了不知多久，突然看见一只梅花鹿，他突然兴起，想去抓这只梅花鹿，没等父亲同意就自己追了上去。他追了很久都没追上，回头一看发现已经找不到来时的路，那天很冷，风很大，自己又饿又冷，顿时就慌了神，坐在地上哭。幸而父亲担心他，悄悄跟了来。

那天，父子俩只好先找个山洞避寒。

山洞不大，比外面倒是暖和了很多。

李陵生了一堆篝火，看着火堆许久都不说话。

李飞以为父亲在生他的气，默默走近他身边，小声地说："阿爹，我错了。"

李陵转过身来，摸着他的头说："不妨事，阿爹没有生气。"

李飞觉得父亲确实没生自己的气，便壮着胆子问："那你为什么不高兴？"

李陵说："阿爹没有不高兴，只是在想些事情。"

李飞又问："阿爹在想什么，可以告诉我吗？"

李陵叹道："你还小，不懂，长大了就懂了。"

李飞那时十三岁的年纪，说小也不算小，可是有许多事他仍是不能理解，比如他的父亲，常常会陷入沉默和叹息之中。

那天，山洞之中只有他父子二人，李飞试着去了解父亲，他问道："阿爹是在想自己的故乡吗？"

李陵当时很惊讶，看着李飞很久，才叹口气说："此生不能再做一个汉将了。"

李飞不理解父亲为什么这么说，他问父亲："你是匈奴右校王，一样可以领兵打仗，这不好吗？"

李陵没有回答他，而是摸着他的头问："等你长大了愿意替父亲回一趟大汉吗？"

父亲从小就教他识汉字、说汉话，还时常念一些诗歌给他听。李飞还有两个哥哥，但两个哥哥觉得汉字难学，学得并不很用心。只有李飞表现出了浓厚的兴趣，并有一种无限向往的感情。

他其实并不知道父亲为什么要他去大汉，父亲为什么不能自己去？只是心中一直以来对大汉的向往，使他没有丝毫犹豫，而是用一种坚定又带着兴奋的眼神朝父亲点了点头。

父亲当时很高兴，喃喃地说道："或许我李陵还能有一点骨血回到大汉？"

五年后，父亲去世了。

临终前，父亲交代了两件事：一是遵守孝道，"父母在，不远游"，在家好好侍奉母亲；二是将来有一天如果母亲也不在了，去大汉找一个叫范清渠的人。

在父亲弥留之际，他的眼神变得特别地清澈和空灵，似乎他的灵魂已经触及到了他魂牵梦萦的故乡。李飞被这种眼神深深地刺痛着，那一刻他似乎明白了父亲一生所背负的痛苦。

也是那一刻，他突然意识到自己的身体里流淌着一半汉人的血液。

李陵就这样去了。

李家三代的悲剧，终于在此刻结束了。

“飞哥哥，你想到什么了吗？”李飞的思绪被郭什拉了回来。

“阿什，你看这里像什么？”李飞指了指那个特别的血点周围。

“像马耳朵。”

“你再侧过来看看。”

阿什歪着头看了半天，不太确定地说：“好像有点像马的鬃毛。”

李飞一跃而起，兴奋地跳来跳去：“对了对了，就是马的鬃毛，阿什，谢谢你！”

“谢我干什么，你在说什么呀，马的鬃毛又代表什么？”

“马鬃山，马鬃山，父亲一定是让我去马鬃山！”李飞抱起郭什高兴地转了一圈。

“哈哈哈，真的吗？你肯定？”

终于知道了血旗的秘密，阿什也替李飞高兴，两人开心地抱作一团，等反应过来时郭什才发现自己在李飞的怀里，顿时羞红了脸，挣开李飞的手一溜烟地跑了。

倒是李飞一时摸不着头脑，他在漠北长大，自小和小伙伴们骑马摔跤，不论男女，肢体的接触是常有的事，并未有人觉得不妥。或许，中原的女子当真不一样？他摸了摸自己的后脑勺，一边喃喃自语，一边走回房去了。

第九章 北上祭祖

李飞既解开了血旗之谜，便迫不及待地想知道父亲给他留下了什么东西。他在范家住了不少时日，是时候去做他该做的事情了。

“范叔叔，我要走了。”话一出口，李飞有些不舍。这些时日在范家，他有种“家”的感觉，他自己也觉得奇怪，即便是和自己的哥哥们在一起，他也从未体验过这样的温馨和欢乐，这几个月在范家的日子，实是他人生中最放松的时刻。

“去哪里？”范清渠问道。

李飞道：“去完成父亲交代的事。”

范清渠接着问道：“你以后可有什么打算？”

“先去陇西，然后去马鬃山。再往后，我也不知道了。”李飞说。

的确，往后的事谁知道呢？李飞能回来已属不易，自己难道还指望他再承诺什么吗？范清渠想着，便对李飞说：“你是个好孩子，你父亲在天有灵，也定会喜欢的。”

李飞拿出血旗交给范清渠。

范清渠却说：“你留着吧，这是你父亲的遗物。”

“不，这是父亲留给您的，是您和父亲那段岁月的纪念。况且，我既知道了父亲的用意，就用不着它啦。”

“也好。”范清渠说着，接过了血旗。

范清渠将血旗收起，顿了一下说道：“让阿什陪你去吧，她能帮你。”

“不不不……这怎么行！”李飞心想此行路途遥远，也许会有危险，自己受范叔叔照顾已是莫大的恩情，怎能让阿什和他一起去冒险？

范清渠却摆摆手说：“不妨事，她能照顾好自己。”

李飞不愿郭什与他同行，阿罗却吵着要一起去。

“姐姐，我也要去！”

“我们并不是出去玩，你去做甚？”

“我还没出过远门，我也想出去见识见识。”阿罗说道。

“此行有危险，你还是留在家中，况且伯伯也需要人照顾。”

“有危险才应该我去呀，我是男子汉大丈夫！”阿罗拍着胸脯说。

“等你弱冠再出去。”阿什搪塞着，想快点打发阿罗走。

这一说倒把阿罗弄得伤心起来，他大哭着说：“我才十五，等到弱冠还要等那么久！”

见阿罗哭了，阿什走过来拧他的脸骂道：“你羞不羞啊，还哭，刚才还说自己是男子汉大丈夫。”

阿罗抹一把鼻子，又腆着脸过来说：“姐姐，不如我们换一下，你留下来照顾爹，我陪飞哥哥去马鬃山。”

阿什看着阿罗一副嬉皮笑脸的模样，又好气又好笑，只是，不让他去的理由自己又不好说出口，他还小，自然不懂伯伯这么安排的用意。想了想只有一个法子让他不来缠着自己。于是她故意说道：“好你个小东西，让你留下来照顾父亲你不愿意啦？当初要不是你爹把你捡回来，你能长这么好看？现在长大了就忘恩负义啦？”说完还拿起扫帚要来打阿罗。

范罗见势忙抱头鼠窜，一边躲一边求饶：“我错了我错了，姐姐，我当然不敢忘了爹爹把我养大的恩情。”

范罗躲到门外，又故意把头伸进来说：“不过话说回来，爹在罗县捡的我，就给我起个名字叫范罗，哼！听起来像个罗锅！”

郭什被他突然的一句话逗得大笑不止，一直笑到气喘匀了才说：“那是为了让你不忘本！”

阿罗气鼓鼓地走了，走出几步似乎又想起来什么，转身回来凑到郭什面前，神秘地问道："姐姐，你是不是喜欢飞哥哥？"

郭什气才喘匀，被阿罗这么一问，又羞又怒，举起扫把又要来打。

"嘿，你个小东西，胡说八道！"

"我哪胡说了，你看你看，你脸都红了。"

阿罗说完做了个鬼脸，一溜烟跑了。

第二天，李飞和郭什来向范清渠辞行。

范清渠红着眼眶，李飞知道范叔叔有些不舍，其实自己何尝舍得？在匈奴时，自己一家时时刻刻都在提防着政敌的陷害，两位哥哥又生性沉默，所以自己从小就缺少玩伴。在这里的几个月，阿什和阿罗虽然经常大吵大闹，却也让这个家充满了欢笑。范叔叔待自己如亲生一般，这是一种像他父亲一样熟悉的温暖。

李飞走到范清渠跟前，双膝跪地，磕了三个响头，说："叔叔在上，侄儿李飞，待完成父亲遗愿，愿回来侍奉范叔叔，还望范叔叔收留。"

范清渠的泪水顿时夺眶而出，他扶起李飞，哽咽着说："好，好，好，你有这份孝心，叔叔高兴得很。"

擦了擦眼泪，范清渠叫来郭什，嘱咐道：“阿什，飞儿初来中原，你们两个要相互扶持。”

“阿什明白。”

两人拜别范清渠，翻身上马。两骑轻骑扬起一阵尘土，渐渐地消失在视野中。

望着他们远去的背影，站在范清渠身后的阿罗突然问道：“爹，哥哥还会回来吗？”

范清渠悠悠地说道：“不知道，那得要看他的心在哪儿了。”

陈仓县，属右扶风郡，在关中平原之内，有四大关卡和黄河天险，若在战乱年代，当是兵家必争之地。当年高祖皇帝还在做汉王时，便是听从了韩信的计策，起兵由陈仓而出，出其不意地平定了三秦，奠定了一统天下的基础。

陈仓县曾经流传着一个传说。

传说在春秋时，秦文公曾梦到有黄蛇从天而降，化为小儿，对秦文公说：“我是天帝之子，天帝任命你为白帝，主持西方的祭祀。”说完就不见了。第二天，秦文公召太史占卜，太史说：“白色是西方之色，现在秦国拥有西方，天帝既有所任命，按天帝所说的去做必定能给秦国带来福气。”于是文公筑高台、立白帝庙进行祭祀。过了不久，有陈仓人在打猎时获得一只兽，长得像猪，身上长满刺，打不死，也不知道叫什么名字。他觉得应该是奇珍异兽，于是想献给国君。猎人在去雍丘的路上碰到两个小孩，两个小孩指着猎人的兽说："这个东西名叫猬，经常趴在地上，专吃死人的脑子，你要是打它的头，它立刻就会死。"猬听到两个小孩说破了自己的秘密，也用人的语言说："这两个小孩是鸡精变的，名字叫陈宝，得到雄鸡可称王，得到雌鸡可称霸。"两个小孩见被说破，立刻化作野鸡飞走了。雄鸡不知去向，雌鸡飞到陈仓山北就不见了。

猬口中的"称王"是指拥有天下，因为只有天子才可以称王，"称霸"是指成为一方霸主。

秦文公因此缘故在此建立都城，称为陈仓，后又称为雍。秦国因为拥有雌雄二鸡，逐渐变得强大起来，先是成为西方霸主，最后统一了天下。

秦文公不知道，在一千多年后，陈仓因为这两只鸡精的缘故改称为宝鸡。然而天帝最终还是苛待了秦国，他只给了秦国使命，忘了给它福利，秦朝完成统一大业后只存在短短十五年便覆灭了。

现在的陈仓县，少了文公时的传说，少了几分神秘，也少了高祖时"暗度陈仓"的惊险。它现在默默无闻，好像是经历了千年风霜之后终于回归平静，只有江湖游士在这里来来往往。

陈仓县有家西南客栈，此时已将近打烊时分，却有个醉汉瘫坐在门口，口里叽叽歪歪的不知道在说什么。店小二要赶他走，但任凭小二如何劝说，那醉汉就是不动半分。

李飞和郭什赶了一天的路，好不容易找到一家客栈，正准备去投宿，正好看到这滑稽的一幕。

那店小二觉得醉汉坐在门口不雅观，怕影响其他客人，很努力地想把醉汉挪开。那醉汉并不胖，身材修长，看似不沉，可是小二费尽九牛二虎之力也推不动他。

小二被醉汉折腾得满头大汗，却挪不动分毫，只得告饶："大爷，您要睡可别在这儿睡呀，我这还要做买卖呢。"

醉汉道："谁说我要睡！我还要喝酒呢！你、你去拿酒来！"

"行行行，我去给您拿酒，劳驾您先把酒钱付了成吗？"

醉汉在身上摸了半天，似乎没摸到钱，双手一摊，说："小二哥，今天没钱了，我给你唱首歌当酒钱怎么样？"没等小二回答，自己先疯疯癫癫地唱了起来：

大风……起兮……云飞扬！

威加……海内兮……归故乡！

安得……猛士兮……守四方！

醉汉自顾自地唱着，小二却不耐烦地说：“去去去，谁要听你唱歌，没钱就改天再喝吧，赶紧走。”说着又要去推醉汉。

醉汉又央求道：“别……别呀，小……小二哥，我再给你唱一首，你你……你就给我赊壶酒吧。”说着又唱起来，这次和刚才不同，调子变得忧伤宛转，李飞驻足静听，只听他唱的是：

南有乔木，不可休思。

汉有游女，不可求思。

汉之广矣，不可泳思。

江之永矣，不可方思。

…………

醉汉一会儿豪放一会儿忧伤地唱着歌，李飞听了一会儿，觉得这醉汉甚是有趣，并不似寻常醉汉那般无赖，他似乎是有什么心事，又似乎是在思念着一位美丽的女子。

又看小二推推搡搡了很久，李飞便上去解围：“小二哥，给这位公子一间客房吧，扶他上去休息，房钱我来付，另外再给我们两间房。”郭什白了他一眼，想要制止，终于还是忍住了。

小二正被醉汉缠得恼火，现在有人愿意出钱安顿，当然求之不得，赶紧将醉汉塞进客房内了事。

连日来车马劳累，安顿好之后，李飞正要休息，这时却有人在敲门。

“谁？”李飞问道。

“是我。飞哥哥，你睡了吗？”

是阿什的声音，李飞赶忙起来开门。

“你怎么还不休息？”李飞问。

“怕你吃不惯这里的饮食，才出去买了点心，给你尝尝。喏……”说着扬了扬手里的点心。

李飞笑着说道：“阿什你想得真周到，只是我来大汉快两年了，怎么会不习惯？”说着接过郭什的点心。

郭什直直地看着李飞：“好吃吗？”

“好吃。”

“飞哥哥，你们在匈奴都吃些什么？”

李飞道：“牛羊肉，马奶酒。”

“没别的了吗？”郭什又问。

“有是有，不过也和这些差不多。”

“那你们匈奴可就比不上我们中原了。”郭什骄傲地说，“在中原，光菜式就有好几百种，还不包括各种点心和瓜果呢。”

“那是自然。”李飞跟着夸赞道，又扬了扬手里的点心，说，“比如说这点心，在匈奴可吃不到这么精致的东西。”

“哈哈哈……哈哈哈……”郭什被李飞顽皮的样子逗得笑个不停。

笑停了，郭什突然将脸凑到李飞跟前，直直地看着他，面带娇嗔，问道：“那你说，是中原女子好看还是匈奴女子好看？”

“啊？”李飞被这突如其来的一问弄得不知所措，结结巴巴地说，“这……这这……”

郭什却不依不饶，催着李飞：“什么这这那那的，快说！”

“你好看。”见实在拗不过，李飞只好硬着头皮说，说完忙低头吃他的点心，也不敢去看郭什。郭什今天也有些奇怪，看他的眼神与往日有些不同。他被她那直直的眼神弄得有些不知所措，只想她快些走才好。

可郭什正在兴头上，并没有要走的意思，只见她又撇撇嘴，说：“才不是呢，你嘴上这么说，心里却不这么想。”

随她怎么说，我只不接话，看她怎的，李飞心想。

看李飞不说话，郭什自觉无趣，只是没多久又换了一张笑脸看着李飞：“飞哥哥，你会不会留在大汉？”

唉，李飞在心中叹道，为什么总是绕不过这一事？许久，才喃喃地说：“我父母皆葬在匈奴，我还有两个哥哥都在匈奴，如何能不回呢？”

“可你有没有想过，你父亲让你来大汉或许就是想让你留在大汉？”

“这……”

李飞叹了口气，其实他是想过的，两个哥哥对汉文化不热衷，父亲其实对他的期许更高一些。或许这真的是父亲所期望的吧？只是自己从小在匈奴长大，若说自己以后不回匈奴了，两个哥哥会答应吗？

自从他决定来大汉，这些问题无时无刻不在困扰着他，这两年，他最不愿意去想的就是这件事，偏偏阿什在这个时候提起，他心中又涌起杂乱如麻的心事。

阿什知道他不愿提起此事，便也不再追问，只打趣他说：“好了，不想这些恼人的事情，不要总是老气横秋的样子。”

接着又说：“说，你刚才为什么要管那个醉汉？”

李飞道：“我看他不像是坏人，你看他刚才唱的是高祖皇帝的《大风歌》和《诗经》里的《汉广》。”

“什么？”郭什不敢相信自己的耳朵，惊诧得张大了嘴半天没合拢，“飞哥哥，你当真让我刮目相看！你一个匈奴人竟然懂《大风歌》和《诗经》？”

李飞笑了笑，不答。

第十章 逍遥剑客

说起古往今来的富庶之地，人们多半会说，在吴中平原、巴蜀盆地。然而，若是再早个五百年，真正的天府之国其实是关中平原。

而现在的关中平原虽说不如以前富庶，却是中原文明的龙脉所在。

关中平原四面环山，分布着四大关卡：西面散关、西北萧关、东面函谷关、东南武关。正因为它得天独厚的地理位置，周秦两朝均在此地崛起。东周时周平王将都城迁到了洛阳，若不是放弃了关中平原，周朝国力或许不会衰落如斯。而秦国正是凭借着关中天险，在对各国用兵的时候才能进退自如，最后一统中原。

大汉立国，都城定在长安。长安紧靠雍凉之地，雍凉之地此时已是大汉疆域，至此，四大关卡中除了萧关仍在抵御北方游牧民族，其余三关的战略作用已不那么明显。

散关离陈仓县不远，传说老子得道后骑青牛而去，正是由散关而出。李飞想走一走老子走过的路，因此决定出散关，再往西走。

现下已是小暑节气，天气炎热，西北缺水，土地已被热浪烤干了，地里的庄稼都耷拉着脑袋蔫在地里。未时时分，庄稼汉们都回家避暑去了，只有知了叫得正欢。

郭李二人走了一阵，热得口干舌燥，便选了一片林荫歇脚。

刚把马拴好，“嗖”的一声，便从林中飞出一支箭来，刚好从郭李二人中间穿过，吓得他们手中的水囊“啪”地掉在地上，二人随即闪身到树后。

“什么人？”李飞喝道。

没有人回答。

二人从南郡一路到陈仓，并没遇到什么危险，是以并不十分警惕。此时也不知道什么人在跟踪他们。李飞本想看看对方是何许人，谁知刚探出半个头，“嗖嗖”两声，箭矢陆续飞来，正中李飞头顶上的树干，箭头没入一寸有余。

“好箭法！”李飞在心里叹道。

“这些人似乎是冲着我们来的，到底是什么人？”郭什问道。

“不知道。”李飞道。

接着转过头朝着放箭的方向喊道：“到底是什么人？

别躲躲藏藏的，给我出来！”

仍然没有回答。

却有十几个蒙面黑衣人向二人所在的方向包围过来，这些人每人皆负有一个箭囊，人人身形矫健，箭势干净利落，箭箭皆落在郭李二人藏身之地的五寸之内。

看他们的阵势是要合围郭李二人，只不知是要杀了他们还是要生擒他们？不管哪种，总归不会让他们好过。过不了多久，这些黑衣人便会将他们包围，而此时郭李二人的马已中箭倒地。

李飞自幼学习骑射，看得出这些人并非普通的盗贼，心想，自己来汉朝这些日子，并未惹什么事，会是得罪了什么人呢？

眼看黑衣人逼近到离他们只有五步的地方，李飞朝郭什递了一个眼神，示意她动手，自己则拔出佩剑，从大树背后闪身而出，悄无声息地绕到黑衣人背后，反手一剑，穿胸而过，黑衣人只闷哼了一声，倒地不动。

而郭什这边，两个黑衣人一前一后夹击，郭什冷哼一声，身子凌空而起，剑势所指之处撒下一片剑花，剑光闪烁之间，两个黑衣人脖颈之处已多了一道血痕！

两个黑衣人无声地倒下。

近身搏斗时，李飞发现黑衣人用的不是剑，而是短刀！

这种短刀他太熟悉了，其实，他从家中出来时佩戴的也是这种短刀！这种短刀在中原并不常见，却是匈奴人最喜欢的武器。

因此，他几乎可以肯定，这些人不是汉人，而是匈奴人！

什么匈奴人会跟踪他们？会不会就是阿什说的那些曾去过范家的匈奴人？

后面陆续有几个黑衣人赶来，李飞不得不以一敌四。虽然他剑术得范清渠指点后大有长进，但毕竟是第一次对敌，招式略显笨拙，对方人多，他始终无法占得上风。

再看郭什，也好不到哪里去，正以一敌三。不过郭什常年和范清渠行走江湖，经验丰富，虽年纪小，但剑术娴熟，对付三人倒也不吃力。

李飞担心郭什安危，想去助她一臂之力，求胜心切，心下不免分了神，只这一瞬间，却被黑衣人逮了一个破绽，短刀在他肩头划过，顿时鲜血直流。

郭什见李飞受伤，情急之下，用剑挑开一个黑衣人的短刀，飞身踢开其余两个黑衣人，纵身一跃，来到李飞身后。

“飞哥哥你怎么样？”

“没事，小伤，死不了。”

原本，在郭李二人凌厉的攻势下，已有十几个黑衣人倒在地上，奇怪的是，李飞和郭什并未觉得黑衣人数量减少，他们依然感到独力难支。李飞摇头苦笑，不知道对方在林中埋伏有多少人。

本来，两人只是勉强和黑衣人打个平手。现在李飞受伤，左肩流血不止，脸色变得煞白，剑势逐渐迟缓。李飞能以一敌多而不败，不过是仗着剑势凌厉，招式多变，现下剑势一缓，黑衣人便欺身上来，一个黑衣人趁着他出剑未及回防的空档，弯腰从他腋下划过，只听“啊”的一声惨叫，李飞腹部多了一道血口。他再也支撑不住，倒坐在地上。

郭什一声惊呼，忙回身护住李飞。

黑衣人虽然用的是短刀，兵器上处于劣势，然而胜在人多，如今对手已倒下一个，郭什渐渐地支撑不住。

此时李飞身上的衣衫已被鲜血染红，他倒在地上动弹不得。阿什一人对付七八个大汉，已累得气喘吁吁，刀光时不时在她脸上划过，离她不过半寸，当真是惊险万分。

李飞此时已无力再出手，眼看郭什陷于危险之中，心中自是焦急万分，思绪已闪过万千个回转，也想不出如何解今日之难，心想不如自己拼得一死，让阿什逃出去，也算值得了。李飞挣扎着要起来，准备拼尽最后一口气为阿什解围，却忽地想起那伙找过范叔叔的匈奴人，为首的叫鞑胡。既是去找范叔叔，必定和血旗有关，便用匈奴语喊道："鞑胡，你出来吧，你要的东西在我手上，我们做个交易如何？"

鞑胡没出来。

却有另一个声音回答道："扎仆颜，好久不见了。你早点把东西交出来不就没事了？"

这个声音再熟悉不过了，听得李飞心中一颤，暗暗叫苦——他最不想见的人到底还是来了。

"乌齐，原来是你！"李飞苦笑道，"我早该想到是你。"

乌齐杜哈冷笑道："现在知道也不晚。"

来人正是乌齐杜哈——匈奴的左大都尉，先前就是他派鞑胡冒充李陵的使者去找范清渠要东西。

说起来，乌齐杜哈和李家三兄弟都颇有渊源。乌齐的父亲是匈奴右谷蠡王，而李飞的母亲是且鞮侯单于的女儿——匈奴公主。她和右谷蠡王的阏氏交好，李飞大哥的婚事，就是母亲和右谷蠡王阏氏在大哥十三岁时定下的。大哥老实，刚成年就按照母亲的意愿娶了乌齐的姐姐，如今已是两个孩子的父亲了。乌齐因为和二哥年纪相仿，小时候经常在一起玩，和二哥感情很好。事实上母亲在生前把他们三兄弟的婚事都安排好了，大哥二哥都已娶妻生子，唯有他，因为一直记挂着父亲让他来汉朝的嘱托，一直拖着不肯娶亲。母亲生前一直催促他，他总是想方设法找理由推脱，母亲也无可奈何。他无法解释他的想法，当然他也明白，再怎么解释母亲和大哥都不会明白，只是他自己固执地觉得，他的根似乎不在这里。

“扎仆颜，你太不够朋友了，来汉朝也不跟我说一声，我也好和你一起来见识见识这大汉的江山啊。”乌齐杜哈的声音将他从思绪中拉了回来。

“我不告诉你，你不也追来了吗？既是朋友，你就是用这种方式跟朋友打招呼的？”李飞道。

乌齐杜哈道：“哼！若不是我早知道你们李家怀有二心，派人盯着你们，或许你们李家的阴谋就已经得逞了。”

李飞道：“乌齐，好歹你跟我二哥也是多年的朋友，我父亲忠不忠于匈奴，别人不知道你还不知道？你倒说说看我父亲怎么心怀二心了？”

乌齐杜哈道：“你李家若是真心，那我问你，你来汉朝干什么？”

“祭祖。”

“你都是匈奴人了，还祭什么汉人先祖？”

“可我父亲不是，我只是替他回来祭祖。”

“祭祖便祭祖了，为什么又偷偷摸摸地来？为什么又要去南方？”

“去南郡只是拜访父亲的一位故友。”

郭什在一旁听他们一问一答地说着，用的全是匈奴语，自己听不懂。但是，看眼前这个匈奴人绝非善类，便不敢有丝毫的松懈，握剑的手始终紧紧地握着剑柄，寸步不离地守在李飞身旁。

乌齐杜哈说：“我看不只是拜访吧？”

李飞道：“不然还能有什么？”

“扎仆颜！”乌齐杜哈喝道，“别再跟我兜圈子，是你自己交出来还是我来拿？”

李飞闭上眼睛，不再和乌齐废话。

乌齐杜哈见状示意手下活捉李飞。此前，乌齐的手下们都吃过郭李二人的亏，知道他二人武功高强，对他们颇为忌惮。

此时，七八个黑衣人正朝着郭李二人慢慢聚拢过来，为首的一个见李飞受伤，坐在地上不能动弹，只剩一个姑娘，料想她武功再高，七八个人同时出手，也必不能抵挡，因此胆子大了些，提着短刀就要上前动手。

说时迟，那时快，就在黑衣人提刀劈向李飞的同时，只听“嗖”的一声，众人还未看清是何物，却听到黑衣人“啊”一声惨叫，短刀落地，人也跟着后退了三步，再看黑衣人，手腕中兀自多了一支箭矢！有人中箭，众黑衣人知是对方来了援手，都急忙散开，缓缓后退。

“嗖嗖”，箭矢仍旧不停地射来，两个黑衣人退得稍迟，已相继中箭倒地。

乌齐杜哈躲到了树后，喊道：“是谁？出来！”他用的是汉话，这回郭什听懂了。

话音刚落，两支箭已落在乌齐杜哈跟前，幸而他藏身在树后，未被伤着。

“这位朋友，我们无冤无仇，为什么与我为敌？”乌齐杜哈又喊道。

那人并未现身，只冷笑两声，说道：“只许你为难我朋友，却不许我为难你？”

乌齐杜哈本想说：这扎仆颜分明是我匈奴人，何时成了你这汉人的朋友？又一想，自己身在汉界，还是别说出自己匈奴人的身份为好。便问：“你待要如何？”

对方道：“带上你的人快滚！”

那乌齐在匈奴号称“第一勇士”，如今还是头一次被人喊“滚”，如何咽得下这口恶气，他冷笑道：“哼！要我滚，看你有没有这个本事！”说完示意手下捉拿那人。

乌齐用手指了指自己的后方，示意手下朝那个方向走，自己却没话找话地逗对方说话：“这位朋友，要我走可以，请留下名号，待日后向阁下讨教！”

那边却似乎看穿了乌齐的心思，冷笑道：“你啰里啰唆的，说一些废话，不过是想知道我藏身何处，老子的名号你也配知道！想找我报仇，何不现在就来！”

话音刚落，只见大树丛中落下一个身影，正在黑衣人身后，黑衣人听声回身就是一刀，可惜慢了一招，只见一道银光闪过，但听一声闷响，黑衣人已倒在地上，手中还兀自举着短刀！

乌齐还只道是自己手下得了手，伸头一看，方知死的是自己手下，这一惊非同小可，他方才见对方射箭，心想对方的武器不过是弓箭或是弩箭，无论何种，己方也是使箭的，总不至于太吃亏，谁知他竟可使剑！看他方才身手，武功竟在扎仆颜和那丫头之上！

乌齐仍在原地不动，却不知那人已悄无声息到了他背后，一把长剑已冰冷冷地架在他脖子上，他方才回过神来。

一个冰冷的声音从乌齐的背后传来：“还想知道老子

的名号吗？”

乌齐知道已着了对方的道，心中虽不服气，却也不敢作声。

只听那人道：“可是还想着找老子报仇？”

若换了别人，刀架脖子上只怕已屁滚尿流，乌齐到底有些见识，知道大丈大当能屈能伸，便认栽道：“兄台武功高强，栽在兄台手上在下认了，在下只想与兄台交个朋友，报仇一事绝不敢提。”

那人道：“谅你也不敢！快滚！”

对方既然不计较，此时不走更待何时？乌齐忙不迭地带着手下走了。

这边郭什已经给李飞敷上了止血药，暂时止住血流，便坐在李飞身旁保护他。

乌齐走后，李飞朝那人拱手谢道：“多谢兄台救命之恩。”

“哈哈哈。”那人发出几声爽朗的笑声，说道，“兄台不记得我了？”

李飞仔细一瞧，只见眼前是一位青衫男子，身材挺拔修长，二十五六岁年纪，剑眉星目，气宇轩昂，眉宇之间有股不怒而威的气概，自有一股英挺之气。且他身上佩有长剑，手上却又持有一把弩机。看了许久，只觉有点眼熟，并不知道自己何时交过一位善使弩机又剑法高强的朋友。

那人见李飞许久不说话，叹口气道：“兄台果然是贵人，贵人果真忘性大。”

男子如此说，李飞才猛然想起昨夜西南客栈那个醉汉，猛一拍脑袋，指着男子说：“你是西南客栈的……”他本来想说“醉汉”，猛然又觉得这样称呼不礼貌，生生把这两个字咽了回去。

男子却不在乎，笑了笑接口道：“‘醉汉’，是吧？兄台倒不用不好意思，正是在下。”

李飞不好意思地笑了笑，道：“兄台原来长得如此英俊，与昨夜那副模样实在大不相同，是以在下竟没想起来，还请兄台莫见怪。”

男子大笑道：“昨夜得兄台收留，何怪之有？方才不过是玩笑话。”

“我叫李飞，可否请教兄台大名？”李飞道。

男子道：“叫我祁蓁就好。”

三人在村子附近找了一间弃屋歇脚。祁蓁将随身带的金创药给李飞敷上并把伤口包扎好。阿什去生火弄些吃的。三人胡乱吃了些干粮，祁蓁李飞二人靠在墙边歇息，三人都默不作声。

最后还是李飞先开口："今日真要多谢祁兄了。"

祁蓁道："李兄说哪里话，昨日李兄收留，我还未道谢呢。"

两人都是生性爽朗之人，不习惯客套，客套话说得两人都不自在。两人看了对方一眼，也就相视而笑。

行走江湖的人很奇怪，似乎天生就有一种本领，能分辨谁是朋友谁是敌人。

沉默了一会儿，祁蓁问道："李兄这是要去哪里？"

李飞道："我去成纪，看望一下先人。"又问祁蓁："祁兄去哪里？"

祁蓁抬头望了望天空，悠悠说道："去找一个人，她已经离家出走一年多了。"

看他的神情，似乎有难言之隐，李飞也就不便再多问，一时间两人都不再说话。

李飞受伤后有些虚弱，便沉沉地睡去了。第二天天刚蒙蒙亮的时候，李飞睁开眼，发现祁蓁不见了，左右寻了一会儿，才发现地上留有一行字，是用烧过的木炭写的：李兄，后会有期！

李飞会心一笑，顺手抹去了这行字。

第十一章 陇西宗祠

李家宗祠就在陇西的成纪县。

李家本是陇西望族，世代为将。其先祖便是秦朝大将李信。不过李飞不知道这些，父亲没有将他的先祖讲到那么久远。父亲讲得最多的就是曾祖。自从父亲去了匈奴，曾祖这一支就被武帝以叛国投敌之罪诛灭了。

宗祠已有些残破狼藉，这些年旁支是否曾来祭扫过？李飞不知道。叛国投敌之罪足以牵连九族，或许旁支也是为了保全自己吧。

他用了三天时间将祠堂破败之处重新修葺好，并里里外外打扫了一遍。然后他点上一炷香，对着列祖列宗的牌位郑重地磕了三个响头。

他磕完头才发现，父亲的牌位并不在这里。也是，父亲连祭扫都不能亲自来，牌位如何得入宗祠？李飞不禁感到一阵哀伤。

父亲临终前并没有说要将他的牌位迁回李家宗祠，但是他一定很想吧？此时他突然觉得有种莫大的遗憾。匈奴人随死随埋，根本没有墓地和灵牌，自己和哥哥们现在还记得父亲埋在哪里，但是侄子侄女们却已不知道祖父的墓地了。他们的下一代，要上哪里去祭拜自己的先祖？想到这里，他突然觉得很悲哀。自己在匈奴的时候，从未有过这种传承感，活着就是活着，死了就是死了。死了代表一切就结束了。而现在，他突然有种感觉，死了或许并不意味着结束。他在这里看到了曾祖的灵牌，还有祖父的、叔爷的。李飞看到祖父李当户的牌位时有种异样的感觉，这位连父亲都不曾见过的亲人此时在他看来格外地亲切，似乎就不曾离开过。李飞就这么跪在地上胡思乱想着。他想，自己虽是李家子孙，可是谁知道？谁会承认？他死后会有人把他埋在这里吗？父亲都不在这里，他有资格进李家祠堂吗？

他想得心乱了。原来“传承”这个东西是这么地折磨人，难怪父亲一生念念不忘故土。

见李飞一人在那里痴痴地发呆，郭什轻轻走过来喊了一声“飞哥哥”。

李飞没回头，痴痴地说：“人世间为什么有那么多难解的事情？”

郭什猜他是想自己的身世想得痴了，于是在他身边坐下，也不回答他，只是幽幽地说：“飞哥哥，你知道我的祖父是谁吗？”

李飞才转过头来，看着郭什，这么久了，从未听她说起过自己的身世。

郭什缓缓地说道：“我的祖父叫郭解。”

“郭解？”李飞不敢相信自己听到的，又问了一句，“可是那位大侠郭解？”

郭什点了点头。

李飞惊讶道：“你竟然是郭大侠的孙女！”李飞虽在匈奴长大，但这两年在中原游历，郭解的大名他还是听过的。他的确是名满天下的大侠，虽然他已故去五十多年，但江湖依然有他的传说！

李飞顿时对郭什肃然起敬。

“当年先皇孝武皇帝修茂陵，要迁一批士绅豪侠去茂陵居住。”郭什接着说道，“祖父当时也在迁徙的名单中。可是祖父从小生活在轵县，并不愿意去茂陵。他不知怎的找到了当时皇上跟前的大红人——大将军卫青，请大将军做说客说服皇上让父亲留在轵县。”

郭什继续说道：“卫大将军和皇上说，郭解的家产没有三百万钱，不应在迁徙之列。

“卫大将军不说情还罢，谁知这一说反惹怒了皇上。皇上对卫大将军说，郭解家财虽没有三百万钱，但他却能让朝廷当红大臣为他说情，难道这不比三百万钱更有价值？

“皇上因此驳回了卫大将军的请求，祖父不得已而迁居茂陵。

“后来，祖父在茂陵结交了很多豪侠，皇上更是恼怒，说长安城知道有郭解而不知道有皇帝了！最终皇上还是寻个罪名杀了祖父，我们郭家也因此被满门抄斩。

“这些事我原本不知道，都是泗爷爷告诉我的。泗爷爷是爷爷的追随者，听说我家被灭门，立刻赶了回去，可惜晚了，他只来得及带走当时并不在家中的我父亲。

“我父亲被泗爷爷带走时年纪尚小，只有十来岁。泗爷爷带着他离开长安，为了逃避追杀，他们一路南下，去过巴郡、蜀郡甚至交趾。

“多年后，直到我父亲成年，他们遇到了在外游历的范伯伯。泗爷爷和范伯伯一见如故，本要和范伯伯结拜为兄弟，但想到范伯伯只比我父亲年长几岁，最后和我父亲结拜了兄弟。

“后来他们就随范伯伯到南郡定居了，就是我们现在住的地方。我爹就是在那里娶了我娘，然后生下了我。

“父亲定居南郡后就没再离开过。只可惜他从小随泗爷爷流浪，不曾正经学过武功，体弱多病，我十岁上下时他就去世了，随后不过两三年时间，泗爷爷、我娘也都相继去世了。范伯伯就带着我在外游历，几年前我们从罗县带回来阿罗，我才总算有了个玩伴。”

李飞一直听郭什唤范清渠为“伯伯”，不知道他们是什么关系，却也不好多问，本以为她是范清渠收养的孤儿，没想到她竟有这样的身世。

他先前尽看到阿什嘻嘻哈哈，没想到她竟也有如此凄凉的身世，他和郭什竟如此相似，都是天涯沦落人。

李飞不由得心疼起郭什来，搂着郭什的肩膀安慰她：“以后飞哥哥照顾你。”

逗留数日，离开之前李飞又郑重地给先祖上了三炷香，心里默默地对列祖列宗说：我李飞是李家的不肖子孙，但我希望从今往后能做一个顶天立地的男子汉，希望列祖列宗在上能保佑我。说完，他又郑重地磕了三个响头。

二人上马正准备离开，忽然听到远处传来了马蹄声，李飞心道莫不是乌齐追来了？他也无暇分辨，忙和郭什躲到丛林中。

李飞自幼在马背上长大，对马蹄声是再熟悉不过，凝神一听，却是一骑单骑，纳闷谁会一个人来这里。

二人等了一会儿，马在宗祠跟前停了下来，从马背上跃下一个半大孩子来，郭什仔细一看，却是阿罗！

郭什从草丛里跑出来，喊道："阿罗，你怎么来了？"

范罗看到郭什，一把抓住她的手臂嚷道："姐姐，你们还没走，太好了！"

见阿罗神色焦急，不知道是不是家中出了什么事，郭什着急地问道："出什么事了，你怎么一个人来，伯伯呢？"

"爹被一个叫乌齐杜哈的人抓走了。"阿罗道。

"乌齐杜哈？"李飞郭什一同惊讶地叫出声来。但二人只略一思索，随即明白过来，从散关到成纪这段路并没看到乌齐杜哈的身影，原来，他并不是不想得到血旗，而是另谋他路，去了南郡找范清渠！

"他，还有上次来咱们家的那个鞑胡，一起带走了爹爹。"阿罗带着哭腔说。

"怎么会这样？"郭什问道。

在郭什追问下，范罗将事情的原委告诉了郭李二人。

原来那天是端午，范清渠带着范罗去了汨罗江边。

范清渠是南郡人，水荷村隶属归义县，离汨罗江不远。南郡秭归是屈原的故乡，而汨罗江是屈原自尽的地方。

早年的楚怀王对屈原其实是极为信任的，将内外大事都交由屈原处理，屈原也因此遭到楚国贵族的嫉妒。后来屈原被楚国贵族排挤，楚怀王受了大臣们的蛊惑疏远屈原。屈原一生忧心楚国的命运，数度劝谏而楚怀王不听，后来，屈原被流放，因抑郁不得志而投江殉国。

屈原的故事范清渠自小便耳熟能详，因此自小生出一股崇拜之心。他虽不能立于朝堂建功立业，却立志此生要行侠仗义。

战国时的楚国与秦国相邻，两国一向战争不断，积怨很深。楚怀王时的楚国积弱已久，国力贫弱，与秦国的战争大多以失败告终。早年屈原仍受楚怀王信任时曾作过楚辞《国殇》，用以凭吊在秦楚战争中死去的楚国战士。

《国殇》词意甚是哀伤，原本屈原是用此歌来召回楚国勇士的亡魂，而范清渠却用此歌来寄托他对屈原的追思。每年的端午节他都会到汨罗江边祭奠屈原，每次凭吊必会唱《国殇》。此时只听他唱道：

操吴戈兮被犀甲，

车错毂兮短兵接。

旌蔽日兮敌若云，

矢交坠兮士争先。

凌余阵兮躐余行，
左骖殪兮右刃伤。
霾两轮兮絷四马，
援玉枹兮击鸣鼓。
天时坠兮威灵怒，
严杀尽兮弃原野。
出不入兮往不反，
平原忽兮路超远。
带长剑兮挟秦弓，
首身离兮心不惩。
诚既勇兮又以武，
终刚强兮不可凌。
身既死兮神以灵，
子魂魄兮为鬼雄。

唱毕，他在江边又凭吊了一炷香时间。之后二人收拾用具准备离开。

范罗方将香炉酒器收拾于竹篮中，还未起身，只听“嗖”的一声，流箭从耳边飞过，这才觉察到有人跟来。

也许是方才沉浸于凭吊中，范罗竟没发觉有人靠近，现在想躲避已来不及，便抽出长剑朝着蒙面人疾冲过去。

好个范罗，年纪虽小，胆气却不小，只见他矮身避过先前一个蒙面人，又在第二个蒙面人前虚晃一招，在贴近左侧蒙面人时突然剑光暴起，随即又回身到先前那人身侧，银光一闪，长剑已没入那人小腹，两人相继倒地。

敌人相继多了起来，范罗虽以雷霆之势斩杀了两人，然敌人配有弓箭，此时见近身相搏占不了便宜，便改以弓箭射杀，一时间范罗竟被逼得步步后退。

这边范清渠在解决了三四个人之后，回身看了看范罗，只见他正被蒙面人逼得退到了江边，江边没有屏障，阿罗无法躲避弓箭。范清渠心下甚是着急，极欲脱身去救儿子，却被几人缠得无法脱身，正思量对策，不料箭矢又飞了过来，慌忙中范清渠只得挥剑格开。

范清渠只顾着前方箭矢，却不知背后仍有黑手，就在他格挡箭矢的时候，一柄飞刀突然闪过，只听范清渠闷哼一声，飞刀正中肋下。

范清渠虽已受伤，手中长剑却不敢停，但是剑势却不得不缓了下来，蒙面人见状又蜂拥而上，将他长剑震廾，另一蒙面人抽出一把短刀，刀锋一闪，插入范清渠胸口。

范罗眼见父亲倒在地上，以为父亲已死，悲愤之下顾不得许多，朝父亲倒下的方向冲了过去……

后面的事他就不知道了，再后来他醒了过来，发现自己被五花大绑，才意识到自己还活着。然后一个匈奴人走过来，后面还跟着那个来偷血旗的鞑胡。

范罗道："那个匈奴人让我来告诉飞哥哥，要飞哥哥去见他，否则他就杀了爹爹。"

郭什问道："伯伯怎么样？"

阿罗哭了起来，哽咽道："不知道，他们没让我见爹爹。"

郭什听说也哭了起来："飞哥哥，我们怎么办？"

李飞不假思索地说："自然是要回去！"

第十二章 血旗之争

归义县，水荷亭，范家。

李郭范三人推门而入。

范罗没有见过乌齐杜哈，但据他的描述，那为首的人定就是乌齐，况且这一路并不见他尾随而来，必定是去南郡找范叔叔的麻烦，只是不知道范叔叔现下如何。

如果鞑胡和乌齐同在，那他们掳走范叔叔，也必定会来家里搜查，那血旗不知还在不在？

李飞推开房门一看，果然如己所料，乌齐已然来过。

房屋内东西被扔得满地都是，书房门是开着的，李飞一眼瞥见范叔叔放置血旗的那个暗格赫然开着，心里顿时凉了半截——显然，血旗已经被拿走了！

再看周围，桌上还留有一行字：十五夜，村东头小树林见。

李飞冷哼一声，将字条揉碎！

今夜夜色很好，即使不点烛火，山路亦清晰可见。只是林中静得有些可怕，偶尔能听到几声蛐蛐的叫声。李飞侧耳听了听，并无其他声音，心想乌齐应还没到，便寻了一棵枝叶茂密的大树，爬上大树，寻了一处枝干较粗之处，静静地坐着，等待乌齐的到来。

从这里他可以俯瞰树林中的一举一动，若乌齐胆敢耍花样，也可看得一清二楚。

约莫过了一个时辰，林中依稀能看到一点灯火在移动，渐渐地也能听到脚步声，应是有人来了，李飞一个激灵警醒起来，应是乌齐来了吧？李飞心想，待要看乌齐怎样，便不作声。

不一会儿，果然听乌齐杜哈的声音响起：“扎仆颜，你来了吗？”

李飞接着道：“等候你多时了。”说着从树上跳了下来，看看乌齐身后，并没有人，便问道：“就你一个人来吗？”

乌齐杜哈狡黠地笑了笑道：“就我一人，怎么，你还想谁来？”

李飞道：“你自然知道我想谁来。”

乌齐杜哈又一笑：“他若来不了了呢？”

李飞冷哼一声，道：“他若来不了，你也走不了！”

乌齐杜哈收起笑容道：“你认为你能留得下我？”

李飞道：“你若不信，可以试试！”

乌齐杜哈这才朝身后喊道："鞑胡！"

此时鞑胡才从乌齐杜哈身后的树影中走出来，接着吹了一声响哨，才见两个黑衣人推着一辆轮车出来，车上坐着一位老者，不是范清渠是谁？只是，此时的范清渠闭着双眼，似乎不能开口。

月光下，范清渠的脸色显得异常惨白，李飞怒道："乌齐杜哈！你把他怎么样了？"

乌齐杜哈耸耸肩，道："没怎么样，只是让他睡了一觉。只要拿到我想要的东西，他对我也没什么用处。"

李飞道："你已经去过范家，东西岂不就在你手上？为何又把人伤得这样重！"

乌齐杜哈冷哼道："他们杀伤我多个手下，我没杀他已经很给你面子了！你少废话，我有事要问你。"

听乌齐如是说，李飞心下稍宽，至少，范叔叔还活着。他继而说道："东西已在你手，还有什么可问？赶紧放人！"

乌齐杜哈扬了扬手中的血旗说："你说的是这个东西吗？"

见血旗确已在他手上，李飞哼了一声，并不说话。

乌齐杜哈道："这东西是什么意思，我想你应该知道。"说着，扬了扬手中的血旗。

原来他还不知道血旗的秘密，李飞心道。他知道乌齐急于知道血旗的秘密，便计上心来。

李飞心想：现下你有求于我，若不趁此机会谈谈条件，范叔叔只怕难以救出来。于是他双手一摊，说道：“我也不知道。”

乌齐杜哈冷笑着，从鞑胡手上拿过短刀，架到范清渠的脖子上：“扎仆颜，你若不知道血旗的秘密，你会离开范家？你最好别跟我耍花样，否则，我现在就要他的命！”说着，他将架在范清渠脖子上的刀又紧了紧，刀在范清渠脖子上压出一条血痕来。

李飞知道乌齐杜哈是个狠人，他绝不会跟你讲任何情面，连忙制止他道：“哎哎哎，有话好说嘛，别动不动就拿刀子。你不就是想知道血旗的秘密吗？我告诉你就是。”

他顿了一下，又说：“不过我们可说好了，我告诉你秘密，你得放人。”

“少废话！快说！”乌齐杜哈不耐烦地说。

“不行。”李飞道，“你得发誓，否则我信不过你！”

见李飞执意不肯，乌齐只得指天发誓道：“尊敬的天神在上，我乌齐杜哈对天起誓，若扎仆颜说出血旗的秘密，我必放人，违此誓者必遭天谴！”说完看向李飞。要知道，匈奴人极重誓言，言出必行，若不能履行诺言，他们相信天神必会惩罚他们。因此乌齐杜哈在起誓时藏了个心眼，他说“违此誓者”，不但是说他自己，也包括李飞，如果李飞没有说出血旗的秘密，也“必遭天谴”。

李飞知道匈奴人极重誓言，乌齐既已发了毒誓，他相信他会信守诺言，便说道：“父亲或许真留有什么秘密给我，但我现在不知道，这面旗只是指引我去马鬃山。”

“马鬃山？”

“马鬃山。”

乌齐杜哈道：“为什么是马鬃山？”

“你仔细看这面旗，从某一个角度看像一匹正在奔驰的骏马飞扬的鬃毛。小时候我曾和父亲在马鬃山停留过，是以我知道是马鬃山。”

乌齐杜哈拿出旗左看看右看看，并没有看出李飞说的形状，便说：“我怎么能相信你？”

李飞冷笑道：“我花了三个月才看出其中的秘密，你若一眼就能看出，那还叫秘密吗？你若不信，我也无法。”

乌齐杜哈半信半疑地说：“即使我信了你，马鬃山那么大，我怎知你父亲把东西藏哪儿了？”

“马鬃山的主峰有一处断崖，崖底是一处山涧，山涧的源头是一处水瀑，水瀑覆盖着一个小山洞，当年我和父亲无意中发现的，东西就藏在那个洞中。”

乌齐杜哈看了看李飞，似乎在辨别他说的是真是假，过了一会儿，他一边在身后偷偷给鞑胡做了个手势，示意他将范清渠带走，一边说：“你说的这些地方我没有去过，我怎么知道你说的是真是假？”他口中说着话，却慢慢地往后挪动着脚步。

李飞一眼瞥见，知他想溜走，暴喝一声拔出长剑，疾冲向前，三两步的功夫，只见剑光一闪，剑尖已抵住乌齐杜哈的喉咙。

乌齐杜哈的手下正想着如何溜走，并未注意到李飞突然暴起，等发现时，自己的左都尉大人已被制住。他们纷纷上前将李飞围住，却又不敢轻易出手。

李飞压着乌齐杜哈的脖子厉声说道：“不想死的话让他们都退下！”

乌齐杜哈此时受制于人，不得不服软，挥手示意部下退下。

李飞突然喊道：“阿什阿罗！”

话音刚落，树上跃下两条黑影，正是郭什和范罗。

乌齐杜哈此时受制于李飞，嘴却不闲着，还不忘嘲弄一番："我还道你真的不怕死，敢独自赴会呢，原来也不过如此，到底还是带了帮手！"

李飞低吼一声："闭嘴！"

他押着乌齐后退几步，郭范二人绕过李飞，走到范清渠身侧，推着他就走。待二人消失在夜色中，李飞才猛一出掌，狠狠打在乌齐的后背。乌齐一个趔趄，差点摔倒。鞑胡眼疾手快，将乌齐扶住。李飞趁机纵身一跃，也消失在林中。

其实，从扎仆颜离家的那一刻起，乌齐杜哈就一直派人跟着他，他先让鞑胡找范清渠探探底细，范清渠与李陵几十年不见，随便说些话与范清渠，他未必能分辨得出真假，如能从范清渠口中探得李陵的秘密那是再好不过，如不能，也只能自己亲自出来找扎仆颜。

这鞑胡果真是成事不足败事有余，三两句话就让范清渠给打发了，真是个废物。

后来李飞离了范家北上，鞑胡急忙派人给乌齐报信。乌齐收到鞑胡送来的消息后立刻南下，原本以为，抓个扎仆颜不过是轻而易举的事，谁知一别经年，这厮武功竟长进这许多。非但三番五次地让他从自己眼皮底下逃脱，还被他戏耍了一番，乌齐恨得牙痒痒的，恨不得现在就把扎仆颜撕成两半。好在，血旗在手，大不了自己带人去马鬃山找。至于扎仆颜，以后有机会再收拾他！乌齐心里恨恨地想道。

李飞郭什范罗三人好容易才将范清渠带回水荷亭范家。他们查看范清渠的伤势，只见他身上前后都有伤口，尤其胸前的伤，刀口离心脏只有半寸，好险！三人均看得惊心动魄。好在伤口已经处理过，现下已无大碍。于是他们将缠伤口的布条解开，想给范清渠换药，不看则已，一看三人又都跳了起来，尤其是李飞，将乌齐杜哈祖宗十八代骂了个遍，直骂到嘴乏了，想起来乌齐自己都未必知道自己祖宗是谁，才作罢。原来，这乌齐杜哈不过是为了用范清渠和李飞做交易而留他一口气在罢了，并不真的想留他性命，只对伤口进行过简单的包扎，这些天都没有换药。伤口已经溃烂，范清渠也因此昏迷不醒。

郭什范罗看着范清渠的伤口，呜呜地哭了起来。李飞也甚是难过，他拍拍二人的肩膀说："现在不是伤心的时候，得赶紧给范叔叔找大夫医治。"

三人重新给范清渠上了药，又找了大夫开药调理，如此折腾几日，范清渠才慢慢转醒过来。过了些许时日，他虽性命无碍，只是身体还太虚弱，恐怕得长时间修养才能恢复过来。

李飞对郭范二人说："范叔叔需要时间修养，只是这里不安全，得换个地方才行。"

"那日我告诉乌齐说父亲的遗物藏在断崖下，其实说的是假话，如果他知道了真相，必定还会来找范叔叔的麻烦，如今范叔叔的住所已被乌齐知道，他日乌齐必定还会寻到这里来。"李飞说道。

范罗说："飞哥哥说得是，我们得换个地方。"

郭什说："可是能去哪里呢？我从小在这里长大，不知道哪里还能容身。"

李飞见郭什神情落寞，心中甚是自责，低声对郭什说："阿什妹妹，对不起，是我连累了你们。如果不是我，范叔叔也不会受伤，你们也不会被迫离家。"

郭什说："飞哥哥，别这么说，这不怪你，要怪就怪乌齐那个王八蛋，他日再见到他，我定要将他大卸八块！"

"飞儿，你过来。"范清渠将李飞叫到床前，说，"你不必自责，我和你父亲这一生，本应同生共死，当年浚稽山一役他让我去找援军，其实是让我去逃生，后来我才明白，他其实早就知道根本不会有援军，他是不想我枉死在浚稽山。当年我不知他的用意，否则打死也不会离开浚稽山。

这一别之后我们再无见面之期，我心中甚是遗憾。你能回来，我已深感欣慰。你父亲的心愿即是我的心愿，你安心去做你的事吧，不必挂念我。这里既不能住，那我们回秭归！”

这一说，郭什范罗才知道秭归才是范清渠的故乡，他出生在那里，只是年幼时随父亲迁到了归义县。

三人将范清渠安顿在秭归，范罗仍留下来照顾父亲。

郭李二人准备启程去马鬃山。临别，阿罗将李飞拉到一边悄悄问道：“飞哥哥，你真的没把藏秘密的地方告诉乌齐杜哈？”

“没有，我怎能把父亲留下来的东西交给乌齐杜哈？你怎么突然问这个？”

“没……没什么。”阿罗笑嘻嘻地说，“我想李将军留下的东西一定很重要，千万不能落在乌齐杜哈手里。飞哥哥你真了不起！”说完朝李飞做了一个夸赞的表情。

李飞笑笑说：“你小小年纪竟然懂这些。”

范罗道：“我又不小了，当然懂。”

他说完就跑了，跑了老远才又回过头来喊道：“飞哥哥，你要早点回来。”

李飞道：“知道啦，好好照顾叔叔。”

李郭二人一路向北，过了商洛，郭什想顺道去织县瞧瞧。

因此李飞决定去华山看看。

两人约好了到长安会面。

第十三章 君子之交

华山乃中原文明的发源地，又名太华山。《山海经》有云：“曰太华之山，削成而四方，其高五千仞，其广十里，鸟兽莫居。”说的是华山高耸险峻，鸟兽都不能在其上居住。

华山有东西南北中五峰，西峰最为险峻，山顶又有巨石状如莲花，因此人们都称西峰为莲花峰。而华山中峰，传说为秦穆公之女弄玉公主与其夫萧史修仙飞升之所。

弄玉公主是秦穆公的幼女。相传弄玉公主出生那天有人进贡璞玉一块，秦穆公命人将其雕琢成美玉。弄玉公主周岁那天抓周，正好抓了这块美玉，因此秦穆公给她取名为弄玉。弄玉公主生得姿容绝世，又通音律，善于吹笙，十五岁那年秦穆公想为其择一佳婿，弄玉公主却说，一定要音律极佳，能和她合奏吹笙的才行。

一天夜里，弄玉月下吹笙，吹毕便沉沉睡去。忽听见西南方向有箫声，与她方才的笙歌相和，弄玉惊醒，方知是梦。第二天她将梦中所见说与秦穆公听，穆公便派人往西南方向去寻找，在华山寻得一人，名为萧史。萧史善吹箫，弄玉一看惊呼道“此正是梦中之人”，两人遂结为夫妻。半年后萧史才说，自己是华山之主，是白帝派来与她共结连理的人。当晚便有赤龙和紫凤接他两人飞升而去。穆公因为思念爱女，在华山立有萧女祠。

不知如今萧女祠还在否？虽欲觅佳人，佳人又安在？

李飞寻着弄玉公主的传说而来，一路上身轻如燕，步伐轻灵。自他从长泽山下山以来，这一年多时间，李飞时常能感觉到体内有一股浑厚的气息在流动，疲劳时只须打坐上一个时辰，周身气息便流动如常。

走了约莫一个时辰，到了山顶，虽不见有萧女祠，但是华山之景却是美如人间仙境。

从山顶俯瞰而下，华山之壁确如刀斧削成，这一侧山崖笔直而下，草木不生，当真是“鸟兽莫居”。

李飞从小在匈奴长大，匈奴人逐草而居，所居之处多为草原，甚少有山，自是没见过这般景色，心中不禁感慨。匈奴地广，土地却贫瘠，无法耕作，食物也单一，只有牛羊肉、马奶等，丝绸铁器等上等物资都需要从汉朝购买。加之匈奴人常年迁徙，汉朝边境经常受到匈奴的侵袭，匈奴人以为，抢完东西往北方一躲，汉人就找不到他们。

李飞走到顶峰，见有一处五尺见方的平地，有一块突出的圆石，刚好可供人休息。此时，不远处的一团云雾正朝这边飞来，包裹着李飞正坐的这片山峰，李飞置身其中，真有飞升成仙的感觉。

云雾掠过，李飞朝山下望去，见离山峰约莫十丈之处，似乎有位姑娘在练剑。李飞从长泽山归来后，时常沉迷于研习剑术，看到有人在练剑，不禁多看了两眼。不看不打紧，一看之下眼神再也离不开，李飞自认为长空剑法已是很轻灵，范叔叔就曾说过他的剑法没有力道，但见这姑娘的身法比自己的还要轻些，轻灵得像一根羽毛。

姑娘的剑法初看有些像李飞初在长泽山练剑时的感觉，再往下看，却又不甚相同，看似毫无力道，但看她的周围，剑气所指，周围的枝叶纷纷落地。李飞自长泽山下山，又得范清渠指点，剑法已有小成，看这姑娘所使，倒似与自己现下有几分相似。只是姑娘现在仍偏重于招式，而自己则偏重于力道。

姑娘看着也就十七八岁的年纪，肤色白皙，容貌清丽，身着粉白相间的罗裙。只见她长剑斜出，身体腾跃于半空，转了半个圆弧之后才落地，剑光在她周身盘旋。李飞看了好一阵，只觉得白衣胜雪，粉衣似蝶，偏偏若惊鸿之姿。

李飞从未见过如此清丽脱俗的女子，不知不觉中望了许久，直到姑娘下山，才回过神来，悻悻地下山去。

下得山来，李飞便闻到一阵奇异的花香。若说奇花异草，他这两年也见过不少，只是这般清淡却又引人欲醉的奇香却是平生未闻，便不自觉地被这一股清奇的香气吸引着，寻着花香慢慢地走去。

走了大约一盏茶的功夫，来到一个山洞口，李飞在洞口边缘探了探，山洞似乎不深，遂走进洞内。起先是漆黑一片，走了十来丈，才依稀能看到一点亮光。既有亮光，那出口就不远。果不其然，没走多远，出口赫然便在眼前。从洞内望去，眼前竟出现一片开阔的草地，走近一看，是一个小山坳，四面被山包围着，里面开满了各色花朵。远远望去，竟是一片花海。李飞被眼前的景色迷住了，醉人的花香比方才浓烈了许多，想必就是出自这片花海。李飞不自觉地大口大口呼吸着奇花的清香。

却也奇怪，几次深呼吸之后，他忽然感觉体内有股热流在乱窜，冲撞得他炽热难耐。过了一会儿，李飞觉察不对，赶紧坐下来调息。

在长泽山时师父曾说过，招式变化得再多终究只是招式，招式能否取胜终究还得看内力。自己下山时师父曾叮嘱：每日至少须得打坐一个时辰，于武功方有进益。只是自己懒散惯了，每日一个时辰竟都做不到。

现在这股气流在他体内四处乱撞，似要从体内一冲而出，李飞咬牙挺着，闭上眼睛，慢慢聚拢自己发散的思绪，调匀呼吸，将乱窜的热流慢慢压制到涌泉穴，再推送到丹田，最后汇到百汇穴。

约莫过了一个时辰，李飞才慢慢稳住这股气息，使其在任脉和督脉慢慢地游走。又过了一个时辰，他渐渐地已能控制住这股气息，使它能在身体血脉中自如地流动。

此时他已进入一种空灵的状态。

过了不知道多少时候，李飞才慢慢睁开眼，此时太阳已落山，算算时辰，自己在这里静坐了四五个时辰，而此时他非但不觉得饥饿，反而感觉气力充盈，浑身舒畅。

自己学艺以来从未打坐过这么长时间，现在才真正体会到师父说的：修为，是在于内心的力量。

此时李飞真说不出地畅快和神清气爽，心想这的确是个好地方，若将来有缘，定要在华山脚下寻一住处，每日到这里打坐练功，也不枉这一世。

李飞心里想着，正要循下山的路，却忽然发现草丛中有一支箭羽，李飞吓了一跳，隐约记得刚来时这里并没有东西，现在怎么多出一支箭来？难道刚才有人来过？这么一想，倒把自己吓出一身冷汗，若来人有恶意，自己现在岂不是个死人了？

李飞走过去，将箭拔出一看，箭头上缠着一块绢布，展开绢布一看，上面写有几个字：南岳客栈见。

李飞甚是纳闷，自己在中原除了阿什并没有什么朋友，阿什应该不知道自己在这里，难道是乌齐杜哈？李飞想了想，自己先摇头笑了，若真是乌齐杜哈，大概不会用这么温和的方式，自己此时哪里还有命在？

到底是谁想要见自己？李飞实在猜不出，不过，他能感觉到此人应该没有恶意，否则刚才就可以要了自己的命，大可不必约自己见面。

李飞收起字条，待要弄清是何人留字，便匆匆赶往南岳客栈。

华山脚下的客栈很多。华山之险深受游侠名士的喜爱，往来这里的大多是游历的游侠和在此修行的剑客，游侠剑客大都出手阔绰，因此许多客栈应运而生。要找南岳客栈倒也不难，方圆五十里之内就属南岳客栈最大。

李飞来到南岳客栈，找了一个角落位置，要了一壶白簿酒，一杯一杯地喝着。隔桌是两位中年男子，一位五短身材，一张胖嘟嘟的圆脸，另一位瘦高个，留着一撮山羊胡。

只听胖子说道："钱兄刚从长安来，最近长安城内可有什么新鲜事？"

瘦子道："倒有一桩大事，只是在他身上也不算新鲜。"

胖子听说，知道必有下文，便来了兴趣，凑过脸来问道："哦，什么大事？"

瘦子道："首席辅政大臣，大司马大将军霍光遇刺。"

这倒是大事，瘦子没有夸张。要知道，霍光权倾朝野，皇帝都要看他脸色，什么人敢刺杀他？胖子忙又问道："哦？什么人敢刺杀大司马大将军？"

"那谁知道。霍光乃本朝第一权臣，得罪的人多了去了。指不定哪天就会被仇人寻仇。"

"钱兄说的是，这么说来这事确实不新鲜。只不知这位霍大人现如今怎么样了？"胖子问。

"说来这霍大人也是命大，竟毫发无伤。"瘦子道。

胖子啧啧称奇道："这倒是奇闻，这么说来那霍大人当真是命大。"

瘦子接着说："不但命大，运气也好得出奇，那刺客没逃多远就被抓住了。"

胖瘦二人还在说些什么，此时一个戴着斗笠的青衫男子走进客栈，李飞一眼瞥见这青衫男子身形甚是眼熟，正待仔细看看是谁，便没再在意胖瘦二人再说什么。

只见那青衫男子和小二低语了一阵，这才朝角落走去。李飞见青衫男子朝自己这边走来，忙将头转向窗外。

就在这一瞬间，他忽然感觉到一股强大的压力在向他靠近，这是一种很奇怪的感觉，它不是杀气，却让人极不舒服。

李飞皱了皱眉头，他讨厌这种被压迫的感觉。

而这种压迫感仍在靠近，然后，停在他的身侧不动。李飞“唰”地一下抽出长剑，一个回身将剑架在来人的脖子上。来人却惊呼了一声：“李兄！”

那男子摘了斗笠，李飞定睛一看，却是祁蓁，惊呼道：“祁兄，是你？”

祁蓁笑道：“李兄，多日不见，你的武功精进不少。”

李飞不好意思地笑笑，将剑收回来。他心下甚是奇怪，自己刚才怎么能反应那么快。其实他不知道，白日间那几个时辰的修习已打通了任督二脉，现在体内气息倒转自如，能察常人之不察，方才自己感觉到危险，下意识的反应自然比平时快很多。

李飞问道：“祁兄怎么在这里？”

“我上华山寻一人，碰到了李兄，看李兄在入定，不便打扰，便留字约见。”

李飞这才恍然大悟，笑着说道：“原来留字的是祁兄，怪道留小弟一命，这里谢过祁兄不杀之恩。”说着当真站起来朝祁蓁拱手施礼。

祁蓁知道李飞拿他取笑，也笑他：“那是自然，留命之恩可得好好谢谢。”说得两人都哈哈大笑起来。

祁李二人喝了一会儿酒，说着别后之事。

祁蓁道：“李兄怎么一个人在华山？郭姑娘呢？”

李飞道：“她去了轵县。”

祁蓁“哦”了一声。

李飞见祁蓁不再说话，凑过来低声问道：“祁兄可知道阿什去轵县所为何事吗？”

祁蓁摇了摇头。

李飞又道：“你常行走江湖，有一个人你应当听说过，郭解郭大侠。”

祁蓁道：“郭大侠啊，自然听说过。”

李飞又道：“他是阿什的祖父。”

祁蓁道：“郭姑娘原来是郭大侠的后人，久仰了。只是郭大侠在几十年前就已经被灭了族，怎么还有后人在？”

李飞道：“此事说来话长了，以后再慢慢说与你听。”

祁蓁又问："上回李兄受伤，是何人袭击你们？听那人口音，不像中原人。"

李飞道："实不相瞒，那些人确实不是中原人。我虽从小在匈奴长大，我的父亲却是汉人，他叫李陵，李广是我的曾祖。三十年前我父亲在浚稽山被俘，从此就在匈奴生活。匈奴掌权的阏氏不信任我们李家，父亲的一生其实都在匈奴的监视之中。上次我和阿什正要前往陇西祭祖，没想到匈奴左大都尉乌齐杜哈突然出现，幸亏祁兄及时出手，小弟实在感激不尽。"

"李兄不必言谢。想不到李兄竟是将门之后，李氏一门的事我听说过，实是令人唏嘘。"祁蓁叹了口气又接着说道，"朝堂争斗，结局总是出人意料，想想前太子的下场，何尝不是令人感慨。李兄既已回了中原，也可告慰李将军在天之灵。"

李飞摇摇头，说："'将门之后'在我父亲那一代已经结束了，'飞将军'一脉在汉朝已没有后人。如今，我竟不知身在何处，又谈何告慰？"

祁蓁见李飞神情落寞，知他为李氏一门伤感，不便再问下去，便岔开话题说道："郭姑娘去轵县，是否是寻亲去了？"

“正是。祁兄如何得知？”

祁蓁笑笑，道：“这个不难猜，郭解一家灭门已久，以郭姑娘的年纪定是没见过郭解，想必是李兄去陇西勾起了她对宗亲的思念，因此想去看一看。”

一语提醒了李飞，此前他从没想到阿什去轵县是因他而起，现在想想果真如此，毕竟这许多年阿什从没去过轵县。

李飞颇感惭愧，道：“祁兄一语点醒小弟，果真如此，定是陇西之行勾起了她的心思，我怎么没想到？我该和她一起去的，我只怕她见怪才上华山一游。”

祁蓁又笑道：“李兄不必挂怀，想来郭姑娘过几日就回来了。”

李飞道：“祁兄，你可知郭大侠是个什么样的人？”

祁蓁哈哈一笑道：“你不常游历，所以不知。你若在江湖上行走个三五年，定会知道郭解，他是当年名满天下的大侠，即使故去那么多年，江湖上依然有他的传说。”祁蓁当下便将他游历时的所见所闻讲给李飞听。

李飞听得如痴如醉，末了，感慨道：“原来郭大侠竟是如此了不起。”他对郭什顿时多了几分敬意。

“李兄接下来要去哪里？”祁蓁问道。

“我和阿什约好了到长安会合。祁兄你呢？”

“那正好，我要带一位朋友回长安，李兄若不嫌弃，可愿与在下同行？”

李飞欣然应允道：“得祁兄同行，那是再好不过。”

次日，祁蓁带着李飞来到华山脚下一个村落，沿着山路走了很久，越走越荒凉，直走到离群居的村落已经很远，才在小山坡上看到一间小房子。

房屋虽小，却很别致，屋前的荒地被主人改成了一个小院子，院子里种了许多豆荚，豆荚的藤蔓爬满了竹子做的简易支架，屋子被绿色映得充满生机，看着十分赏心悦目。

李飞看得心里啧啧称赞。他在范家住过一段时日，范家自是比这小屋大得多，但阿什不喜欢侍弄庄稼，自是不会弄这些，范叔叔和阿罗两个老爷们儿更是不会。范家的院子虽大，只是拿来劈柴，或者练武，少了几分田园色彩。

李飞正在纳闷祁蓁的朋友是个什么样的人，会将房屋收拾得如此秀气。

不一会儿，他便看到一袭白衣翩翩而行，朝着院门走来，心中暗暗称奇，心道，原来祁兄要找的是个姑娘。难怪在陈仓客栈祁兄喝得烂醉，想来这位姑娘必是祁兄的心上人了。

正想着，门开了，一个白衣少女出现在眼前，李飞终于看清她的脸。在看到她的刹那，李飞所有的表情都凝固在脸上——他看到的那张清丽绝伦的脸，正属于昨天在华山上练剑的那位姑娘。

李飞心里五味杂陈，有惊喜、有失落，还有一种让自己感到羞愧的情绪：他竟然有些嫉妒祁蓁。

李飞呆立在原地说不出话来，昨日一别，犹自恋恋不舍，心想此生再也无缘相见了，未承想今日又得见，得见便罢，却又是以这样一种方式。

“相见竟不如不见。”李飞心里叹道。

姑娘见祁蓁身后的人自己不曾见过，便问祁蓁：“这位是？”

祁蓁道：“哦，他叫李飞，是我在陈仓认识的朋友，今日恰巧碰上。”他转身对李飞说：“李兄，这位就是我跟你提起过的朋友，她叫季桑。”

李飞仍在发愣，并没听见祁蓁在跟他说话，祁蓁便拍了拍他的肩膀轻轻叫他：“李兄？”

直到祁蓁叫他，李飞才猛然回过神来，发觉自己失礼了，连忙说：“我以为祁兄的朋友是个男子，没想到他会把院子收拾得这么雅致，是以奇怪，是以……方才失礼了。”

祁蓁笑道：“无妨，无妨。”

季桑才把祁李二人让进了屋内。

祁蓁和季桑说着他们的家常话，李飞知道他们有要事商量，不便在场，便借口出去看风景，把他们留在屋内，自己走出去了。

祁蓁说：“阿桑，你该回家了。”

季桑低下了头说道：“我的家就在这里，那里已不是我的家了。”

祁蓁道：“我知道你很为难，可大哥很想念你，是他让我出来找你的。”

过了许久，季桑才抬起头来，咬着下唇，说：“你回去转告弋哥哥，让他另娶她人吧……”

祁蓁叹了口气道：“你了解大哥的为人，他怎么会这么做？”

季桑道：“可是娘……”

祁蓁走到季桑身边，用一种温柔又不容反驳的语气说：“你知道大哥不会的。况且我找了你那么久，你不能再消失……”

第十四章 行医世家

长安城里最大的医馆名号叫作淳于医馆。说起淳于家，那可是世代行医，从战国时代开始，到现在已经有两百多年了。

淳于医馆不但是长安最大的医馆，还在长安设有多家分号。淳于家族中的子弟大多以学医为己任，学有所成的，长大后就可以自己开立分馆，所以，长安城中的淳于医馆大多数都是淳于家族的人在经营。

淳于家虽然世代行医，但是家族大了却也不能保证人人都喜欢行医。

例如，家族中有一个人叫淳于泰，他就不喜欢行医。他喜欢武学，一心想成为一个侠士。他最崇拜的人就是高祖时代的大侠朱家。朱家是他的榜样，他也梦想着有一天能像朱家一样，成为名扬四海的大侠。

可惜，淳于泰是家中独子，父亲殷殷期盼着他能继承衣钵，又怎么能任由他胡来呢？从小，淳于泰的父亲就把他看得很紧，给他找师父是不可能的，不但熔了他的剑，更恨不得把家里所有带铁的东西全毁了，然后把他锁在屋里让他读医书，还寻死觅活地威胁过他，然而这一切都不能改变淳于泰分毫。

到了淳于泰二十岁加冠那年，父亲没办法了，找来对医学一窍不通的淳于泰，和他谈判：这样吧，你娶一门亲，给我生一个孙子，我就培养我孙子吧，到时候你爱干吗干吗去。淳于泰想都没想就答应了，对他来说，娶妻生子总比困在家里一辈子要强。父子俩就这样达成了协议。

其实淳于泰的父亲并不是真的想通了，答应让他去做什么侠士，他有他的打算，他是想着，男人成了亲有了家室多少会变得顾家些，尤其是有了孩子以后，怎么样都会顾念亲情。淳于泰的父亲希望淳于泰有了孩子以后能够放弃他那“浪迹天涯”的梦想。

可惜，淳于泰的父亲实在太不了解自己的儿子，他严重低估了淳于泰的执拗。

淳于泰按父亲的意愿娶了妻子赵氏，一年后生了儿子淳于弋。淳于弋刚满周岁的时候淳于泰就拿着行李要离家出走。可怜的赵氏，还没弄清是怎么回事，丈夫就走得无影无踪了。淳于弋的爷爷没想到儿子这么决绝，竟忍心抛下一岁的儿子说走就走，老人家气得一病不起，没多久就撒手人寰了。

淳于弋的爷爷最终也没能完成培养孙子做接班人的愿望。自己计划了好几年想要留住儿子，结果儿子没留下，反而害了赵氏，淳于弋的爷爷又羞又愧，临终前把家产都留给了赵氏，让赵氏好好培养淳于弋，不要让他再走父亲的老路。

就这样，赵氏嫁到淳于家不过三四年间，就剩了他们孤儿寡母两个。赵氏一个人含辛茹苦把淳于弋养大，害怕儿子像他的父亲一样有朝一日也拿着个包袱走得无影无踪，于是从小就教他孔孟之道，什么“百善孝为先”等，每日须得念上百遍。

然而，当真是怕什么来什么，赵氏害怕儿子像丈夫一样醉心武学，怕他长大也会离家出走。可偏偏淳于弋就是像他的父亲，从小不喜欢读书，更不喜欢行医，只喜欢练武。赵氏看在眼里急在心里，每每想着法子去劝。淳于弋当着母亲的面会拿医书来读，可到了晚上却偷偷爬起来练剑。赵氏知道后也只能唉声叹气，偷偷抹眼泪。

到淳于弋十八九岁时，赵氏终于死了让淳于弋行医的这颗心，心想只要他不离家出走，不行医便不行医吧。于是托人帮他在宫中谋了一份差事——卫尉丞，负责巡防京城治安。这样起码他能留在自己身边。

不过，虽然淳于弋和父亲一样性子执拗、醉心武学，但赵氏从小给他灌输的“百善孝为先”还是起到了相当的作用，至少淳于弋没有弃母亲于不顾、一走了之，而是在京城安心地当他的差，安心地照顾母亲，这多少弥补了一些丈夫离家出走带给赵氏的伤害。

淳于家族是个大家族，但淳于泰这一脉就剩了淳于弋一个独子，赵氏自从丈夫走后变得少言寡语，与族人的来往就更少了，家里冷冷清清的。

或许是因为冷清得太久了，赵氏特别希望淳于弋能早点娶妻生子，家里有了孩子的欢笑声才会变得热闹。可赵氏和淳于弋说了很多回，淳于弋总也不同意，后来赵氏逼得急了，淳于弋才吞吞吐吐地说：“我有意中人了。”

起初赵氏以为儿子和他父亲一样，想着有朝一日出去闯荡江湖才不愿娶妻生子，因此才急着逼他娶亲，一听淳于弋说有意中人了，才放下心来，责怪他道：“有意中人了你怎么不早说？”又问：“是哪家姑娘？”

淳于弋又不吱声，赵氏急了，骂道：“你倒是说话呀！”

淳于弋支支吾吾地说：“她……她不是此地人，是……是代郡人。”

赵氏奇道：“代郡人？你又没出过京城，怎么能认识代郡的姑娘？”

淳于弋答道：“她……她父母双亡，是……是一个人到长安来的。”

赵氏一听，火冒三丈：“什么？一个人来是什么意思？难道她是乞讨来的吗？我给你找了那么多好人家的姑娘你不要，偏要一个流浪女子，你是不是疯了？”

“母亲，你听我说，阿桑她是好人家的姑娘，只是家中遭变……”

没等淳于弋说完，赵氏一顿数落：“儿啊，咱们家虽不是大富大贵之家，但是家族里不乏有头有脸的人物，你若娶一个来路不明的女子为妻，你让我在族人面前怎么抬得起头来？”

“娘，阿桑……”

“阿桑阿桑，叫得那么熟络，你们认识多久了？一个没出阁的女子，和一个男子那么要好，她能是什么好人家的姑娘？”

“我……”淳于弋还想辩解，却又找不到话说。

淳于弋到底是淳于泰的儿子，骨子里有父亲的那股执拗。母亲没有同意他选的人，他自然也不接受母亲为他选的人。母子俩就这么耗着，一耗就是三年。眼看淳于弋二十三四岁了，看着别人家儿孙满堂，赵氏都恨不得自己生一个，最后，为了能早点传宗接代，赵氏终于还是妥协了。

二十多年前她没拗过丈夫，二十多年后她没拗过儿子，赵氏想想自己真是命苦。

淳于弋和季桑成亲后自是很欢喜。

季桑心地善良，又很孝顺赵氏，赵氏也很满意，认为是自己当初错看了季桑，对于当初阻止两人的婚事后悔不迭。要是自己早点同意，现在就已经抱上孙子了。

可是，赵氏不知道的是，为了娶季桑进门，淳于弋隐瞒了一件事：季桑也是个习武之人。淳于弋知道，自己的母亲因为丈夫痴迷武学、抛家弃子，儿子痴迷武学、没有继承淳于家的衣钵，所以恨尽天下习武之人。她如果知道季桑也是武学中人，那无论如何也不会同意自己娶季桑的。

不过，纸包不住火，该知道的终于还是知道了。

只因那天夜里，季桑在院中练剑，不巧就被赵氏看到了。这也怪不得季桑，习武之人的习惯，是每日必得练习一两个时辰，或打坐，或练剑法。季桑自嫁到淳于家，已有小半年没有练习剑术。这些时日，她已摸清阿姑习惯早睡，次日辰时她去请安前一刻方醒，中间也不起夜。偏巧那天赵氏去吃酒席，许是因为淳于弋娶了媳妇儿，赵氏高兴，便多饮了两盅，夜里闹肚子要上茅房，刚走到院子，便见一片银光剑影，起先赵氏还以为是淳于弋，正奇怪弋儿怎么半夜起来练剑，定睛一看，却是季桑！赵氏这下可吓得不轻，顿时就酒醒了，肚子也不疼了。

赵氏找来淳于弋，问他怎么回事，淳于弋见瞒不过，只得老实交代。赵氏登时气得浑身乱颤，差点就背过气去。

可是气归气，她又能怎么办呢？让儿子休妻吗？先不说儿子一定不肯，就是肯，这才娶进门半年就休妻吗？况且自己方才吃酒，一时高兴才在族人面前夸耀娶了一个好儿媳妇，一转脸就要儿子休妻，族人们会怎么看她？

有气无处撒的赵氏，只能找儿媳妇出气，有事没事总挑季桑的不是，接着就是一顿数落。即便这样，也解不了赵氏的心头之恨。

然而，令赵氏伤心的还不止这一件事，另一件事赵氏更无法忍受——季桑嫁过来三年了，一直都没有生育。

赵氏一心想要孙子，当然接受不了这个事实，一定要淳于弋休了季桑。

淳于弋和季桑感情很好，当然不愿意。

其实，淳于弋也找人给季桑看过。淳于家本就是行医的，医术高超的大有人在，淳于弋的堂姐淳于衍就独立经营着一家医馆。淳于弋曾经让淳于衍给季桑把过脉。

淳于衍把过脉后，皱了皱眉，说：“弟妹向来身体很好，为何寒症郁结竟如此之重？”

淳于弋忙问道：“有什么办法可解？”

淳于弋道：“我尚不知缘由，只能开几服药先调理调理。”

过了半年，仍不见效，淳于弋仍去找淳于衍。淳于衍摇摇头，问道：“听你母亲说，弟妹从小练剑，可否告知练的是什么剑法？”

季桑说：“小时家道未曾败落时，父亲曾请过一位女侠教我剑法，师父曾说我所练为越女剑法。”

“哦，是了。”淳于衍点头道。

季桑奇怪地问道：“我所练之剑可有什么不妥？”

“你身体并无异样，只是宫寒郁结，或许是剑气所致，我只是猜测是否与你所练之剑术有关。”

淳于弋又问：“可有法可解？”

淳于衍摇摇头：“若是剑气郁结，寻常药物亦不能轻易化解。依我看，办法有二：一是弃了此剑法，二是请江湖郎中的药方，以江湖之术或可解此结。”

季桑回去后，辗转一夜不能眠，心想，阿姑早已容不下我，弋哥哥虽对我好，终究也不能长久。若要弋哥哥写休书，他终是不肯，不如我先行离去，时间长了自然也就淡了。

第二天季桑便不辞而别，淳于弋原以为她是一时冲动，过些天就会回来，谁知竟数月杳无音信。淳于弋心中甚是着急，自己在朝廷当差又不便离开，便让祁蓁去寻找。

祁蓁找了一年有余，数日前才得知她就住在华山脚下。

祁李二人将季桑送到淳于家门口，二人不便进去，便嘱咐她有事就到西郊客栈找他们。李飞要在此地等候郭什，这段时间他二人暂住在西郊客栈。

季桑站在淳于家门口徘徊许久，几次想推门进去又犹豫了，她已有一年多没回来了，不知道弋哥哥和阿姑怎么样了？

第十五章 身陷囹圄

季桑在门外徘徊了很久才推开家门，进得屋内发现院子里静悄悄的。季桑心下不免觉得奇怪，往常都是老管家全叔守院门，如今非但全叔不见踪影，两个小丫鬟也不见踪影。走到自己的房中，丈夫也不在房里，季桑顿感不安，急忙走到阿姑的房间，只见阿姑躺在床上，两个小丫鬟叶儿果儿则趴在床边打盹。

为了不吵醒阿姑，季桑将两个小丫鬟叫出来问话："家里怎么了？全叔呢？弋哥呢？"

叶儿哭着说："夫人你可回来了，你不知道，主家被抓走了，老夫人也病倒了，已有好些日子没下床了。"

"出了什么事？弋哥为什么被抓？"

果儿说："不知道啊，主家不是在家里被抓的，我们只是听全叔说，主家是在当值的时候被抓的。前些日子还来了好些官府的人，在家里乱翻，说是要找什么东西，老夫人一听主家被抓，一时气急就病倒了，到现在都还说胡话呢。"

她顿了顿，接着又说道："自从主家被抓之后，老夫人神智就有些不清了，看见全叔就让他带主家来见她，起初全叔只是编些话来骗她，后来被老夫人逼得急了，全叔没办法，便收拾东西回乡下去了。夫人你回来得正好，你快想想办法吧。"说完也跟着哭起来。

"弋哥被抓多久了？"季桑问道。

"有月余了吧。"叶儿说道。

季桑道："你们下去吧，我去看看娘。"

将叶儿果儿打发走后，季桑才轻轻走到赵氏的床边，见赵氏脸色蜡黄，精神萎靡，想是病得不轻，便不打扰她，坐在床边静静等她醒来。

过了不知多久，赵氏才睁开眼睛，许是想要下床，口里喊着："果儿……果儿……"

季桑赶忙走过去，抓住赵氏的手说道："娘，你醒了？"

赵氏看是季桑，没好气地说："是你？"

季桑："是我，娘，你怎么了，家里出什么事了，弋哥为什么被抓起来了？"

不提还好，赵氏这段时日听不得"淳于弋"三个字，一听便发疯似的又哭又闹，这里季桑话才落音，赵氏立刻号啕大哭起来："弋儿，弋儿，我的弋儿呀，你在哪儿呀！"

季桑并不知道赵氏这个心结，她心里着急想知道事情经过，便对赵氏说:“娘，你先别哭，你先告诉我是怎么回事，我们再想办法去救弋哥。”

赵氏哪里听得进去，只是一味地哭，哭累了，又犯糊涂，猛然看到季桑，又像是回到从前，指着季桑的鼻子骂起来:“是你，都是你！都是你害的！我儿自从娶了你，没有一件好事，都是你害的，是你害了弋儿……”

她骂完又接着哭，季桑再问下去也就是这几句话，骂完了哭，哭完了骂。

季桑看也问不出什么，只得让叶儿果儿进来伺候，自己在院中暗自垂泪。

她原本只是想回来看看淳于弋，让他写了休书就走，谁知家里出了这样的事，阿姑虽不待见她，她却不能丢下阿姑不管。

阿姑现在已神智不清，家里总得有个管事的人，眼下也顾不得她那些骂骂咧咧的话了。只是，阿姑与丈夫母子俩都是不善言辞的人，很少与家族亲戚来往，这一下子该找谁去商量呢？

季桑不禁犯难起来，家里突然出事，连个商量的人都没有。思来想去，季桑突然想到一个人，或许只有她能帮上忙。

季桑想到的正是淳于弋的堂姐淳于衎。

淳于弋的这位堂姐从小聪明伶俐，未出阁时就帮着父亲打理医馆，父亲时常出诊几日不回来，医馆上下全仗她一人打理。及至出阁，她也是一个人经营着一家医馆。

因她是女子，医术又好，妇女们有些什么妇科病症或是一些不好启齿的病症自然都乐得找一位女医师看病，因此京城中达官贵人的女眷们、闺阁中的小姐们都喜欢找她看病。淳于衎也因此时常出入王公贵胄的府邸。

她还曾经被聘为宫中的女医侍，服侍过许皇后。

淳于弋的爷爷过世后，族人们就很少来看望淳于泰这一脉，赵氏母子孤苦无依，只有她还时常来看顾他们母子，感情比别人自然深厚些。何况她经常出入朝廷大员的府宅，别的不说，至少她知道的消息总比家里的两个丫头要多一些。

长安城的王公大臣大多都聚居在城东北角，因这里离宫廷较近，上朝方便。

最初这里的房产大多是朝廷的产业，朝廷为有功的大臣提供府宅，作为一种恩赐。到后来，朝中有钱的官员也喜欢在这里购置房产，因此这一带住的朝廷官员也越来越多。淳于衎的家也在这里。

至于她为何要在这里购置房产，或许因为她现在出诊的对象基本都是朝廷大员的女眷们，她住在这里，方便出诊。

季桑已近两年没见过这位堂姐了。到了淳于衍家，季桑只觉她的家里更富丽堂皇了。下人领着季桑走过长长的廊道，廊道两旁修葺得赏心悦目，水榭、亭台楼阁一应俱全，走了一阵子才到厅堂，下人让她在厅堂内等候。

不一会儿淳于衍出来，只见她穿了一身绫罗绸缎，显得富贵万千。

淳于衍笑语盈盈地和季桑打招呼："弟妹，你去了哪里？许久不见了。"

季桑躬身给淳于衍行了一个万福，心想自己离家的事她应已知道，自己也不便多说，于是只道了声"姐姐安好"。

淳于衍已过不惑之年，体态略微发福，长着一张圆脸，五官稀松平常，不过这倒让她有了一种平易近人的气质，因此她在长安贵妇们那里很受欢迎。

季桑怕她问起自己离家的事，倒不知如何应答，便先开口说道："姐姐，妹妹今日叨扰，是为了弋哥哥的事而来，想来姐姐已有所耳闻，妹妹这里就不多说了。只是娘受了刺激，已有些神智不清，我也问不出话来。姐姐常在大臣们的家中走动，想来消息灵通些。妹妹想问，弋哥哥到底因何事被抓了？”

淳于衍拉着季桑的手将她让到席上坐下，才说道：“听闻弟妹离家有些时日，弟妹即便不来找我，我也要去找弟妹了。弟妹有所不知，我这弟弟呀，不知受了何人蛊惑，竟去行刺大将军。”

季桑倒吸了一口凉气，大为吃惊，忙问：“行刺大将军？姐姐你可曾打听清楚？弋哥哥怎么可能行刺大将军？”

淳于衍道：“我自然也不信，可弋弟是刚出将军府就被抓住了，让人怎么不信？但以弋弟的为人，应当不会做这样的事，所以我猜他是受人蛊惑。”

季桑道：“弋哥哥只是个小小的卫尉，何人来蛊惑他？”

淳于衍说：“那我就不知了。”

“姐姐可知弋哥哥被关在什么地方？”

“他行刺朝廷首辅大臣，犯的是重罪，现在应该被关押在诏狱。”

“姐姐可有法子让我见见弋哥哥？”

淳于衍无奈地说：“这个却无法了，现在不许人探视弋弟，连我也见不到。”

从淳于衍家出来，季桑就直奔西郊客栈而来，幸好，祁蓁在客栈中，李飞也在。

祁蓁见季桑脸色苍白，关切地问道："阿桑，怎么了？"

季桑心里一阵酸楚，几乎哭出来，勉强说道："弋哥哥被抓，现在正关在诏狱。"

"啊！"祁蓁也着实吃了一惊，问道，"为什么？"

"因为行刺霍光。"

"行刺霍光？"祁蓁表情中透着难以置信，又问道，"你肯定吗？你从哪里听到的消息？"

季桑便把回家时的情形以及从淳于衍处得到的消息一一说了。

祁蓁听后一边点了点头，一边思索着。他知道淳于衍，既然她如是说，那必定是真的，只是这件事出得古怪，大哥职位低微，与霍光不会有什么瓜葛，且他为人刚正，与朝中大臣也素无往来，这其中是有什么误会还是有人存心陷害？

思索了一阵，祁蓁问季桑道："廷尉可有定案？"

季桑答道："尚未定案。"

"可知道大哥为什么这么做？"祁蓁又问道。

季桑道："娘已经神智不清，现在只说胡话，问不出半点消息。据堂姐所说，弋哥哥是受人蛊惑，别的再无消息了。"

祁蓁摇摇头道："以大哥的为人，想要蛊惑他只怕也不易。"

"那我们现在怎么办？"季桑问道。

祁蓁道："现在只怕得和大哥见上一面，问出事情的来龙去脉才好做下一步打算。"

季桑听出了祁蓁的意思，"见上一面"意味着要去闯诏狱，而诏狱岂是那么好闯的地方？她思索方定，咬了咬嘴唇道："今晚，我去趟诏狱！"

祁蓁抬手制止了她："你一个姑娘家不方便，你留在这里，我去！"

李飞方才听到季桑说行刺霍光，猛然想到在南岳客栈时那两个中年人的对话，自己原本对中原朝局没有兴趣，只是没想到行刺霍光的竟是祁蓁的朋友，不过，听他们说话，似乎其中有着莫大的冤情。

现在又听他们说去诏狱，李飞虽不大明白中原人说话的习惯，但从他们的对话中听得出，所谓的去趟诏狱并不是通过正常渠道去和淳于弋见面，他们的计划，十有八九是偷偷混进诏狱去见淳于弋。

李飞没有想到中原的江湖人士竟是这么胆大，敢和朝廷对抗，不过，这也正和了他的脾性，李飞从小就顽皮，只是被父兄管束着才规规矩矩，现在竟然有人要去做这么一件“不守规矩”的事，他如何不兴奋？李飞长这么大，从没见过性格这么洒脱、可以为了朋友而不顾自己安危的人。

他们没提到自己，自然是知道此行危险，不想连累自己，但自己已然知道了，又怎能坐视不管？此刻，李家那股倔强的血液在李飞体内涌动着，恨不得现在就找人打上一架，于是他对祁季二人说：“我也去，我和祁兄一起去！”

祁蓁却摇头拒绝了：“李兄，你不必去冒险。”

李飞冲祁蓁眨眨眼，半开玩笑地说：“祁兄对我有救命之恩，你的事我岂能不管？况且，我已知道了你们的计划，我若不去，你们放心吗？”

祁蓁笑笑，知道李飞一心想去，便也不再推辞，况且他武功不弱，有他在，事情好办得多。

“好，有李兄同行那是再好不过。”

诏狱之所以称为诏狱，因其关押的是由皇帝亲自下诏书捉拿的犯人，说白了诏狱就是关押朝廷重犯的地方。

绝大多数被关在这里的人都是朝廷要员，都是权力斗争的失败者，要么是皇帝要打击的对象，要么是权臣们要打击的对象。

诏狱里关押着这么多重要官员，守卫自然很森严。

原本，淳于弋是不够资格关在这里的，可谁让他行刺的是霍光呢？

淳于弋一个小小的卫尉竟然被关进诏狱，可见霍光对于自己被行刺一事是相当重视的，说不定这背后牵扯到自己的政敌也未可知。

诏狱犯人众多，祁蓁也不知道淳于弋被关在哪儿，好在来之前已做了多方探查，他知道这里的犯人都是收录在册的，而犯人名录多半是放在狱卒的换防之处。

他们得先去换防处，从名录中查出淳于弋被关在几号牢房。

这里狱卒大约每一个时辰巡查一次牢房。祁李二人到时狱卒才刚刚换防，看看时辰，估摸着丑时还有一次换防。

到了子时三刻，祁蓁和李飞偷偷翻墙入内，守在换防营门口。

过了一会儿，一个狱卒巡查回来，刚走过拐角，李飞的身影从夜色中一闪而出，趁其不备，李飞挥手击在狱卒后脑之处，出手之快，狱卒竟无半点察觉。只见狱卒身子一软，就要倒地，李飞眼疾手快，一把将他扶住，交给一旁的祁蓁，祁蓁接过，将其藏入草丛中，整个过程竟无半点声响。

李飞迅速换上狱卒的衣服，低头走进换防营，换防营内另一狱卒想是等着换防的，忽又觉得李飞身形有些陌生，正想问话，李飞却哪里容他开口，照面一掌劈过去，狱卒中掌，鲜血横流，闷哼一声倒在了地上。

祁李二人配合默契，放倒狱卒后祁蓁也迅速换上狱卒衣服，去查看犯人名录，李飞则将晕倒的狱卒藏入草丛中。

祁蓁迅速扫过名录，他眼疾手快，看到名录上记着：淳于弋，十九。祁蓁心知淳于弋被关在十九号牢房，于是拿上十九号牢房的钥匙迅速走入牢房，李飞则守在牢房门口。

祁蓁找到淳于弋时，他正躺在草堆上，囚服上血迹斑斑，显然已受过刑了。

祁蓁喊了一声“大哥”，淳于弋睁开眼，看是祁蓁，一惊之下猛然坐起身来，刚想说话，被祁蓁制止，示意他别出声。

因不能久留，祁蓁大致说明了来意，只让淳于弋把事情缘由简略说说。

那晚，淳于弋当值，只是当值的不止他一人，还有张禾、窦泉。那天晚上，三人一同走到霍府附近时，窦张二人突然说肚子痛，要上茅房。淳于弋一个人继续往前走，走到霍府后院附近时，看到一个黑影从霍府屋檐窜出，淳于弋只当是盗贼，便追了上去，谁知那盗贼身手甚是敏捷，三两闪身便无影无踪，淳于弋追到小树林时已气喘吁吁，盗贼却不见了。淳于弋在林中找了一阵，想寻些蛛丝马迹，偏巧没带火折子，才想起火折子在窦张二人身上。他想回身去叫窦张二人，却突然闻到一股奇怪的味道。淳于家是行医的，淳于弋虽不太研究医术，但也略懂一些，这奇味中掺杂着草药的味道。淳于弋正在想着这究竟是什么药，谁知竟晕了过去，醒来时就在廷尉了。

淳于弋说完当晚情形，祁蓁略一思索，便问道："是廷尉的人将你带来的吗？"

这句话提醒了淳于弋。他低头沉思起来，随后又摇摇头说道："我们卫尉隶属于廷尉管辖，当晚便是我们当巡，廷尉没有理由再派人去巡查同一个地方。"

祁蓁又问："大将军府可有护卫？"

淳于弋道："自然是有……"

他猛然像是又想起了什么，接着说道："霍大人既然没有受伤，那必定会惊动霍府的人……"

祁蓁点点头，又道："张禾窦泉行为有些古怪，不早不晚偏到霍府时要上茅房？"

淳于弋道："当时并未觉得，后来回想起来，确有古怪，蓁弟可去查查这两人。”

“大哥放心，我出去后定会去查。那迷倒你的气味，大哥现在可知道是哪种药散发出的吗？”

淳于衍摇摇头说：“都怪我幼时不肯用功，于医学一道实在不精，现在仍想不出是什么药。”

“大哥既不知，我去查便是。”此地不宜久留，祁蓁说完便准备走。

淳于弋忽又想起了什么，说道：“对了，他们在家里搜出了一封书信，说是萧望之的笔迹，让我指认。”

“信上写了什么？”

“大致是说‘周公辅政，成王年长，即还政之’之类的。”

祁蓁冷笑道：“哦？这倒像是萧望之的口气，只不过也太明显了些。”

淳于弋点点头道：“人人都知道孝武皇帝曾送了一幅周公辅政图给霍光，霍光也常以周公自居。这信里指的当然是霍光，只是周公辅政，待成王成年后即还政于成王，而霍光却把持着权力不放。这的确像是萧望之说的话，况且萧望之和霍光有过节，这事很多人都知道。这陷害我的人定是想将矛头指向萧望之。”

祁蓁道：“不错。”又问：“大哥可曾承认？”

淳于弋苦笑道：“我若承认了还会在这里受苦吗？”

祁蓁道：“我知道大哥为人，断不肯无中生有，牵连他人。只是，我也不能让大哥白白受了这诏狱之苦，待我查清事情原委，还大哥一个清白，再找那陷害你之人报仇！”

淳于弋一把将祁蓁拉住，嘱咐道：“蓁弟，朝堂上的争斗不是你我能控制的，你不可陷得太深，否则娘和阿桑都会受到牵连。”他顿了一下又说：“阿桑定然还在怪我……是我对不起她……你照顾好她。”

祁蓁看淳于弋眼中流露着伤感，心中实是不忍，但此时已不能再多说什么了。

“阿桑回来了，她不怪你，她很担心你。”祁蓁边说着边走出了牢房。

出得牢房来，李飞已在门外等候多时了，见祁蓁出来，便迎了上去：“怎么进去这许久？再不出来那两个狱卒便要醒了。”

祁蓁心中有事，也不多言，只道：“回客栈再说。”

二人回到客栈时，季桑仍在客栈等着，看见祁蓁回来，焦急地问道：“弋哥怎么样？可受了刑？可问到些什么？”

祁蓁怕季桑担心，便将淳于弋受刑一事隐瞒下来，只淡淡说道：“大哥很好，并未受刑，你不必担心。他将当晚情形都说了……”叹了口气，接着说道，“大哥是被陷害的。这——或许是个阴谋。”

季桑哭着说：“我知道弋哥哥不会做这样的事，到底是谁要陷害他？”

“大哥说了两个人，这两个人或许有问题，让我们去查一下。”祁蓁道。

“是谁？”

第十六章 谁的阴谋

祁蓁说道：“一个叫张禾，一个叫窦泉，都是当晚和人哥一起当值的卫尉。”

“张禾、窦泉？”季桑有些疑惑。

祁蓁又问：“你认得这两人？”

季桑摇摇头道：“并未见过，但听弋哥哥提起过他们，张禾家似乎在城郊，他家还有一个母亲和一个妹妹。”

祁蓁道：“既如此，你明天去找张禾，问他当晚的情况，我去找窦泉，我们分头行事。”

“祁兄，我和你一道去。”李飞插话道。

祁蓁略一犹豫，道：“李兄……”

李飞打断他：“叫我阿飞吧。”

祁蓁似乎在犹豫把李飞卷入这桩案子是否妥当，他们相识不久，若有危险，岂不是害了人家？

李飞自然也知道祁蓁在想什么，他本就是个不怕事的人，既开了头，岂有半途而废的道理？为了打消祁蓁的顾虑，李飞故作轻松地说：“怎么，又想把我抛下？你不怕我去告密？”

又是这一套！祁蓁摇头苦笑，偏这一套他无法拒绝。

“李兄……”祁蓁刚开口，李飞又打断他：“叫我阿飞。”祁蓁想了想，终于说道：“好吧，阿飞，你和阿桑一起吧，她一个姑娘家不方便。”说完又补充道：“阿飞，此事并非儿戏，有性命危险，你们要小心！”

李飞摆摆手道：“放心！我会保护好季姑娘的。”

窦泉家在东市口的裴元巷，祁蓁去了东市口。

张禾家远一些，在南郊的一个村庄里。季桑凭着淳于弋说过的只字片语，凭印象找到南郊的一处青砖白墙的矮房子，四下里看看，并无别家，却也不知道是不是张禾家。

院子里没人，李飞朝着院内喊道：“有人吗？这里是张禾的家吗？”

不一会儿出来一个身着粗布短衣的小姑娘，只有十二三岁，头上扎着两个圆髻，模样甚是可爱，只是眼睛有些红肿，像是刚哭过。

因先前季桑说张禾还有个妹妹，李飞猜想便是这小姑娘了，问道：“小妹妹，你哥哥在家吗？”

小姑娘见是两个陌生人，有些怯生，眼中却带有一丝警觉，问道：“你们是谁？”

李飞道："我们是你哥哥的朋友。"

小姑娘白了一眼李飞道："你胡说，我从未见过你，你们不是我哥哥的朋友！"

这小姑娘倒机灵，看来张禾家中有事，李飞心想。于是低头柔声问道："你哥哥可是在卫尉当职？"

小姑娘点点头。

李飞又道："你看，我没骗你吧？我们真是你哥哥的朋友。你哥哥遇到一点小麻烦，我们是来帮他的，但是在此之前，有些事得找你哥哥问清楚，我们才能帮他。怎么样，能让我们见见你哥哥吗？"李飞说完还朝小姑娘眨了眨眼。

李飞注意到当他说她哥哥遇到麻烦时，小姑娘身子颤动了一下，这一细微的动作没有逃过李飞的双眼，因此李飞断定小姑娘不会拒绝他的要求。

果然，小姑娘看看李飞，又看看季桑，只略一犹豫，转头朝屋内喊道："娘，有两个人找哥哥。"

话音刚落，从屋内传来一个老妇人的声音："让他们进来吧。"

季李二人进得厅屋，一个老妇人拄着拐杖颤颠颠地才从里屋出来。老妇人五十上下的年纪，头发花白，满脸皱纹，眼睛有些红，似乎也是刚哭过。

老妇人问李飞："你找我禾儿何事？"

李飞环视周围一眼，并没有看到张禾，便问道："大娘，张禾可在家中？我想当面和他说。"

老妇人道："你有何事，和我说也是一样。"

李飞看了看老妇人，心想：这母女俩都这么奇怪，可见淳于弋之事定有冤情，而张禾一定知道些什么。若不吓唬吓唬她们，这母女俩定不肯说实话。

于是李飞正色道："大娘，我们有位朋友叫淳于弋，你可知道此人？"

老妇人道："不知道。"

李飞冷笑道："他可是与令郎同在卫尉当职。"

老妇人道："卫尉行事素来机密，即便同时当值，我又怎能认识？"

李飞道："大娘不认识没关系，只是如今淳于弋获罪入狱，你可知他因何罪入狱？"

老妇人："他因何罪入狱跟我儿也没有关系。"

李飞道："大娘此言差矣，淳于弋可是因行刺霍光入狱……"李飞故意停顿了一下，斜眼瞟了一眼老妇人，只见她身子抖了一下，旋即又强装镇定，才又继续说道，"淳于弋行刺霍光的当晚，令郎和淳于弋一起当值。虽然令郎当晚借口上茅房没和淳于弋一起追捕刺客，但是，大娘你想想，刺杀大司马大将军的罪名岂是一句上茅房就能脱得了干系的？”

李飞软中带硬地说了这么一番话，老妇人果然受不住，竟号啕大哭起来：“我的儿，你果然死得冤枉啊！”

李飞惊问道：“大娘你说什么？”

老妇人边哭边说：“你们来迟了，我儿……他……死了！”

“啊……”李飞和季桑都大吃了一惊，忙问，“什么时候的事？”

“三天前。”

“张兄因何故去世？”

老妇人道：“风寒。”

李飞季桑又吃一惊，奇道：“风寒？体弱之人感风寒或能致死，而张兄乃习武之人，体质当不会如此差，怎可能因风寒去世？”

老妇道：“别说你不信，我起初也不以为意，只当他是风寒，睡两天就好，谁知竟是一日重似一日，到他昏迷不醒时再去请大夫，已是晚啦，禾儿再也醒不过来了。”

李飞道：“大夫可说过张兄因何而死？”

老妇摇摇头说:“大夫只说我们请得晚了，不中用了。”

李飞低头沉思，不再言语。

老妇又开始号啕大哭起来：“禾儿就这样走了，我和阿囡怎么活啊……”说完抱着小姑娘痛哭，小姑娘也跟着母亲呜呜地哭了起来。

等李飞想再问些什么时，老妇人却骂了起来：“你们是禾儿的朋友吗？你们为什么不能早点来，你们若是能早点来，我禾儿就不会死。”

“我……”李飞一时不知道说什么。

老妇继续骂道：“莫非你不是禾儿的朋友，竟是害他的人？”

“我当然不是，大娘你听我说……”

李飞想解释，却被老妇赶了出来。无奈，只得先出来再说。

出得张禾家，李飞一路低头不语，季桑以为他是因被赶出来闷闷不乐，便喊道：“阿飞？”起先李飞并未听到，季桑直喊了几次，李飞才猛然回过神来。

“噢，季姑娘，你叫我？”李飞道。

季桑本想问他因何闷闷不乐，却被他这一声称呼逗乐了，说道：“为什么叫我季姑娘？听起来像是我未出阁一样。”

李飞笑笑道：“这倒是个难事，我该怎么称呼你呢？”

季桑歪着头说：“我大着你两岁，叫姐姐也无妨。”

李飞却做了一脸苦相，摇摇头说：“虽说年纪上大了两岁，只是你的模样看着比阿什还小，实在叫不出口。”

“阿什是谁？”季桑问道。

“哦，是和我一起来的一个朋友，她去办些私事，过几天就来长安。”李飞停顿一下又说，“你若不介意，我和祁兄一样叫你阿桑可好？”

季桑还了李飞一个爽朗的微笑，也不说话，算是默认了。

李飞为季桑的笑容着迷，他看着季桑，想起她练剑时的模样，那是一种不食人间烟火的超尘脱俗，而此时，脸上挂着一抹淡淡微笑的她却是另一种娇俏的可爱。李飞心中甚是纳罕，两种风格迥异的表情可以出现在一个人的身上，看着却是如此自然，竟没有丝毫的违和。

李飞呆愣在自己的思绪里许久不说话，猛一抬头发现季桑正看着自己，脸顿时涨得通红，像是被她看穿了心事似的慌得六神无主。

季桑见他一会儿沉思不说话，一会儿脸又涨得通红，不知道他在想什么，便问道：“你在想什么？”

李飞慌忙别过头去，吞吞吐吐地说：“哦……我……是觉得……觉得刚才她们母女俩有点奇怪。”

季桑怪道：“这母女俩确是奇怪，只是，你为什么脸这么红？可是哪里不舒服？”

李飞定了定神，才说：“没……没有，我想得入了神才会这样。”

李飞这样说，季桑也就不在意，接着说道：“她们母女俩的确奇怪。大娘说张禾在三天前去世，可是家中却没有停灵，也没有牌位。小姑娘脸上的神色像是害怕，而不是伤心。”

李飞道：“不错，在院门时小姑娘的神色就有些不对，起初她并不愿意让我们见她哥哥，及至我说我们是来帮他的，她才愿意让我们进门，倘若张禾真死了，她又何必多此一举？”

季桑点点头道：“或许，张禾并未真死，只是藏了起来，他一定是知道了什么，并且预感到有危险，所以不敢露面。大娘老于世故，哭得真切。小姑娘却不同，她稚气未脱，知道哥哥未死，自然不伤心，只是我们来打听她哥哥的事，她知道事关重大，怕我们是要害她哥哥的，所以害怕。”

李飞像是想起了什么：“走，我们回去看看。”说着拉起季桑就往回走。

两人再回到张禾的家时，母女俩早已不见了。

季桑道：“果然另有隐情。”

李飞道：“她们一老一幼应该走不远，我们追。”

季李二人沿着官道一路追出了四五十里，仍未见母女两人。

李飞突然勒住缰绳，对季桑说：“我们一路上都没见到她们，或许我们想错了，她们并未走官道。”

季桑道：“没错，她们应该不至于走得那么快，或许因为害怕而不敢走官道，此时定然还在我们后面，走，我们回去找找。”

两人弃了官道，分东西两头沿小路各去寻找，并约定无论找到找不到，明日酉时仍回西郊客栈。

与季桑分开后，李飞沿西头小路来寻。

西头多为山路，骑马不便，李飞只得下马牵着走，走了一个多时辰，隐约听见前方有声响，仔细一听，是兵器相碰的声音。李飞赶忙将马拴好，走到近处去看。

看时，是一个蒙面人和一个年轻人在交手。那年轻人二十三四岁年纪，使一柄青光白剑，武功不及蒙面人，只有招架之功，无还手之力，又喘息不定，状态极为狼狈。

再看那蒙面人，却是气定神闲，他周身黑色，虽只露出双眼，眼神却透着冷冷的凶光，一看便知是江湖上一等一的杀手。再看蒙面人的兵器，却是一柄青铜长剑！李飞心中甚是纳罕，青铜锻造术已经失传，如今江湖上已甚少使用青铜剑，这蒙面人的青铜剑又是从何而来？

青铜剑比白剑要重上许多，在兵器上，年轻人已是吃了大亏，更何况年轻人在武功造诣上与蒙面人相去甚远，他能支撑到现在，大概是因为蒙面人并未下杀手。此时再看，只见剑光相交之时，年轻人又吃了一掌，这一掌挨得不轻，登时一口鲜血喷了出来，身体便摇晃不支，手中长剑也几乎被震落，年轻人跪在地上，以剑撑地，才勉强没有倒地。

而此时，蒙面人露出狰狞的目光，李飞暗道声“不好”，蒙面人已动了杀机，年轻人只怕命不保矣。

只见蒙面人忽地暴起，青铜剑直指年轻人的胸口，李飞这下不再迟疑，提剑冲了出去，照着蒙面人的青铜剑凌空劈去，只听“当”的一声，剑被震成两节，却是李飞的剑！

青铜剑果然是把宝剑！

兵器上虽然吃亏，但李飞胜在招式和力道。长空剑法得范清渠改进，力量倍增，且李飞自从在华山之底打坐调息后，内息运转畅通，内力修为比往日又精进了一步，这一招“泰山北斗”看似只是轻飘飘的一剑，却蕴藏着李飞全身的力量。虽然李飞的剑被震断，但是蒙面人也同时被震得后退了三步。

然而，终究还是迟了！

李飞终究是吃了兵刃上的亏。青铜宝剑被格挡住的刹那剑势虽然减缓，方向却不变，最终还是插入了年轻人的胸口！

只听“啊”的一声惨叫，年轻人最终还是倒在了血泊之中，李飞飞身过来，一把将年轻人抱住。

恰在此时，身后又传来了“啊”的一声尖叫。

李飞回头一看，竟是他正在追踪的母女俩！

就在这一刹那，蒙面人趁着李飞接住年轻人的瞬息欺身上前，一把将青铜剑拔出，几个闪身，隐入林中不见了。

看到她们母女俩，李飞才意识到这年轻人就是张禾！

只是，他知道得迟了！

青铜剑一抽出，张禾胸口的鲜血便狂喷而出，母女俩抱住张禾号啕大哭。张禾下意识地捂着胸口，鲜血却不断地从他手指间流出来，他的身体在不停地颤抖，另一只手却抓住母亲，似乎想要说些什么。

李飞道：“张兄，你有话要说？”

“走……先……”

用尽了全身力气，只说得两个字，张禾便断了气。

张禾一死，母女俩就真的变得孤苦无依了，两人都伏在张禾身上痛哭。

李飞心中甚是后悔为何不早些出手，然而此时说什么都没用了。自己也不知该对这母女俩说什么，便将身上所有的钱都给了母女俩，让她们赶快离开这里，找一个偏僻的地方隐姓埋名地生活。

或许是因为方才出手相助，张大娘在李飞转身将走时叫住了他：“公子留步。”

李飞转头问道：“大娘可是有话要说？”

张大娘道：“我知道公子是为淳于弋之事而来，先前为了护着禾儿，欺骗了公子，还望公子莫怪。”

李飞道：“大娘现在若肯说，在下感激不尽。”

张大娘道：“我知道的也不多。一个多月前，禾儿给了我一笔钱，让我去青州置办些田产，说过些时日我们就举家迁往青州。我问他钱从哪儿来，我们为何要迁到青州，他不肯说，只说我们知道得越少越好。我问不出什么，便依他所言到青州置办了田产，准备搬到青州去。前几日，窦泉突然死了，他觉得奇怪，便去了窦家打听，窦泉的家人说他得了风寒，一日重似一日，只挨了十来天便去了。禾儿就觉得更怪了，窦泉平日里身体极好，断不会因为一次风寒便去世了。禾儿昨夜回来便说要离开长安，我见他说得紧急，加上来路不明的财物，我便知道出事了，也不和他理论，刚收拾东西准备走，谁知你们就来了，我便让阿囡在前院拖住你们，让禾儿从后院先走。你们走后我和阿囡便出来找禾儿，待赶上禾儿的时候他与那人已在交手，我和阿囡帮不上忙，只得躲在一旁干着急……后面的事你已知道，就不用我说了。”

李飞问道：“你可知道窦泉死前是什么症状？”

张大娘道：“只听禾儿讲其症状与风寒极为相似，是以他家人起初并不在意，及至严重了，连大夫也束手无策。禾儿觉得其中有古怪，怕是被人算计，因此才急着离开长安。谁知……禾儿竟也葬身在此。”

张大娘叹了口气，接着说：“当初不让他在朝廷里当差，他偏去，如今落得这么个下场。”她说着又哭了起来，哭了一阵又说：“公子，你的那位朋友只怕也凶多吉少，你早做打算吧。”

李飞别了张大娘母女俩便连夜回到客栈。

祁蓁早已等候在客栈里，季桑也回来了，客栈里还多了一个人，正是郭什回来了。

郭什见到李飞，立刻飞奔过去扑到他怀里不住地喊："飞哥哥，飞哥哥，你终于回来了，我好想你呀。"

李飞被郭什弄得不好意思了，连忙将她拉开，说道："阿什你回来啦。"接着又向她引见："这位是祁兄，你见过的。"

郭什道："你没回来时我和祁大哥说了很多话，他已经将你们见面的经过告诉我啦。"

李飞又指了指季桑对郭什说："这位是季桑。"

郭什不情愿地朝季桑行了个礼，叫了声"桑姐姐"，又噘起了嘴。

李飞见郭什又噘起小嘴，知她是嫉妒季桑美貌，使起了小性子。她一向自负美貌，见着季桑却觉得略逊三分，心里不舒服，在跟自己赌气。李飞摇头笑笑，也不去理会她，转头与祁蓁说了路上所遇之事。

李飞说完又问道："当晚巡逻有三人，现二人已死，一人在大牢里，你打算怎么办？"

祁蓁摇头叹道："大哥现在还未被定罪，这背后之人不知意欲何为。这事还牵扯到萧望之，需得从长计议。"

第十七章 人在江湖

交代完事情，李飞知道他们要商议对策，本想留在屋里和他们一起商议，阿什却对这些事毫无兴趣。她刚从轵县回来，多日没见到李飞，有一肚子话要和李飞说，硬将李飞拉了出来，要叙离别之情。

李飞无奈，只得跟了出来。出得屋外，郭什却向李飞抱怨道：“哼！你一点都不想我！”

李飞被这突如其来的情绪变化弄得手足无措，回道：“这是哪里的话！”

郭什噘起嘴说：“哼！我都听祁大哥说了，你这些天忙得很，哪里有空想我！”

李飞知道定是祁蓁将这几天的事都对郭什说了，心中暗暗叫苦，只得耐心地和郭什解释：“帮人帮到底，祁兄救过我们……”

“你是在帮祁大哥吗？”没等李飞说完，郭什就打断了他。

“自然是在帮祁兄，不然还有谁？”李飞疑惑地答道。

“哼！还有谁？自然是那个叫季桑的女子，别以为我不知道，你们要救的那个人是她的夫君！你是不是看她长得美才帮她？”郭什气呼呼地说。

李飞听郭什越说越不像回事，厉声说道：“阿什！别胡说！”

郭什头回见李飞这么疾言厉色地和她说话，又羞又气，愣了一会儿，然后“哇”地一声哭了出来，越想越伤心，越哭越厉害。

李飞起先是气郭什所说的话，但见郭什越哭越伤心，背对着他的双肩在抽搐着，模样楚楚可怜，不由得怜惜之心顿起，走到郭什身边柔声安慰道：“我对季姑娘并无想法，哪里值得你哭成这样？”

郭什只是不理。李飞也找不到话可说，只垂手立在一旁。半晌，郭什见李飞不说话，扭过头来问道：“你说，是我好看还是季桑好看？”

李飞差点扑哧一声笑出来，心想女孩子心眼真是小，见不得哪个姑娘比自己美，罢了，不和她计较，便说道：“季姑娘的美胜在气质，你的美胜在灵动，各有各的美，不相上下。”

郭什这才破涕为笑了。

李飞长吁了一口气，心想：总算过去了。

李飞想到她才刚从轵县回来，为了不再纠缠刚才的问题，便问道：“阿什，你去轵县有没有找到亲人？”

郭什果然转移了注意力，想到轵县的事，神色凄然地说：“没有。”

李飞叹了口气说：“阿什你别难过，或许他们还在，只是你父亲离开时你还小，你又不在这里长大，他们只是不认识你，只要还活着，大家总有相认的一天。”

郭什仍只是摇头。

李飞道：“我虽不了解中原的江湖中人，但祁兄却很了解，他向我说过许多你祖父的事。郭大侠一生有许多追随者，或许还有其他追随者像你的泗爷爷一样，救出了你的亲人，他们或许生活在另一个不为人知的地方，总有一天你们能够遇见的。”

李飞接着又说：“当年郭大侠搬到茂陵后，当地的三教九流都来拜会，郭大侠家里是门庭若市，孝武皇帝大为震怒，说‘天下只知有郭解不知有朝廷也’，孝武皇帝向来喜欢顺从的人，何曾容忍过拂逆他的人？我们李家从我曾祖父开始，到我父亲，都是性子执拗的人，我们李家被灭门，也不过是因为父亲没有顺从皇帝的意愿。”

郭什叹道："如果我们的先辈都不是那么耿直，那么是不是就可以避免覆灭的命运？"

没有人知道答案。

江湖的快意恩仇和朝堂的律法严明从来都是格格不入。

"飞哥哥，明天我们就去马鬃山吧。"郭什央求道。

李飞不能拒绝，叹道："也好，明天我们就去和祁兄辞行。"

第二天一早，李飞去找祁蓁辞行。

李飞敲门半天却无人应答，推门进去看，茶几被褥摆放整齐，祁蓁却不在屋内。李飞心中疑惑，难道他和季桑昨夜已商量好了计策，今日便有所行动？定要问个明白才好。李飞便一路来到淳于家，要找季桑问个明白。谁知季桑也不在，心想不妙，便推门进去看，屋里已空无一人，赵氏和两个小丫头都不见人影。

找不到祁蓁和季桑，李飞连忙回到客栈。向店小二询问祁蓁是否结账离开，店小二回道："祁公子尚未结账。"

李飞松了一口气，略放心些，既未结账，应该还没走，于是回到祁蓁房间等他回来。

约莫子时，祁蓁才匆匆忙忙回到客栈。李飞躲在角落，看祁蓁换上了夜行衣，似要出去，才发声说道："祁兄准备去哪里？”

祁蓁一惊，猛一回身抽出长剑，定睛一看，见是李飞，吁了一口气，将剑收起。

“你怎么在这里？”祁蓁问道。

李飞这才摇摇晃晃地从角落里走出来，调侃道：“我是来跟你告别的。”说着，上下打量着祁蓁，又道：“但看你这身打扮，又不想走了。”

“走吧，郭姑娘在等你。”祁蓁说。

李飞走至席上坐下，道：“说吧，你和阿桑昨晚商量了什么？”

祁蓁道：“你不必知道。”

李飞急道：“祁蓁！你还当不当我是朋友？”

祁蓁道：“阿飞，你何必蹚这趟浑水？趁现在还能走，你带郭姑娘离开这里，别让她担心。”

“我若不呢？瞧你这身打扮，别说你不是去诏狱，这次恐怕不只是探听消息那么简单吧？”李飞道。

祁蓁道：“你别管了。”说着就要走。

李飞一把将他拉住，沉声说道：“我若一定要去呢？”

祁蓁道：“你最好别去！”说着推开拦着他的双手。

俩人一个要走，一个不让，说着就要动起手来。

正在此时，门“吱呀”一声被推开了，祁李二人回头一看，郭什走了进来，瞪了两人一眼，说道：“要走便走，两个大男人在这儿磨蹭什么！”

原来，她早已在门外站了许久，听见李飞和祁蓁的对话，知道李飞不想走，心中虽不悦，却也不愿拂逆他。

李飞知道郭什脸上虽不悦，心中却已同意他留下来，便拉着祁蓁让他说计划。祁蓁便将昨晚与季桑商量的事说了。

李飞料想的果然不错，昨夜，祁蓁和季桑的决定是：劫狱。因此，季桑今日一早便已将赵氏送出城外，安排妥当后今夜就动手。

祁蓁原本的计划中只有他和季桑两人，如今李飞和郭什在，四人又重新商议了计划。

祁蓁道：“上次我和阿飞去诏狱没遇到什么阻力，不过是因为我们停留的时间短。这次却不一样，这次要将大哥从牢里带出，却是难得多。丑时是狱卒交班时刻，守卫有些松懈，我们在此时进去救人。狱卒交班后再巡逻一回，这中间有一刻钟时间，我们必须在一刻钟内将大哥带出牢房，否则就会碰上狱卒。我和阿飞进过诏狱，熟悉里面的地形，这次仍由我俩进去。诏狱南向有一个小门，专供勤杂人员使用，郭姑娘和阿桑在此接应，我和阿飞救到人后从此门出。”

布置妥当，四人便分头行事。

先前祁蓁和李飞偷偷混进来过，狱卒定然有所警觉，说不定淳于弋已被换了牢房，为了不扑空，祁蓁决定先到换防营去查一下犯人名录。

将近丑时时分，二人如法炮制，到了换防营一查名录，果然，淳于弋名后的数字便成了二十九。祁蓁暗道庆幸，拿上二十九号牢房钥匙便直奔牢房而去。

淳于弋前几日刚受过刑，身体虚弱，此时只能躺着。他并不知道祁蓁要来劫狱，当听到牢房门被打开的时候以为廷尉又来提审，勉强坐了起来，这才看清是祁蓁，以为祁蓁是查到了什么线索要来告知他，便问道：“蓁弟，可是查到了什么？”

祁蓁却说：“大哥，我们出去再说。”

淳于弋不明所以，问道：“蓁弟，你说什么？”

祁蓁做了个手势示意淳于弋不要说话，让李飞背上淳于弋走，自己则拿出了弩机。

淳于弋知道祁蓁的弩机是非到紧急时刻不会用的，今天这番架势，并不是来告诉他消息，而是要劫狱！

这一惊非同小可！

明白了祁蓁的用意，淳于弋一把推开李飞，从他背上滚落下来。

“蓁弟，我不能跟你走，你们快走吧，别管我。”淳于弋说。

祁蓁道：“大哥，我已去查过，你留在这里只有死路一条，永远不会沉冤得雪。”

淳于弋厉声说道：“那也只会死我一个！但你知不知道，你这样做会连累很多人！”

现在已是箭在弦上，如何顾得了这许多，见淳于弋执意不肯走，不得已，祁蓁一掌将淳于弋打晕，强行将他带了出来。

与淳于弋在牢房耽搁了些许，三人刚走出牢房，巡逻的狱卒就来了，得知有人劫狱，狱卒惊呼了起来。祁蓁用弩机射杀了最先赶来的两个狱卒，护着李飞淳于弋奔到小南门墙下。郭什季桑将早已准备好的绳索放下，因为淳于弋不能行动，两人先将其拉了上去。

李飞身法轻盈，不费吹灰之力，只几个箭步便蹿上去了。

而祁蓁此时仍在墙内，狱卒们陆续都已追了出来，还带着弓箭手。

不一会儿弓箭手准备就绪，登时，密集的箭矢朝祁蓁扑来。此时李飞已在墙头，祁蓁将弩机抛给李飞，李飞虽不善使弩机，但自小练习射箭，箭弩有些相通，将就着也能用。因此，李飞拿着弩机在墙头为祁蓁做掩护。祁蓁则将绳索系在腰间，抽出长剑格挡箭矢。季郭二人合力将祁蓁拉上墙头，不一会儿祁蓁便顺着绳索翻墙而出。

墙外，马车已准备好，四人将淳于弋抬上马车，便策马狂奔。

这边诏狱的狱卒早已发出预警，府兵正沿着围墙一路追来。

祁蓁策马狂奔，好不容易甩开追兵，这才用剑将淳于弋身上的镣铐斩开，将他们带往事先找好的住所。

不过此时城门关闭，已无法出城了。

好在祁蓁已料到不能出城，昨日已先行找好一处隐蔽之所，先将淳于弋安顿在此处。

淳于弋身上多处受伤，有些伤口已溃烂，现下情形亦不能请大夫，只能将就敷些金创药，等伤口自行愈合。

季桑守在淳于弋身边，低声抽泣着。

淳于弋悠悠醒来时，看到季桑，喜悦之情溢于言表，也不再责怪昨夜祁蓁劫狱之事了，拉着季桑的手说："阿桑，你终于回来了，太好了，我以为此生再也见不到你了。”

家中突遭变故，淳于弋此刻身受重伤，也不知道因何而起，想到这里，季桑也只有暗自垂泪。

见淳于弋已醒来，季桑只好先放下心事。

“弋哥哥，你醒啦。”季桑说道。

淳于弋并不言语，他的目光始终停留在季桑身上，久久不肯移开。

季桑被淳于弋看得羞红了脸，别过头去，低声说：“我不该不辞而别，家里出了这么大的事，我却什么忙也帮不上。”

淳于弋伸手抚摸着季桑的秀发，柔声说：“傻姑娘，朝中的事，你能做什么呢？即便是我也无能为力。你离家也不能怪你，是娘不好，她不该总是责骂你，我也没能护好你，是我不好。”

季桑拼命地摇着头说：“再怎样，我也该陪在你身边。”

淳于弋叹道：“父亲喜欢浪迹天涯，在我很小的时候就离开了我们，一走就是二十几年，母亲一个人把我养大。我没有继承淳于家的医术，我们这一脉没有行医，受了族人多少冷眼和非议，这些，母亲都一个人受着。因为父亲的缘故，母亲憎恨习武之人，常常百般刁难你，这些我都看在眼里，却不忍心责怪母亲。阿桑，你受苦了。”

稍一停顿，淳于弋又说：“我本该放你走的，是我自私，我舍不得你，才一直没有写休书。这些日子我在牢里想了许多，或许让你自由，才是对你最好的保护。我写休书，你和蓁弟离开这里，照顾好娘。”

季桑再也忍不住，放声大哭起来。

“不，我不走，娘我已经安顿好了，我留在这里，我陪着你。”

门外的祁蓁听到哭声，推门进来，看见淳于弋和季桑两人均面带泪痕，问道：“阿桑你怎么了？你们怎么了？”

淳于弋见是祁蓁，便对他说：“蓁弟，昨夜我责怪你鲁莽，今日仍是这句话，你不该劫狱。”

祁蓁道：“劫狱实非得已，大哥你可知道，张禾和窦泉已死？”

淳于弋叹气道：“我虽不知，但也不奇怪，我身在诏狱，他们又岂能逃得了干系？或下狱或被杀，没有第三条路！”

祁蓁急道：“你既知道后果，为何不愿逃？”

淳于弋苦笑道：“我何尝不想？但若这是一局棋，总得有人做棋子，不是我就是你们，或者是其他人。不要以为我们现在出了诏狱就自由了，你错了，我仍是逃不出这座城的。这里也不是久留之地，过不了两天官兵就会搜到这里。你们赶快走，没有我拖累，或者还能留得性命。

“我本以为此生再也见不到你和阿桑了，今日得见，已是上天莫大的恩赐，我此生已无遗憾，你们不要再管我。”

祁蓁知道淳于弋怕连累他们，只是，事已至此，还有回头路吗？因说道：“大哥，事已至此，我们已没有回头路，你也不用再劝我。是我执意如此，既已做了这档子事，死生当在一起！”

淳于弋厉声说道：“你们几个都身怀绝技，若没有我拖累，自保足矣。若是带上我，如何出得了城？更何况，朝廷很快就会发下海捕文书，到时我们都插翅难飞！”

祁蓁却无论如何不肯，季桑也不肯。

李飞和郭什此时进来，也都表示无论如何要带淳于弋一起走。

淳于弋仰天长叹道：“罢了，罢了，我淳于弋怕是要做一回罪人了。”

及至李飞和郭什进来，淳于弋才想起这是昨夜和祁蓁一起来救他的年轻人，自己却没见过他，不由得望向祁蓁。祁蓁才想起还没介绍李飞，便向大哥介绍道：“这位是李飞，已故飞将军李广的曾孙。这位是郭什，郭解郭大侠的孙女。这次多亏了他们相助。”

淳于弋便要起身向李飞道谢，李飞知他行动不便，连忙制止。

“淳于大哥不必客气，我们曾得祁蓁相救才有命活到现在，些许小事，不必放在心上。”

初听到郭解的名字，淳于弋心头一震，不禁想起了自己的父亲——一个被虚名吞噬了身心的人。

世人皆逐名与利，父亲此生是否能寻到他想要的“名”？

淳于弋不由得望向郭什，起身抱拳道：“多谢郭姑娘相救。”

郭什躬身还了一礼。

淳于弋于是问起张禾、窦泉二人之事。

祁蓁道：“阿飞和我分别去查了张禾和窦泉。我到窦泉家时，窦泉已死，据他家人说窦泉死于风寒。张禾则是在逃走的途中被暗杀。”

“哦？”淳于弋闭目沉思，努力地在脑海中搜寻着线索。

祁蓁问：“大哥，可想起什么线索吗？”

淳于弋摇头说：“窦泉死状虽像风寒，但是疑点甚多，且偏又这么巧合，他是与我同值，偏又死在我入狱之后？张禾自是不必说，定是杀人灭口了。”说着，他又看向李飞，问道：“阿飞兄弟，你可有什么发现？”

李飞道："张禾死时我在现场，杀手武功极其厉害，我和他交过手，他武功在我之上。他杀了张禾之后急于离开，才没和我纠缠，否则，三十招之内我必败于他手。当时我因想从张禾口中问出点什么，也并未去追赶。"

淳于弋问："可问出什么？"

李飞摇头道："张禾受伤太重，只说了两个字'走……先……'，便断了气。当时张禾的母亲和妹妹也在场，我想，他是让他母亲和妹妹快离开此地。唉！都怪我出手晚了，否则张禾应该不会死。

"不过后来张大娘说张禾曾收过一笔不义之财，张禾闻得窦泉之死，心中不安，才要逃离长安。这足已证明张禾被人收买。那么，你们巡值当晚所发生的事，极有可能是有人刻意安排的。"

淳于弋道："阿飞兄弟说得没错，这的确是一场阴谋，却不知这主谋者是谁，他的目的又是什么？"

"哦，我想起来了……"李飞突然说道，"那刺客的兵器很少见，是一柄青铜剑！"

"青铜剑！"淳于弋和祁蓁同时脱口而出。

"现在还有谁用青铜剑？"祁蓁喃喃自语道。

祁蓁常行走江湖，也曾多方寻访过铸剑名师，但如今的铸剑师均已铸不出铜剑，那柄铜剑到底从何而来？

他苦苦思索，却不得其解。

淳于弋知道祁蓁于江湖之事见多识广，若他都不得其解，自己也是毫无办法，还是先解眼前之事吧，因此说道：“廷尉曾经在我家里搜出萧望之给我的信，显然，有人想把矛头指向萧望之。如果萧望之的罪名被坐实，那么，受益的就该是萧望之的政敌。”淳于弋顿了一下，看了看众人，众人都在等着他往下说。淳于弋心里笑自己：他们都是江湖中人，哪管朝堂之事。于是他接着往下说道：“别人或许不知道，但我心里清楚，我和萧望之并无来往，所以书信一事纯属子虚乌有。而萧望之和霍光有过节，霍光被行刺，却毫发无伤。我在想，这会不会是霍光演的把戏，目的就是要除掉他的政敌萧望之？”

被淳于弋这么一说，几人恍然觉得，霍光的嫌疑最大。

然而光怀疑没有用，谁也没有证据。

淳于弋笑笑道：“我知道你们在想什么——我们没有证据。先想办法离开长安吧，这些事以后再说，海捕文书马上就会贴得满长安都是。”

第十八章 灞水长安

萧望之曾经写过一篇文章，文中暗喻霍光专权。霍光表面上不在意，暗地里却是怀恨在心。

萧望之曾被丙吉推荐给霍光，然而在霍光手下任职期间，既未得到重用，也未得到升迁，可见霍光并不喜欢萧望之。

若真是霍光，未免也显得太心胸狭隘了，况且，明眼人一猜便知。霍光是精于算计之人，他会用这么拙劣的手法去对付政敌吗？淳于弋辗转反侧思索到深夜，仍是不得要领，不禁叹道：唉！城门失火，殃及池鱼，可怜我们，只有待宰的命运。

廷尉行动迅速，淳于弋被劫的第二天海捕文书就已经下发了。现在全城戒严，要出城实在是不易。淳于弋伤势虽有好转，但是要动武仍是不行。众人商议，让淳于弋扮作出城问诊的医师，他虽不精通医术，毕竟家学渊源，再怎么粗浅也算略懂一二，应付城门守卫应该不成问题。季桑也须易容，她是淳于弋的妻子，淳于弋被劫，家中第一时间就会被搜查。如今家里已空无一人，那么，首先被怀疑的一定是他的妻子季桑，官府要找她的画像也不难。至于其他几人，劫狱当晚虽蒙着面，却不十分保险，也须得做一番安排。

祁蓁善使弩机，可远距离制敌，当埋伏在城门口接应。

淳于弋伤重不宜奔袭，只能坐马车。郭什刚来长安不久，于官府是生面孔，最好是由郭什驾车，二人扮作主仆二人出城问诊。

季桑是被通缉的对象，由李飞护其出城。

计议已定，几人分头去准备。

祁蓁要给弩机配备相应的箭矢，可如今制作弩机的民间作坊已不多了，朝廷已命令禁止民间制作弩机，现有的也只能在地下交易，因此，祁蓁几经辗转才找到一间地下作坊。

祁蓁原本也不使弩机，只是在一次偶然的机会中得到一把小型弩机，使用之时感觉顺手异常。又因为小型弩机杀伤力比普通弓箭大，携带方便，故而祁蓁常带在身边。其实，若不想近身相搏，弩机是最好的武器。

大汉开国之初，民间其实有许多打制弩机的作坊，那时民间作坊是合法营生，并不受限制。只因游侠们喜欢携带弩机，滋生出许多制作弩机的作坊。游侠们武功高强，对弩机精度要求甚高，时日一长，民间作坊比朝廷军用作坊的制作工艺都要精良许多。

大量做工精良的弩机流散到民间，朝廷军用弩机倒成了下等品，朝廷脸面无存。因此，早在十几年前，桑弘羊就已上书朝廷要将冶铁业收归国有。

其实朝廷早有此想法，除了脸面之外，还考虑到这些上品弩机在民间流传所造成的危害。此时有人上书，朝廷哪有不准之理？

在此后的十几年中，民间的大部分作坊被迫停止了制作弩机。只是游侠们仍有需要，还有一些作坊在偷偷制作，但只能转入地下交易，工艺也不如以前精良了。

虽然现如今私坊不多，但祁蓁也尽他所能找了最精良的作坊，先将弩机打磨一番，再配备足够的箭矢。

长安城以前不叫长安城，西周时为镐京，秦朝时为咸阳。

长安城有八水环绕，泾、渭、灞、浐、潏、滈、沣、涝，丰饶的资源造就了千年的天府之国。

高祖皇帝建立大汉时，在此兴建了长乐宫和未央宫，才称其为长安城，意为“长治久安”。

高祖皇帝出身布衣，做皇帝之初也不甚讲究礼仪，生活简朴。那时的皇宫并非高墙大院，许多宫殿都分散在寻常巷陌之中，与寻常百姓家的房屋相邻。寻常百姓常常能看见皇帝坐着马车去上朝。

后来，有个叫叔孙通的人对皇帝说："现在天下安定，我们应该讲究礼仪。国家要制定礼仪，用来约束天子、臣子以及后宫，这样才能体现出天子的威仪。"高祖皇帝觉得有道理，便让他去办。

这个叔孙通制定了一整套礼仪，极其烦琐，比如大臣见皇帝要行跪拜礼，而跪拜礼又分为稽首、顿首、空首，每一种都有其特定的行礼方式。

原本高祖皇帝并不讲究礼仪，召见大臣时随心所欲地赤脚袒胸是常有的事。如今大臣们向皇帝行三叩九拜之礼，高祖皇帝顿时感觉做皇帝原来这么有面子。

礼仪制定了，皇宫的规格也要配得上皇帝的身份才行，因此，高祖皇帝开始大力修建宫殿。宫殿越修越庞大，越修越华丽。

到了孝武皇帝时期，又增修了上林苑，皇宫已是真正的高墙大院，而不是寻常百姓能够做邻居的皇宫了。寻常百姓想要看皇帝上朝也不可能了。

现在的长安城规模已比高祖时期扩大了许多，人口增加了一倍。规模虽扩大，街道却比先前整洁，而且错落有致。

鸡叫头遍时城门已打开，因为许多讨生活的人此时就要进出城门了，他们开始忙碌着自己的营生。

天还未亮，一个身着粗布衣衫的女子驾着马车要出城，却被城门守卫拦下来了。女子面露焦急之色，显是有急事，再三央告守卫早些让他们出城。

守卫却不紧不慢地问道：“天色尚早，出城何事？车里坐的是谁？”

女子道：“我家主人是淳于医馆的人，要出城问诊。”

守卫道：“朝廷刚下了文书，出城的人一律要严查，请你家主人下车检查。”

车内之人听得守卫如此说，只得掀了帘子走下车来。守卫见是一个方脸美须的中年男子，脸色有些苍白，身子弱不禁风，走起路来轻飘飘。守卫端详了半晌，问道：“先生是淳于医馆的？”

中年男子道：“正是。”

守卫：“请告知姓名及出城事由。”

中年男子道：“在下钱温，是淳于医馆的大夫。昨日赵屠户家老父亲病了，赵屠户差人来请，因天色已晚，城门已闭，故今日才赶着出城。”

守卫将中年男子所说均记录在簿，一边让中年男子在记录簿上按手印，一边说道："既如此，按上手印就可以走了。"说着将记录簿递给中年男子。

中年男子接过一看，上面记录着：某年某月某日，何人因何事出城。内容甚是详细，找到自己的名字，在下面按了手印。

按完手印，中年男子转身走向马车，掀起帘子刚要进马车，身后传来一个声音道："淳于弋！"

中年男子稍停了一息，旋即迅速钻进马车，吩咐女子快走。

迟了！

这略显迟疑的停顿已被守卫看在眼里，他认定这人一定有问题！

守卫立刻命令城门的卫士抓住这主仆二人。

这二人正是淳于弋和郭什。

郭什一看身份被识破，狠狠地抽了马一鞭子，马负痛狂奔了起来。

淳于弋和郭什没能顺利出城，埋伏在城门口的祁蓁看在眼里。等郭什的马车一过，他便抽出弩机，对准追来的卫士接连发了几弩，以阻挡他们的追击。

此时李飞和季桑在离城门口不远的一家酒馆里，从酒馆的窗户可以清楚地看见城门的动静。两人见郭什赶着马车狂奔，便知不妙，于是互换一下眼神，同时起身出了酒馆。

两人骑马赶到城门口，守卫将二人拦下，欲盘问季桑，李飞见郭什远去，卫士正在追赶他们，情势危急万分，便下马来，二话不说，一脚踢开问话的守卫，接着趋步向前，一招“旋风九转”，只见剑气所指之处，前来阻挡的几个卫士均多了一道伤口。趁此空档，李飞回到季桑身边，在她马背上猛拍一掌，马受惊飞奔起来，驮着季桑冲了出去，紧接着李飞上马追了出去。

此时守备已调来了卫士和弓箭手。而祁蓁正被卫士围攻。趁着弓箭手还没有合围，李飞贴到祁蓁的身边，问道：“你带的箭矢还有没有？”

祁蓁道：“还有一些。”

李飞道：“阿什赶的马车速度慢，骑兵很快就能追上他们，趁现在弓箭手没到齐，你赶上去护住他们，我和阿桑断后，到华山脚下会合。”

李飞言之有理，祁蓁道了声：“你们小心！”便抢过一匹马去追赶郭什。

李季二人和官兵周旋了一阵，天色已大亮，想来祁蓁已追上郭什他们了，便朝季桑使了个眼色，示意她想办法突围，自己则朝附近的马匹移去。

此时大部的卫士已去追赶郭什的马车，而弓箭手正朝李季二人围拢过来。

李飞正朝马匹靠近，挪到离马匹还有三四步之遥的时候忽地飞身而起，正想跨上马背。正在此时，“嗖”的一声，一支冷箭飞过来，李飞身子还腾在半空中，躲避不及，箭矢正钉在他肩骨下方三寸之处。一阵剧烈的疼痛袭来，停在半空的身体也颓然落下。

李飞翻身躲到门柱之后，但是箭矢一直朝着他藏身的方向射来，李飞心想定是某个弓箭手盯上了他。

他极力想甩开那个弓箭手，可是那个弓箭手箭法极好，即便是出生于弓箭世家的李飞亦不得不佩服。李飞无论怎么躲闪，始终没能离开弓箭手的视线，只要稍微有所动作，箭矢便朝他射来，他好几次又差点中箭。

在门柱后面躲了一阵，李飞大气不敢喘，双方僵持了一炷香的时间。

不知道阿桑怎么样了？李飞心想，总躲在这里也不是办法，总还是要想法子出去。他伸头朝后看了一眼，并没有看到弓箭手，又试着挪了挪身子，将肩膀露在外面，然后，一个箭步闪到旁边另一个隐蔽之所。

就在这瞬息之间，只听“嗖”的一声，箭矢又飞了过来，这次，正中李飞的小腹！

“嘿嘿。”弓箭手在不远处冷笑着。

李飞两眼一黑，差点晕过去。他倒在门后，再也没有力气了。

接着，李飞又听到弓箭飞过的声音。弓箭手思量着他已是必死之人，正在慢慢向他靠近。

李飞苦笑一声，闭目等死。

突然，身后一声闷响，李飞探出头一看，却是弓箭手倒在地上。

季桑出现在眼前。

李飞无力地朝季桑一笑：“你怎么还没走？”

季桑还以一笑：“我来救你。”两人相视一笑，季桑将李飞扶上马，不敢走官道，只拣小路走。

第十九章 去往华山

虽然李飞受伤不轻，但季桑也不敢多停留，他们要到华山与祁蓁郭什他们会合，须得过了灞水才安全。

走了不知多久，眼见李飞脸色越来越苍白，季桑便牵着马来到一个山坳处，见四下山谷树木林立，当是个避难之所，便将李飞放下来。

箭还在李飞身上，他此时已陷入昏迷。季桑将其衣服解开查看伤口，肩胛一处伤在侧肋，伤口不深，幸而没伤及骨头。腹部一处却很棘手，伤口很深，季桑也不能判断是否伤及腑脏。

眼下顾不了许多，先将肩胛一处处理了再说。季桑道了声“得罪”，便将箭拔了出来。李飞负痛，“啊”地叫唤一声，又晕过去。

季桑动作迅速，给李飞上了药，又将伤口包扎好，李飞才慢慢转醒。

见李飞醒来，似要说话，季桑连忙制止他：“你伤得很重，流了很多血，别说话，你只听我说就好。”

李飞点点头。

季桑道："你身上中箭两处，肩胛处的箭已拔出，只是……腹部的箭头没入有些深，我……"说到这里停住了。

李飞知道自己伤得不轻，她不忍下手，便忍着疼，挤出一个惨白的微笑，微弱地说："你尽管拔，我挺得住，死不了。"

季桑咬着双唇不说话。

她实在想不出别的办法，若让她拔箭，她实在没有把握；若是不拔，恐怕李飞亦是不能撑多久，真不知怎么办才好。

李飞知道她有顾虑，咬着牙说道："拔是死，不拔也是死，拔吧！"

季桑看着李飞惨白的脸，伸出的手一直颤抖着，最后一咬牙，一手按住李飞的腹部，另一只手抓紧了箭，用力一拔，顿时，鲜血喷涌而出，李飞再次昏了过去。

上了止血药，包扎好伤口，季桑才擦了擦头上的汗水，长吁了一口气。

不知过了多久，李飞醒来，看见季桑已生了火，火光传来微微的热量，李飞才觉身上有了一些温暖。他轻声唤道："阿桑，冷。"

季桑听见李飞说话，忙跑过来，将衣服盖在他身上，如释重负地说："没事了，没事了，你终于醒了，我真担心……"

"担心我醒不过来？"李飞露出一个虚弱的微笑。

季桑笑了笑。说真的，她是着实担心。阿飞无端卷入这场阴谋中，她心中实是过意不去，她不想连累他。

眼下药和水都没有了，她得去寻些来，便对李飞说："我去附近村子找些药和食物，你在这里别动。这四下荒凉，但愿追兵不会这么快找到这里来。"

李飞道："我不碍事。"

季桑走后，李飞在山洞里躺了不知多久，外面天是黑的，季桑却还没回来，李飞开始担心。他挣扎着爬到洞口来看，只见一个黑影正朝着这边移动，夜里看不真切，还以为是季桑回来了，刚想喊，却发觉身形不像，仔细一看，是卫士！

李飞大吃一惊！原来官兵这么快就搜到了这里。

洞外有血迹，那卫士正循着血迹一步一步朝着山洞里追来。

李飞已来不及躲藏，被那卫士逮了正着，他朝同伴喊道："在山洞里！快过来！"李飞心中一阵苦笑——终究还是没逃掉！

李飞躺在地上不能动弹，最先进来的卫士见状，一把拎起李飞问道："你的同伙呢？"

若是平时，这斗嘴的事李飞哪里会放过，定要说到对方"哑巴吃黄连，有苦说不出"方止。此时他因受伤虚弱，无心斗嘴，干脆闭上眼睛不说话。那卫士见李飞如此形状，便怒火上升，"嘿嘿"冷笑两声，在李飞受伤的小腹上用力一按。"啊！"一声凄厉的惨叫，伤口再次流血不止，李飞双手捂着伤口，倒在地上痛苦地抽搐着，额头上渗出豆大的汗珠。

那卫士似乎仍不肯罢休，走近李飞，露出一个狰狞的邪笑，问道："还不肯说吗？！"

待要上前再动手，卫士长突然发话了："行了！别打死了，带回去再审。"

那卫士方停了手。

另一个卫士说道："正是，追了一天一夜，该回去交差了。"

卫士长却说："等等！"他就地坐了下来，才慢条斯理地说："不急！我方才见外面有两匹马，他至少还有一个同伴在，或许是有事出去了，我想他应该不久就会回来，我们就在这里等！"又指挥先前的卫士道："你出去将我们的马匹藏好。”

先前的卫士道了声“喏”便出去了。

李飞听那卫士长如此安排，心道：不好！阿桑回来定然不是这些人的对手，怎么想个法子将他们引开？

李飞脑子在思索着对策，眼睛却瞟向了洞外的马匹，目测了一下自己与马匹的距离，有五十步之遥，若想抢马匹逃走，这个距离对此时的他来说实在是太遥远，只怕自己还没出洞口就已被发现了，只得作罢。

眼看着时间在流逝，阿桑出去已久，想是快回来了，李飞心中暗自着急。

李飞此刻躺在地上，那卫士长以为他晕过去了，暂时没来为难他。

李飞眼睛的余光向周围瞟了瞟，自己的剑已被收缴，放在卫士长身侧，而卫士长在离自己三四步的距离盘腿坐着，有三个卫士在洞外等着李飞的“同伙”，一个卫士陪同卫士长守在洞内。李飞试着运了运气，伤口处又是一阵剧烈的疼痛。

此时顾不得疼，李飞用尽最后之力提起一口气，以闪电之势暴然而起，一个翻滚捡起地上的剑，起身扣住卫士长的琵琶骨，右手将剑架在他的脖子上，整个过程只在一息之间。卫士长没料到李飞在重伤之下还有如此力量，心里暗骂自己如此大意，然而现在受制于人，也只得乖乖就范。

李飞押着卫士长，命令其余几个卫士：“都退下！”

几个卫士见敌我形势如此转换，都始料未及。

李飞挟持着人质，卫士们都不敢靠近。

李飞架着卫士长一步步向马匹靠拢，在离马匹只有一步之遥的时候，在卫士长身后猛拍一掌，将他推向卫士们，就在卫士们慌忙接住卫士长时，李飞已翻身上马而去。

卫士长一看煮熟的鸭子竟要飞了，顿时恼羞成怒，命令卫士们去追赶，自己也顾不得先前守株待兔的计划，骑马追了上来。

李飞策马奔出二三十里，估摸着季桑应该安全了，支撑着他的一口气终于松懈下来，他再也支撑不住，摔下马来。

季桑回到山洞时，没见到李飞，地上却多了一滩血。季桑心底一凉，只道李飞出了意外，呜呜地哭了起来。哭了许久，季桑才想起要给李飞收殓，遍寻了整个山坳却不见尸体，转念一想，或许李飞还活着。他在洞口周围仔细查看了一遍，果然有人来过的痕迹，猜度李飞是让官府抓去了，心下稍安，既是被抓，那就还活着，于是又循着原路回去找李飞。

祁蓁没能赶在卫士之前追上郭什和淳于弋，他到的时候郭什已被三个卫士围攻着。郭什武功虽高，但以一敌三显然还是很吃力，现在已被逼得只有招架之功，无还手之力。她能支撑到现在不落败实属不易。

祁蓁拿起弩机，趁郭什转身闪避之时对准卫士放出一箭。

卫士中箭。

剩下的两个卫士知道有人偷袭，暂时抛开郭什，找地方躲避。

祁蓁迅速装上一箭再放出，另一个卫士也倒在了地上。

祁蓁连杀了两个卫士，剩下的一个便不再逗留，连忙跑了。

清理了卫士，祁蓁才问道：“阿什，你没事吧？大哥呢？”郭什刚才和卫士交手，她和淳于弋就被迫分开了，自己被三个卫士缠住，脱不开身，竟不知道淳于弋怎么样了，现在再看，哪还有淳于弋的身影？

祁蓁向四处看了看，只见不远处躺了两个人，便奔过去，一看，其中一人赫然便是淳于弋！祁蓁大惊，扶起淳于弋把了把脉，心中道一声“庆幸”，还有脉搏。

祁蓁赶忙将淳于弋扶上马车，解开衣服一看，左肋下两寸处有一触目惊心的伤口，竟是穿腹而过！只是剑势偏左了一些，应是没伤到腑脏，否则他此刻哪还有脉搏在？

淳于弋显然和卫士搏斗过。他本就有伤，否则以他的武功，对付个把卫士何至于此！

处理完淳于弋的伤口，看着昏迷中的淳于弋，祁蓁突然感到一阵莫名的无助，这个常年浪迹江湖、见惯生死的江湖浪子，此刻却是如此地害怕死亡。

如今躺在他面前的淳于弋气若游丝，他甚至有种担心，担心他只要轻轻一碰就会要了淳于弋的命。

淳于弋待他如兄如父，他不禁想起童年时光。

他家贫，父母亲在他八岁那年重病不治身亡，虽有三五个亲戚，却都是吃了上顿没下顿的穷人，谁愿意接济他？他无以为生，从此离开了家乡，开始流浪乞讨的生活。他不知道自己走了多远，总之他已不记得回乡的路了。走了很远很远，许多次他都差点饿死在街头。

那年冬天，他又冷又饿，蜷缩在屋檐下瑟瑟发抖。

他把能裹的东西全都裹在了身上，依然挡不住寒风的侵袭。这时候，门开了，他以为又是主人来赶他走，他对这样的“待遇”早已习以为常，于是站起来准备离开这家的屋檐。

“喂，你别走！”

是一个小孩的声音。

他回过头来看，一个孩子站在门口，看起来和自己差不多大。

“你别走，我给你拿些吃的和衣服。”小孩说。

祁蓁愣在原地不动。

小孩果真给他拿了两个炉饼和两件旧衣服。

祁蓁接过炉饼就啃了起来，他实在太饿了。小孩又进屋给他倒了一碗水，祁蓁就着水将炉饼咽下，才觉得身上暖和了些。

“你叫什么名字？”小孩问。

“我叫祁蓁。你呢？”祁蓁说。

“我叫淳于弋。你几岁？”

“十岁。”

“我十二岁。以后你叫我哥哥吧。今晚你睡我家柴房，外面冷。”

祁蓁用力地点了点头。

淳于弋私自收留了祁蓁，但是赵氏并不愿收留流浪的小孩。淳于泰一走十多年不见踪影，她将所有的心思都放在了淳于弋身上，已没有心思再去照顾一个小孩。所以，当她知道柴房中还藏有一个小孩，便勒令淳于弋将他赶走。

淳于弋从小就没有玩伴，好不容易遇到一个年纪相仿的人，两人又很投缘，淳于弋自然是舍不得祁蓁走。于是他在家中找了些废弃的木材，在一个偏僻的地方给祁蓁搭了一个简易的棚子——这就算是祁蓁的家了。虽然这个棚子简陋到了极点，但至少不用再流浪了，祁蓁很满足。

淳于弋在六七岁刚开始念书时就已吵着要练武，赵氏一听，气不打一处来，便将淳于弋打了一顿。只是打归打，打再多也没用，淳于弋依然不改初衷。不过后来，淳于弋长大了些，终于知道母亲不喜欢他习武是因为怕他像父亲一样一走了之。于是淳于弋就在母亲面前立下重誓，向母亲保证不会像父亲一样抛下她不管，央告母亲让他练剑，赵氏才勉强请了一个师父教淳于弋剑术。

所以淳于弋在遇到祁蓁时才刚刚开始练剑。淳于弋有了玩伴，便经常来找他。有时淳于弋会把师父教他的剑法教给祁蓁，不料祁蓁于武学上竟有极高的天赋。淳于弋发现，自己要反复练习几天才能记下来的一招剑式，他只要给祁蓁演示一遍，祁蓁就能记住了。而且，祁蓁往往能指出淳于弋在练习时的缺漏之处，每次淳于弋都惊讶得合不拢嘴。因此，每当师父教了新的招式，他都会来演示给祁蓁看，而祁蓁每次都是在淳于弋刚演示完之后立即就把招式演练出来，还会告诉淳于弋该如何出招、如何使力等。

祁蓁的这种天赋让淳于弋受益不少，他在祁蓁跳跃的思维当中慢慢地领悟出了剑法的奥秘。

两个孩子就这样在相互切磋当中成长。

到淳于弋二十岁加冠后，族里的一位堂姐便给他谋了一份差使——卫尉丞。于是淳于弋到宫里当差去了。

淳于弋任职后来找祁蓁的次数就少了。淳于弋不再需要自己的陪伴，于是祁蓁干脆就游历天下去了。

在外游历的这些年，见惯生死，但他却仍不能超脱生死。

第二天清晨，当第一缕阳光照在自己脸上时，祁蓁恍惚觉得，自己这一生已快过完了。

昏迷中的淳于弋似乎在喊着季桑的名字，祁蓁问道："大哥，你是想见阿桑吗？"

淳于弋点了点头。

祁蓁犹豫了一下，最后郑重地说："好，我带你去。"

一旁的郭什听见，将祁蓁拉到一边小声问道："祁大哥，我们现在要去华山吗？"

祁蓁知道郭什在担心什么，现在官府追得紧，此刻前往华山，弄不好会暴露淳于大娘他们的藏身之所，到时候只怕大娘、季桑、阿飞他们都会受到牵连。只是……大哥这个样子，不知道还能撑多久？若不让他见上阿桑和大娘一面，恐怕大娘和阿桑也不能安心吧？

祁蓁心中甚是犹豫不决。

郭什也猜到了祁蓁的心思，便说："祁大哥，我知道你担心淳于大哥的伤势。若是一定要去，我们可绕道潼关，再从潼关进华山。"

祁蓁应了声"好"。

却说季桑回到山洞不见了李飞，便原路回来寻找，一路寻到了长安。到了长安，只见城门口仍贴着他们几个人的海捕文书，季桑只好乔装一番混进城去。

人海茫茫，不知上哪里去找，季桑心想，李飞若是被卫士带回，应当是被关进诏狱，可若真是诏狱，凭自己一人之力又如何进得去？

想来想去，只能去找淳于衍。

只是她现在是通缉犯，不能再从正门通报求见，于是她在淳于衍出门问诊的途中给她留了字条，约她出府一见。

子时时分，淳于衍匆匆走来，一见到季桑便嚷道："你这时候还敢出现在长安城，你不知道全城都在搜捕你们吗？"

季桑道："请姐姐原谅，我实在是无法可想了才来找姐姐。我的一个朋友应是被官府抓了，姐姐可听说过？"

淳于衍道："你哪儿来的朋友？莫不是和你一起劫狱的那几人？说吧，是哪个被抓了？"

季桑道："是一个叫李飞的，二十二三岁，身高八尺，肤色黝黑。"

淳于衍喃喃道："李飞？没听说有这个人。"

季桑急道："他受了伤，行动不便，我沿着原路找，一直没找到，只可能是被官府抓回去了。姐姐再想想。"

淳于衍道："官府那里并没听说抓了什么人回来，不过……霍府前日请我去给一个人治伤，模样和你说的倒有几分相似。"

季桑急忙问道："哦？这人伤在何处？"

淳于衍道："一处伤在右肩下方，一处伤在腹部，腹部的伤口已裂开。"

"啊！是他，他现在怎么样了？"

"伤口已缝合过，只是他伤得很重，现在仍在昏迷。"

"有没有性命之忧？"

"现在还难以预料。"

季桑跪下央求道："霍府既然让姐姐给他治伤，还请姐姐救救他。”

淳于衍扶起季桑，道：“医者父母心，我自当尽力，你不用担心。倒是你，你为什么去劫狱？”

季桑道：“弋哥哥是被冤枉的，我去找过当晚和弋哥哥一同当值的张禾和窦泉，这两人都死了。我……我担心弋哥哥也会……所以……”

“所以你就做出这等大逆不道的行径？你可知道，婶母也被你连累了。”

季桑本就内疚，此时被淳于衍一说，眼泪更是掉个不停。

淳于衍见状，语气稍缓了一些：“你好自为之吧，赶快离开这里，不要再来找我了。若被人知道我曾见过你，我也脱不了干系。”

“姐姐，我想见李飞一面。”季桑央求道。

淳于衍一听，立刻跳了起来道：“你疯了吗？我能出来见你已属不易，若你再去见他，被人察觉了我还怎么在这里待下去？”

淳于衍断然拒绝了季桑的请求。

淳于衍的担心不是没有道理，她与自己不一样，她家业庞大，家中人口众多，一旦被牵连，那就不是一两条人命的事。季桑实在是不能勉强她，便要告辞了。

淳于衍不放心，又叫住季桑交代道："阿桑，你可不能去霍府，我与你是亲戚，你若是去霍府被抓到，他们定能猜到是我将消息泄露给你的。"

季桑道："姐姐所说，妹妹自当谨记。"

第二十章 女医师

为了躲开官府的追踪，祁蓁在外辗转几日，从潼关绕了一大圈后才将淳于弋带到华山脚下季桑原先住的地方。

赵氏被季桑带到了这里，两个小丫鬟也一起来照顾赵氏。赵氏来的时候并不知情，因季桑并没有告诉她，只是让她睡了一觉，连夜将她带来了这里。季桑知道阿姑不愿见她，更不会听她解释，因此她在赵氏醒来之前就离开了，走之前交代叶儿和果儿：如果阿姑醒来哭闹，告诉她在这里等着，就能见到淳于弋。果然赵氏一觉醒来，不知身处何处，便又开始骂季桑，骂完又吵着见儿子，叶儿果儿依主母吩咐将话说了一遍，赵氏才停止了哭闹。至此，赵氏日日盼着儿子回来。

自从淳于弋被捕入狱，赵氏就没见过儿子，这几个月日日担惊受怕，如今听见儿子已到门前，不禁老泪纵横，颤颠颠地拄着拐杖走出来，却看见儿子一身的伤，脸色惨白，连路都不能走了，还是祁蓁将他背进屋的，更是伤心不已，抱着淳于弋一阵号啕大哭。

赵氏心中悲愤无处发泄，又怪起季桑来："你说弋儿能回来，怎么就成了这副模样了？你真是个害人精啊……"

淳于弋此时已是极度虚弱，听见母亲又在指责季桑，不满地说："娘！你又在说阿桑的不是！这次若不是阿桑，你就见不到儿子了！"

赵氏怕儿子动怒伤身，便住口不说了。

祁蓁知赵氏一向如此。如今大哥伤成这样，想必赵氏是因急火攻心迷了心智，自己不好去劝解，还是让他们母子好好说话吧，叹息一声便走出了门外。

郭什没看到季桑和李飞的身影，便拉着叶儿问道："桑姐姐和飞哥哥回来没有？"

叶儿答道："还未回来。"

郭什一听，也垂头丧气地走出来。

出得门来，看见祁蓁一个人落寞地坐在远处，便走过来，对祁蓁说："桑姐姐和飞哥哥还未回来。"

"我知道。"祁蓁淡淡地说。

"他们会不会有危险？"郭什问。

祁蓁道："若论武功，他们两人均是江湖上的一流高手，照理应不至于深陷险境。我们再等几日，若不回来，我去寻他们。"

郭什点点头。两人都各怀心事，不再说话，只默默地坐着。

这几日，霍府房顶的树影当中总有一个黑影，这黑影甚是奇怪，似乎并不是为财而来，也不为害命，只躲在树影当中，一动不动，一蹲就是一整夜，第二天天未亮就走，晚间入夜了又来，如此连续几天。

这天，淳于衍提着药箱，照例来为李飞换药。黑影跟着淳于衍行走的路线来到霍府内院的一间偏舍。黑影揭开房瓦向下看，只见淳于衍熟练地拆下棉布，重新上了药，再把伤口包扎好。看到此番情景，黑影略点了点头，跳下房顶，消失在夜色之中。

这黑影便是季桑。

虽然淳于衍再三交代她不可去霍府，但若不亲眼看到，季桑又怎能放心？是以她每夜守在霍府，并不惊动霍府的人，只查看李飞被关在哪里，伤势如何。

这天夜里，终于等到淳于衍来，她知道淳于衍的到来必定是为李飞治伤，因此便跟着淳于衍，果然看到了李飞。李飞伤口虽还未痊愈，但也没再出现新的伤口，说明霍府没对他用刑。

她心下稍安，便决定先回华山，待见到祁蓁再做打算。

淳于弋到了华山，有母亲照顾，又少了舟车劳顿，略有了些精神，只是仍不能下床行走。

这天夜里，祁蓁才歇下，突然听到一阵马蹄声，警觉地一跃而起，来到郭什的房间，让郭什护好其余的人，自己出去看看。

这声音在空旷的夜里显得格外地清脆。

祁蓁出门来到村中的小路，埋伏在草丛里，远远看见只有一骑单骑往这边来。待来人近了，才看清原来是季桑。

“阿桑！”祁蓁跳出草丛喊道。

季桑回身看是祁蓁，便从马上下来。

“你回来了，我们都很担心你们。”祁蓁说，左右看了看，没见李飞的身影，问道，“阿飞呢？”

季桑道：“他此刻在霍府。”便将看到的情形说了。

回到屋内，祁蓁告诉他们季桑回来了。

郭什并不知道只是季桑一个人回来，她想着既然季桑回来了，李飞自然也回来了，从屋里飞奔出来，一边跑一边喊道：“飞哥哥！飞哥哥！”

出来一看，只有季桑一人，便问季桑：“飞哥哥呢？”

季桑低下了头，说：“他此刻在霍府。”

郭什奇怪地问道：“哪个霍府？为什么在霍府？”

季桑道：“我们回来的路上阿飞受了伤，我去找药，回来时阿飞就不见了，我又回长安去寻找，发现他在霍光府上。”

郭什跳起来嚷道：“什么？飞哥哥受伤了？他被霍光抓走了？你怎么一个人回来？”

郭什的质问，让季桑感到惭愧，她抱歉地对郭什说：“阿什妹妹，对不起，我没有护好阿飞……”

郭什却哭了，指着季桑说：“飞哥哥是为了你才蹚这趟浑水，你倒好，自己好好地回来了，把飞哥哥丢给官府！你你你……难怪淳于大娘不喜欢你，算我看错你了！”

“阿什！”郭什说话过分，祁蓁连忙制止她，“你跟我出来，我跟你解释。”

郭什仍是气呼呼的不肯走，祁蓁上前拉着郭什走出了门外。

郭什的话说到了季桑的痛处，季桑独自在一旁抽泣。

祁蓁拉着郭什走了很远，才说道：“阿什，你误会阿桑了，她绝不会丢下阿飞的。”

“怎么误会了？飞哥哥在霍府是吧？你们不去救他，我去！”说完要走。

祁蓁一把拉住郭什喝道：“别胡闹！谁说我们不去

救阿飞？你现在这么鲁莽，人救不出来不说，自己也会搭进去！”

郭什被祁蓁一喝，倒安静了下来，祁蓁才耐心跟她解释道：“阿桑不是不救阿飞，她在霍府守了几日，确认过阿飞没有危险才回来找我们想办法。”

郭什知道祁蓁说的是实话，只是内心倔强，不肯认错，只杵在原地低着头不说话。祁蓁知她不过是小女孩使性子罢了，也不以为意，拉起她说：“走，回去吧。”

“我不！”郭什知道错怪了季桑，回去见着她难为情，便扭捏着不肯走。

祁蓁看穿了她的小心思，笑道：“走吧，阿桑是不会跟你计较的。”

郭什却歪着头问祁蓁：“真的吗？你这么了解她？”

祁蓁道：“我认识她十多年，自然了解。”

“你喜欢她？”郭什突然问道。

被郭什一问，祁蓁愣在原地，停下了已迈开的步子。郭什凑近祁蓁的脸看了又看，说道：“你真的喜欢她。”

“别胡说！”祁蓁连忙掩饰。

郭什笑了起来，指着祁蓁说：“你看你现在的样子，还说不是！”

祁蓁转过身去，长叹一声，不说话。郭什背起手，作出老于世故的样子，在祁蓁身旁边走边说："我知道，她是你大嫂，你喜欢她却又不能说出来……"

"别说了！"祁蓁感到心中一阵莫名的疼痛，头也不回地走了。

郭什意识到自己说了错话，忙追上去，不停地说："对不起，对不起，祁大哥，我说错话了，你等等我……"

霍府的显夫人这几天身子不适，便让管家去请淳于衍。

不大会儿工夫，淳于衍提着药箱跟着管家匆匆来到霍府，霍府的丫鬟便直接将她带到显夫人的内室。

把过脉，淳于衍说："夫人这是饮食不当引起的积食，无大碍，药甚至都可不开。倘或夫人不放心，我便开一方子与夫人调理，不过三两日即可见效。"

开过药方，显夫人将方子交与下人、命他们去抓药，并将丫鬟们全都屏退，才问淳于衍："有淳于弋的消息了吗？"

淳于衍道："还没有，不过应该快了。"

霍显道："哦？说来听听。"

淳于衍说："前几日弟妹来找过我。"

霍显问："是季桑吗？"

“正是。”

“她找你何事？”

“她向我打听一个人。”

“谁？”

“此人现在霍府，他叫李飞，就是前些日子在霍府养伤的那个人。”

“季桑现在人在何处？”

“她出城了，不过夫人放心，我已派人跟着她，一有消息就会来报。”

“你做得很好，事成之后我必有重谢。”

“衍谢过夫人。”

淳于衍走后，霍显换过衣服来到霍光的书房。

霍光正在看奏折，知是霍显，并未抬头，问道：“有事吗？”

霍显往霍光身边挪了几步才说道：“今日淳于大夫来替我诊脉，向我说起一个人的消息。”

霍光依旧没有抬头，自己的这位夫人，虽然能干，却太过张扬，自己颇不喜欢她这一点。他问道：“是有淳于弋的消息了吗？”

霍显满脸堆笑地说：“正是，老爷怎么知道？”

霍光不屑地回道："这有何难猜，淳于弋是她堂弟，除了淳于弋，她还能说谁的消息？"

霍显一脸讨好地说："老爷说得是，一猜便准。"

"别废话，赶紧说，是不是有消息了？"霍光不耐烦地说。

霍显道："还没有淳于弋的消息，但是他的娘子已现身，我已派人跟着她，想来不日就会有消息。"

霍光依旧只"哦"了一声，便不再说话。

对于被行刺一事，霍光并不感到奇怪。作为当朝首辅，他自己也清楚，他得罪过很多人，他也不是第一次被行刺。只是这一次，他觉得有些蹊跷。据廷尉的消息，说淳于弋乃受萧望之指使。只是这淳于弋身世过于单纯清白，又非常有骨气，宁死也不肯招出萧望之。这样的人萧望之要许以什么好处才能说动他来行刺我？况且人人都知道我与萧望之有过节，若他真敢明目张胆地派人来刺杀我，岂不是人人都会想到是他？萧望之当不会如此之蠢。前几日，劫狱之人已有一人落网，或许可以从此人口中问出点什么。

霍显刚才听霍光"哦"了一声，以为他有什么话要说，谁知等了半天并不见霍光说话，因此霍显又凑近一步说："据淳于弋娘子说，前几日我们抓到的那个通缉犯，名叫李飞。”

听到“李飞”二字，霍光猛然回过神来，又问了一遍：“你说他叫什么？”

“李飞。”霍显答道。

霍光突然起身往外走，霍显追出来问道：“老爷这是要去哪儿？”

“去审李飞。”霍光说道。

“老爷等等，显还有一事相问。”

“什么事？快说。”霍光不耐烦地催促道。

“成君册封一事皇上可有定夺？”霍显问。

“皇上说过几日便行册封大典。你怎么突然问这事？”

“许皇后故去已有些日子，中宫之位一直空着，册封成君一事皇上一直拖着，我有些着急，是以一问。”

霍光没再理会霍显，径自走出了书房。

霍显望着霍光的背影，满意地笑了。

李飞的伤已好得差不多了，霍光本想将他留在霍府，方便提审，又考虑到李飞几人曾劫过诏狱，霍光不放心，最终还是把他送到诏狱关押。是以霍光说要提审李飞，便来了诏狱。

狱卒将李飞带到审讯处，霍光将李飞上下打量了一番，问道：“你叫李飞？”

李飞沉默不答，不过心中倒是很诧异，自己虽在霍府“住”过几天，但多数时候是在昏迷中，如今刚被送回诏狱，还没有被提审，什么口供都没有，霍光怎么知道自己叫李飞？

见李飞不回答，霍光也没逼他，来回地踱着步子，走了一会儿，突然盯着李飞问：“你父亲叫李陵？”

他说出了父亲的名字，李飞再不能无动于衷，此时的他虽仍是不说话，可是脸上却写满了“惊诧”二字。

霍光如何看不出来？他得意地说：“你是不是在奇怪我怎会知道这些？”接着笑了笑，不等李飞回答，自己又接着说道：“我们大汉朝有一位家喻户晓的人物，他为汉朝戍边三十年，使匈奴不能越过长城半步。匈奴人听到他的名字就吓得屁滚尿流，因此有人送他一个外号，叫‘飞将军’，你可听说过此人？”

李飞当然知道他说的是自己的曾祖李广，自己刚去陇西祭过祖，曾祖的牌位赫然就在祠堂里放着，自己怎能不知？想到曾祖，李飞心中顿时涌起一种家族的荣耀感。

霍光接着说：“我有一位好友，他当年出征匈奴，在浚稽山一带，仅以五千兵力对抗匈奴十万大军，仍斩杀匈奴两万人。最后因人困马乏、粮草不济而兵败，不得已而投降。武帝因此诛杀李氏一门。但我知道他不是真降，他有不得已的苦衷。因此，武帝驾崩后我曾派人去接他，只是他不愿再回来。”

说到父亲的事，李飞再也抑制不住心中的悲痛，失声痛哭起来。他的父亲哪里是不愿回来？他只是不能回来！

哭了一阵，李飞擦干眼泪，对霍光说：“你口口声声说是我父亲的好友，而今你身居高位，可是当年我李家被灭门的时候你可曾替我父亲说过一句话？！”

霍光叹道：“我何尝不想替你父亲说句话？可是以先帝的性子，谁敢劝？谁又劝得动？”

李飞冷笑道：“霍大人，虽然你说你是我父亲的好友，我也不能要求你为我父亲做些什么，但我知道至少有一个人为我父亲说了句公道话，这个人是太史大人司马迁，而不是你！”

“这……”

霍光一时语塞，暗道：司马迁是说了公道话，那也不过是书呆子的执拗，我若为李陵说话，也必定是司马迁的下场。

霍光正想着往事，李飞又说：“霍大人，多谢你还记得我父亲，只是我现在是个囚犯，便不劳你费心了。”

到底是李家人，还是这副倔脾气！霍光摇头暗想。

第二十一章 追兵将至

季桑回来，她和淳于弋自然有许多话要说，祁蓁不忍去打扰。郭什心中记挂着李飞，不便去找淳于弋和季桑，只得拉了祁蓁出来诉说。

“祁大哥，我们什么时候去长安？”

祁蓁知道郭什着急去救阿飞，自己也记挂着，亦不想拖太久，便说：“大哥身为卫尉多年，熟悉长安的每一条街道和巷子，晚间须和大哥合议一下，尽早去长安。”

的确，淳于弋熟悉长安城，需得有他指导方才可行。祁蓁说得没错，郭什也就不再说什么。

两人沉默了一会儿，郭什突然好奇地问道：“你和桑姐姐是怎么认识的？”

唉……祁蓁叹了一声，他并不想提起这些事。为什么总要提呢？大哥、我、阿桑，三个人都好好的即可，何必去追究？多想亦无意义。

“陈年旧事，提它做甚？”祁蓁冷冷地说。

郭什却不管他的态度，朝他做了个鬼脸，央告道：“我想听嘛。你若不说，我就去问桑姐姐。”说着，故意起身要去找季桑。

祁蓁连忙将她拉住：“哎哎哎……坐下吧。”

郭什得意地笑了，随即坐了下来。

过了一会儿，祁蓁才慢慢地说起他那些无处倾诉的往事：父母双亡后，他自己一个人流浪到了长安，是大哥收留了他。从小陪着大哥练剑，倒也学了一身武艺。后来，大哥去了廷尉当职，他便离开长安出来游历，那年，他十八岁。回来时大哥身边多了一个女孩子，十五六岁的年纪，明眸皓齿。她就是季桑。季桑是代郡人，父亲是苦陉县县长，家中也曾是书香门第，只是十四岁那年苦陉县遭瘟疫，那场瘟疫来得凶猛，一县人口竟减少了一半，家中亲人大多在那场瘟疫中死去，她的父母也没有幸免。瘟疫之后，家境败落，苦陉县难以生存。她幼时好剑术，父亲还在世时曾找过师父教她剑法，她自觉有武艺在身，便一个人出来闯荡。初到长安，人生地不熟，几个劫匪见她年幼，穿着不俗，又孤身一人，想来是有些财物的，便盯上了她。她虽有武艺，只是犹且年幼，武艺不精，不是那几个劫匪的对手。就在劫匪将要得手之时，大哥巡逻至此，出手救了她。大哥见她一个人在长安无依无靠，便给她寻了落脚之处，从此她便在长安生活。她那时还小，他便唤她阿桑。大哥在廷尉当职，时常不得空闲，他常去照顾阿桑，他们也时常在一起练剑。后来她与大哥成婚，又因没有子嗣，招致大娘不满。

说完，祁蓁长长吁出一口气，积郁多年，今日道出，却似卸下重担一般轻松。

郭什笑他："你日久生情了？"

见郭什还不依不饶，祁蓁急道："阿什，今日这些话，若不是你逼迫，我断不会说，你知道便可，切不可再说与旁人听，亦不可再拿我取笑。"

郭什见祁蓁平时儒雅得像个翩翩公子，这时急起来却像个孩子，不由得哈哈大笑起来，说："看你平时温文儒雅，却也有急的时候。"

祁蓁更急了："你笑什么！"

郭什道："好啦好啦，我逗你玩的。我不说便是。"

初一，夜黑，风冷。

今夜的天气甚是不好，风刮得紧，屋顶不时地发出"嗒、嗒、嗒"的声响，让原本宁静的心绪生起一股莫名的烦躁。

今夜，怕是有大雨要下。

小屋里，几人正商议怎么去营救李飞。因淳于弋行动不便，祁蓁、季桑、郭什三人围坐在他的床前，听他的对策。

淳于弋缓缓说道："若阿飞兄弟仍在霍府，则极有可能仍关在内院。霍宅从外到里有三层护院，常人想进入内院很难。霍宅在长安的东北角，那里王公大臣居多，巡防严密，救出阿飞兄弟之后先往西南走，长安西南方多为贩夫走卒，容易隐蔽。但如若阿飞不在霍府，那便棘手了……"

郭什口快，问道："不在霍府？怎会不在霍府？桑姐姐说他在霍府。"

淳于弋道："霍光疑心重，也许他会将阿飞关到其他地方。"

郭什问："其他地方？会是什么地方呢？"

"诏狱！"淳于弋说。

诏狱！又是诏狱！

几人顿时陷入痛苦之中，只有经历过，才知道诏狱的可怕！

正商议间，屋外下起了雨，雨渐渐大了起来，狂风灌进屋里，吹熄了火烛。

祁蓁起身关上窗户，重新点燃了烛火。

进出村落的路上，有匹马在疾驰，但或许是风雨声太大，他们并没有注意到越来越清晰的马蹄声。

淳于弋因为有伤不能下地，说完后依旧躺在床上。

此时他的心境澄澈而空灵。

突然，他听到了马蹄声，整齐有序的马蹄声！

“有人来了！”他提醒祁蓁他们。

三人仔细一听，果然有马蹄声！他们猛然意识到是官兵来了，立刻吹灭了烛火，让两个小丫头带着赵氏前往后山。

太迟了！

兵马已经到达门外。

紧接着，卫尉左都候杨桐的声音在门外响起：“淳于弋，出来吧，我知道你在里面！念在你我共事一场的分儿上，饶你们不死！”

听到杨桐的声音，淳于弋心中暗暗叫苦，他与杨桐共事多年，对杨桐甚是了解，此人做事果决狠辣，武功极高，号称卫尉里的第一高手。且杨桐经手的案件多为棘手之案，他所经手的案件还从未有过漏网之鱼。所以他升迁也比淳于弋快得多。十年前淳于弋和杨桐同时进卫尉当职，如今淳于弋还是个卫尉丞，而杨桐已经是左都候。

淳于弋的心顿时凉了半截。

若是其他人来，他们或许还有可乘之机，只是，今日来的是杨桐，看来，他们必死无疑了。

淳于弋勉强说道："既然杨兄来了，我怎敢怠慢。"说着便让季桑扶他起来。

季桑急道："弋哥哥你要干什么去？"

淳于弋说："我出去拖住他。"然后命令道："你们都进后山躲避！"

"不行！"季桑和祁蓁同时说。

淳于弋急道："你们不知道杨桐的为人，他以狠辣绝情著称，我反正活不长了，我去拖住他，你们或许还有一线生机，若都留在这里，只有死路一条！"说着挣扎着就要下床。

祁蓁见状连忙上前制止。

这一切，赵氏看在眼里，便趁他们争执时走出了屋外。

"杨大人，我是淳于弋的母亲，我儿淳于弋并未行刺霍大人，你们为何一定要置他于死地？"赵氏对杨桐说。

杨桐道："老夫人，淳于弋是行刺未遂当场被抓，你还要什么证据？"

赵氏道："弋儿已身受重伤，活不了几日了，你若非要带人走，那我跟你们走吧。"

"老夫人，你没听懂我的意思吧？不是要带走你一个人，而是你们所有人！”杨桐大声说道，似是要屋里所有人都听见他的话。

赵氏扑通一声跪在了地上，恳求道：“杨大人！我儿淳于弋并未行刺霍大人，请大人明察！”

杨桐冷笑道：“我知道你想拖延时间，我劝你还是别白费力气了。”

“来人！将她带走！弓箭手准备！”杨桐命令。

杨桐的话音刚落，就有两个卫士走上前来，准备将赵氏带走。

两个卫士上前，架住赵氏的胳膊正往后走，当退到杨桐马前时，突然“嗖嗖”两声，从屋里前后飞出两支箭矢，一左一右正中两个卫士。

卫士倒下！

紧接着，屋内又飞出一条人影，迅速抱起赵氏，闪身进了屋内。

这人影正是祁蓁。方才，淳于弋本想阻止祁蓁放箭，还来不及说话，祁蓁箭已射出。淳于弋长叹一声，知道事情已无可挽回，便吩咐两个小丫鬟快走，至于其余的人，只能生死由命了。

果然，屋外的杨桐冷冷地说：“淳于弋！我给过你机会，可你负隅顽抗，自作孽，不可活！休怪我无情了！”说完便命令弓箭手放箭！

其时赵氏刚被祁蓁带回屋内，见众人仍在，捶胸顿足叫道：“你们为什么不走？”

刚说得一句，屋外射来的箭矢便穿透了她的喉咙。

赵氏登时气绝而亡。

其实，淳于弋早已料到今夜是个不死不休的结局，他本想用自己一死，换得大家逃生，可是每一次他都觉得自己无能为力。如今母亲已死，他伤心欲绝，抱着她的尸身痛哭：“娘啊，儿子愧对于你，儿子还未好好孝顺过你。”

淳于弋抱着亡母痛哭，而屋外射来的流箭越来越多，祁蓁暗自着急，没有时间了，顾不得他伤心，便和季桑一左一右架起淳于弋就走，郭什断后。

此屋建在山坡上，背靠大山，出得后门便可直通山路，入了大山便可躲避一阵子。

只是，杨桐会留着后门让他们走吗？

自然不会，祁蓁他们已接连错过了逃走的时机。

祁蓁左手架着淳于弋，右手持弩，放箭装箭甚是不顺手。

杨桐的弓箭手已埋伏在门外，四人甫一开门，大雨夹杂着箭矢便一起朝他们扑来，郭什在前格挡着箭矢，四人艰难地前行着。

郭什空手，格箭尚还勉强，祁蓁要护着淳于弋，只是单手持弩，箭便失了准头，能射出，却不能射中目标。

艰难地走出弓箭手的包围圈后，季桑带着三人一步一步摸着路走上山坡。走了半个时辰，祁蓁感觉朝他们射来的箭矢少了些，料想追踪的弓箭手已分散开来，怕淳于弋支撑不住，便让季桑找一避雨之处让淳于弋休息一会儿。

后山有个小山洞，仍需走一炷香时间。走到半途，祁蓁却发现淳于弋身子越来越重，夜黑雨大，看不见淳于弋是否受了伤，祁蓁喊着淳于弋，他却未回答，祁蓁心中涌起一阵惊恐，赶忙背起淳于弋走到山洞，放下淳于弋，燃起火折子，才看见淳于弋背上已中数箭！

祁蓁惊呼道："大哥！"便呜呜地哭了起来。

季桑见状，扑到淳于弋身上，哭道："弋哥哥，弋哥哥……"

淳于弋用微弱的声音说："阿桑，别哭，别难过，好好活着。此生还能再见你……足矣。淳于衍……不……可……信，不可……再去……找她。"

"蓁弟。"淳于弋的声音越来越弱，他握着季桑的手，交到祁蓁的手中，喘着粗气，断断续续地说，"照……顾……

好……阿桑。”

说完，他缓缓地闭上了眼睛。

第二十二章 无处可逃

季桑抱着淳于弋，已经泣不成声，她的身体在颤抖着，不知是因为寒冷还是因为悲伤。

祁蓁和郭什默默地站在雨中，各自承受着心中的伤痛。

季桑哭了很久很久，哭到再也哭不动了，便默默地拾起地上的剑往前走着。

祁蓁在后面默默地跟着。走着走着，祁蓁突然发现季桑走的道路不对！她不是要上山，而是在往官道上走！祁蓁一把将她拉住，喝道："阿桑，你想干什么？"

季桑甩开祁蓁的手，嘶吼着："他们不是要杀人吗？让他们来找我，让他们杀了我！"

说完泪水又涌了出来，她停在雨中，任雨水冲刷着泪水。

祁蓁从没见过季桑这般撕心裂肺，其实他自己又何尝不是？他也想哭。

他开始怀疑当初去劫狱是不是错了，走到这一步，赵大娘没了，大哥没了，阿飞被抓了，剩下这三人仍没有逃出去，仍在垂死挣扎着。或许，他真的不该用江湖的方式去解决朝局里的纷争。想到这里，他的心像是被一只莫名的手抓着，绞得他生疼。他发誓再也不要看到死亡，发誓要用他全部的力量去保护好这两个女孩子。

他走上前去，用他强有力的臂膀抱住季桑，坚定地说："还有我，我在！我们都要活着！"

雨停了。

夜，犹如死一般沉寂。

最终，祁蓁打破了这死一般的沉寂。

他对季桑和郭什说："我们分开走，我拖住杨桐，你们先走，到了安全的地方再会合。"语气倔强而坚定，不容反驳。

三人来到官道上守着。杨桐带着卫士在山中搜索，官道上必定还有其他卫士在传递信息，而祁蓁他们要的，不过是马匹！

守了一个时辰，果然有马蹄声响起，有人来了。祁蓁举起弩机，对准一个卫士发出一箭，卫士应声而倒。装箭，又发一箭，另一个卫士接着倒下。卫士们终于看清箭发出的方向，都一齐朝着祁蓁的方向奔来。

祁蓁迅速朝林中隐退去了。季桑和郭什原本埋伏在祁蓁前方五百步处，先前倒下的两名卫士的马还在往前奔跑，跑到季桑郭什二人的埋伏之处，他二人立即拉住缰绳，一跃上马，继续朝前方奔去。

祁蓁将卫士引入林中，周旋了一个多时辰，箭矢用完了。

被追杀了一夜，此刻祁蓁已被卫士们包围了起来，他的箭矢已用完，卫士们原本以为他没了箭弩就无所作为，谁知他剑一出鞘，三五个卫士即刻倒在眼前！此时卫士忌惮他的杀伤力，不敢上前，都在等着杨桐的到来。

而杨桐收到属下的消息，此刻也赶到了林中。

经历了亲人朋友的死亡和离别，祁蓁此时身心疲惫，靠在树根上大口大口地喘着粗气，生死于他，已不再重要！

杨桐走到离祁蓁只有十步之遥的地方停下，说道：“你那两个同伙呢？”

祁蓁冷哼一声道：“我为什么要告诉你，有本事自己去抓呀。”

杨桐道：“你们劫狱、对抗朝廷，罪该万死！你以为你们能跑得了吗？你以为你在这里逞英雄就能救得了她们吗？告诉你，只要有我杨桐在，她们一个也跑不了！”

祁蓁仰天狂笑，慢慢站了起来，说：“你不觉得你的话有些多吗？”

“既然来了，那就受死吧！”

祁蓁将“死”字说得很重，“死”字一出口，落月剑也跟着骤然出鞘！

剑梢裹挟着一股冰冷的寒气，直向杨桐扑来。杨桐武功极高，却也没见过如此骇人的剑气，当下不敢怠慢，屏退了下属，拔剑出鞘。

杨桐的剑，赫然是一把青铜剑！

青铜剑藏在普通的剑鞘里，若不拔剑，你永远不知道里面竟是一把宝剑！

祁蓁攻势已起，逼近杨桐时突然看到了他手中的剑，想起阿飞曾说过的话：那个杀手用的是一把青铜剑！

眼前这个人，难道真与淳于弋一案有关？他们苦苦寻找的真相，竟近在咫尺？

无论是与不是，淳于弋确是刚刚死在此人的手里！

祁蓁额上青筋暴起，瞪着血红的双眼，怒道：“青铜剑！张禾是你杀的，对吗？”

“你猜！”杨桐没有正面回答，而是露出诡谲的一笑，然后破开祁蓁的剑气，又将祁蓁逼退了三步。

落月青铜皆是宝剑，双剑相交，迸发出层层剑花。

“你为什么要杀张禾？你背后之人是谁？”祁蓁质问。

“你想知道？赢了我我就告诉你！”杨桐冷笑。

“找死！”祁蓁没有心思与杨桐说笑，剑招一变，剑锋直指杨桐咽喉。

杨桐不愧为卫尉第一高手，手法娴熟老到，只见他稍一转身，用了一式“蜻蜓点水”，飘然便避过祁蓁的剑锋。

落月剑轻巧，剑招快而密集。青铜剑古朴，剑招沉稳而密不透风。

祁蓁连攻了十几招，仍找不出杨桐的破绽。

卫尉第一高手，果然不是浪得虚名！

祁蓁无奈！他奔波一夜，早已乏力，此时又打了五十多回合，累得喘息不定。杨桐看出了祁蓁气力耗尽，便以“敌进我退，敌退我进”之法与祁蓁周旋，不让祁蓁有喘息的机会。

此时的杨桐又是邪魅一笑，说：“你此时束手就擒，我便饶你不死。”

杨桐不可能饶他！杨桐是要累死他！祁蓁心念转动着，是了，他之所以未下杀招，是因为还未摸透我的招式路数。我常年游历，通常只用弩机，极少用剑，是以我的剑招生僻，他吃不透其中的武功路数！

的确，极少有人见过他用剑，因为，见过他用剑的，都已是死人！

没有人知道他剑法的高低！

祁蓁心中冷笑：你杨桐武功虽高，可我祁蓁也不是吃素的！你想瞧出我的破绽，也未必能如愿！

突然，他剑招一变，剑锋突转，专攻杨桐下盘。祁蓁的打法，招招皆是以命相搏！

杨桐当然不想死，先是被他逼得连连后退，当他稳住步伐时，发现祁蓁脚步有些奇怪，顺着他的步伐看去，他移动的方向有马匹！

"原来你想跑！"杨桐道。

发觉自己上了祁蓁的当，又骂道："不知死活的东西，你以为你能跑得了吗？"

或许，杨桐已失去了耐心，只见他招式一变，转守为攻，眼神中顿时多了一分杀手的冷酷！

霎时，招式比方才凌厉了百倍。

祁蓁顿时感到被青铜剑沉重的剑气裹得透不过气来，步伐凌乱，被杨桐压得连连后退。可是越是凶险，他越是不认输。

"哼！你也就这点本事，还是乖乖受死吧！"

祁蓁嘴上虽不服输，心中却明白，面对杨桐这样的高手，自己绝难取胜！

或许，今夜真的是个死局！

死局，只能以死相破！

祁蓁在心中道了声：阿桑，保重！

只见他嘴角微微上扬，似笑非笑地看着杨桐。杨桐居然被他看得心里有些发毛，不知道他心里又打什么主意。

突然，祁蓁剑锋一指，整个人飞了起来，带着千斤之力，直向杨桐而来。这次，没有虚招，没有试探，只此一式，唯一的目的，就是要杨桐的命！

杨桐！受死吧！

祁蓁之剑，快如闪电，刹那间，剑尖离杨桐的咽喉只有五寸！只不过，此时的他，命门洞开，只需一根针便能要了他的命！杨桐看准了时机，挥剑直向祁蓁胸口刺去。杨桐认准了自己的青铜剑远远重于祁蓁的落月剑，加之自己力量浑厚，必能将祁蓁的剑势震偏，而自己的剑，必能准确无误地送入祁蓁的胸膛！

但是他错了！

祁蓁这一剑凝聚着他毕生的力量！

剑指杨桐的咽喉，不过是为了迷惑他，青铜剑震偏了落月剑的剑锋，然而，落月剑却在离他咽喉五寸之时改变了方向！

他终于反应过来，祁蓁那一抹微笑的意义。

落月剑稳稳地插进杨桐的胸口！

杨桐愣在那里，眼睛瞪得如铜铃一般，他看着祁蓁，至死也不相信祁蓁能杀了他！

随着“啊”一声惨叫，杨桐的部属惊呼着七手八脚地上来扶他。

随着落月剑拔出，鲜血从杨桐胸口狂涌而出。

血，模糊了他的双眼，他朦朦胧胧地看到祁蓁转身骑上了他身后的快马，策马逃离了他的视线。

杨桐终于倒下！

季桑和郭什已奔出五六十里，途中改换了几次道路，想来追兵已远了，至少，不会那么快找到她们，便停下来，找到一个落脚之处等待祁蓁。

她们在沿途都做了记号，不知道祁蓁能不能顺利找到她们？

等了一日，仍未看到祁蓁的身影，郭什焦虑地来回踱着步子，不停地张望，搓着手问季桑：“桑姐姐，你留记号没有？祁大哥不会找不到吧？”

这一天，季桑异常地沉默。她不是不担心祁蓁，相反，她担心到了骨子里。淳于弋走了，若是她还顾念亲情，那祁蓁就是她最后的牵挂。她不能想象，若祁蓁回不来，她将依靠什么活着。

她只是沉默地坐着，没有言语，也没有泪水。这一天，她经历了生离死别，并且还面对着生死未卜的命运。她已有些麻木，听不见阿什在说什么，也看不见阿什在做什么。

不知过了多久，她似乎听到了“扑通”一声，然后又听到阿什在喊：“祁大哥，祁大哥！”

季桑猛然清醒过来，祁蓁回来了！她蹦起来，来到郭什身边，然后看到了祁蓁，不过，是一个浑身是血的祁蓁！也许这是梦，季桑想，她揉了揉眼睛，再看，祁蓁怎么还浑身是血？这梦醒不过来了吗？季桑急得哭了。然后她听到了祁蓁在叫她：“阿桑……”季桑下意识地去摸一摸祁蓁，不对！她感觉到了血液的黏稠，能闻到血的腥味！

这是真的，不是梦。

祁蓁骗过了杨桐，代价是自己的命！杨桐那样的高手，不付出点代价，如何能杀得了他？祁蓁的心中有一种无奈的满足——江湖第一高手死于他剑下！

高手相争，剑若出鞘，必有死亡！

杨桐能做到的，他祁蓁也能做到！

死局以死破解！既然离弦之箭不能回头，那就各自找好各自的归宿！可是他不能死，至少现在不能死！他还没见到阿桑，他死不瞑目。

祁蓁屏着一口真气不放支撑到现在，终于赶上了她们。

“阿……桑……”祁蓁挤出最后一点力气，唤着季桑的名字。

季桑抱着祁蓁只是哭：“祁蓁，祁蓁，这不是真的，我们是在梦里，是吧？”

祁蓁握了握季桑的手，说：“我……喜……欢……你，再……不说……就……没机会了。”

“我知道，我知道，我都知道，我很早就知道，你别说话，不许死，你答应过我要活着的。”季桑疯狂地喊着。

祁蓁凄然一笑，说：“不能陪你了，落月剑给你，留好。此……生……足……矣。”祁蓁终于凄然地闭上了双眼，嘴角仍残留着微笑。他终于说出了他想说的话，终于护住了他心爱的人，或许对他来说，真的“此生足矣”。

但是季桑疯了，她疯狂地喊着：“你不能死，不要留我一个人在世上！”但是他听不到了，永远听不到了。

她再也看不到他阳光的笑容、挺拔的身姿，再也看不到那种浑厚沉稳的眼神。

一夜之间，所有的至亲都离她而去。她十四岁来到长安，她拥有过世间的美好，又在刹那间全然失去，十年如一梦，她又变成了一个人。

这世上有些东西，曾经拥有过后再失去，比从来不曾拥有更痛苦。

第二十三章 落月剑

祁蓁十八岁开始独自去游历，那年游历到了杨州郡，这里曾经是春秋战国的吴越之地，有名的铸剑之乡，宝剑大多出于此地。

相传这里是铸剑鼻祖欧冶子的故乡。

欧冶子与干将夫妇同为铸剑大师，他们曾共同为楚王铸过泰阿剑、工布剑和龙渊七星剑三剑。而欧冶子铸过的剑更多，他曾为越王允常铸过五剑，分别是湛卢、纯钧、胜邪、鱼肠、巨阙。其中纯钧为允常的佩剑，其余四剑后来被越国赠予吴国，吴国的公子光将鱼肠送给专诸，专诸便是用鱼肠刺杀了吴王僚。

如今，这些剑均已不知所终，只剩下传说。

相传，欧冶子曾留下一本《铸剑录》，书中记载着泰阿、工布、龙渊七星、湛卢、纯钧、胜邪、鱼肠、巨阙的铸造方法，并有欧冶子铸剑时的心得。据说，若得此书，便可重铸湛卢鱼肠那样的宝剑。铸剑师们对此书的渴望犹如宝剑之于名士，美人之于英雄。他们穷其一生地追求，不过是想铸成一把宝剑，如干将莫邪般名垂青史。

可惜，此书早已不知所终。

几百年了，江湖中寻觅其剑和书者不计其数，却未曾听说有问世者。

英雄爱宝剑，祁蓁也不例外。

虽心向往之，却无处可觅。欧冶子故去几百年，他的剑和铸剑之法也都随他而去。

不过，相传欧冶子曾收过弟子，他的弟子仍代代相传至今。只是一个偶然的机会，祁蓁听说欧冶子第十六代弟子在无锡县，因此专程到无锡县寻找。

祁蓁找了三月有余，才在无锡县令军山的一个角落里找到了这位铸剑大师。想象中的铸剑大师应为虎背熊腰、孔武有力者，而这位嫡传弟子却是个干瘦老头，名叫冉锡。头发胡子稀疏，双眼无神，嗜酒如命。不但如此，此人还有一怪癖，找他铸剑或是打造兵器的人须满足他的两个要求，若得满足，分文不取，若不满足，任你金银堆成山他也不干。

那两个要求也无定数，均看他心情。

比如，有一次有个人请他铸剑，彼时冉锡正犯酒瘾，便说，只要让他过了酒瘾，便赠送宝剑一柄，于是乎那人用一坛陈年老酒换了一柄宝剑。

祁蓁找到冉锡的时候他正在树荫底下睡大觉。祁蓁喊了声：“老头儿！”

老头儿睡得正香，眼皮都没抬一下。

祁蓁叫不醒他，就找来了一根干草，在他鼻孔里掏了掏。老头儿狠狠地打了个喷嚏，才坐起来，看看周围只有祁蓁一个毛孩子，又倒下接着睡。

祁蓁喊道：“喂，老头儿，我要铸剑！”

老头揉了揉惺忪的睡眼，说：“你？要铸剑？”

“对！”祁蓁答道。

“找我铸剑可是有规矩的，你可知我的规矩？”

祁蓁拍着胸脯道：“什么规矩，你但凡说出来，我都能办到！”

“那你可听好了，此处是令军山，山上有处断风崖和一个灵蛇洞。现下是桃子成熟的季节，你先到断风崖上摘一颗桃子给我吃，记住，只要断风崖上的桃子，别处的桃子不行；第二件事，你到灵蛇洞，找到一个状如蛇形，蛇口滴水的石头，你带上一个水袋，装满后拿回来给我。”

祁蓁道：“一言为定！我若是带了东西来，你可不许欺我！”

冉锡道："诚不欺汝！"

祁蓁走进令军山深处，只见流水潺潺，风景如画，深涧百尺，朝气如虹。祁蓁深吸了一口气，顿时觉得心旷神怡。他在长安长大，还未见过如此美景，不由得赞叹道：不愧是南方景色，细腻如斯。

祁蓁一边欣赏风景，一边寻找着老头所说的断风崖。可惜，走了一日，并不见什么断风崖，更不见有什么桃树。他寻遍了山中断崖，不是形状不似，便是崖中无树，眼看夜幕降临，不免心中烦躁，心想：老头儿莫不是诓我？他随口说一处让我去找，我便随处摘个桃子，他就一定分得清了？这么一想，便在回来的路中挑个又大又圆的桃子带回给冉锡。

老头儿看了看桃子，问道："哪处摘的？"

"断崖处摘的。"

"断崖多高？"

"百丈高。"

老头儿将桃扔给祁蓁，道："你留着吧。"说完头也不回，进屋去了。

祁蓁拿着桃，很是纳闷，老头儿是怎么看出来桃不是崖上摘的？莫非这桃长得太好看了？

于是这次，祁蓁换了一个个头中等的桃交给老头。

老头又问："哪处摘的？"

祁蓁答道："断崖处摘的。"

老头儿接着问："断崖多高？"

祁蓁又答："五十丈。"

老头又将桃扔还给祁蓁。

老头每次都只问这几句，问完都将桃扔给祁蓁。如此反复几次，祁蓁便怒了，冲着老头喊："喂，老头儿，你莫不是在戏弄我？！"

老头也不理祁蓁，只说："这不是从断崖上摘的！"

"这……"

这的确不是从断崖上摘的，可断崖上没有啊，祁蓁想。

来来回回折腾了十来回，祁蓁对这带地形已颇为熟悉。

祁蓁今日来到溪边，又不知该往何处走，索性下水摸鱼，先饱餐一顿。他便脱了鞋袜下水，瞥见一条肥大的鳞鱼在水里悠闲地摆着尾巴，心中自喜：今日午餐便是你了。他蹑手蹑脚地要去捉鱼，谁知这鱼倒通人性似的，祁蓁心思刚定，它便摆起尾巴游走了。眼看到嘴的食物溜走，祁蓁岂能放过它？便沿着溪流一直追着鱼走。这肥鱼虽肥，在水中却灵活得很，穿草过石，也不知它游向何方。祁蓁追了许久仍赶不上它，累了，便停下来歇息。歇了一阵，祁蓁猛抬头一看，才知走了好远，已不知来时的路。

祁蓁看了看四周，发现这是一个回旋山谷，三面绝壁。

这里很安静，没有风声。等等，祁蓁转念一想，没有风声？没有风声岂不就是“断风崖”？他又沿着山谷仔细查看一周，果然听不到风声。

沿着山谷一路走下去，果然有一处断崖，崖下有几棵桃树，祁蓁欣喜若狂起来，是了是了，一定是这里！他一路狂奔过去，一看，果真有桃子！虽结的果不多，总归是有。祁蓁悉数将桃子摘下，用布袋子装好才寻路下山回来。

到了冉锡家，祁蓁将桃子交给冉锡，老头儿照例将桃子往外一扔。这次祁蓁没让老头儿扔掉桃子，而是一把将布袋接住。

祁蓁指着老头儿骂道：“你这老头儿，不识抬举，我多辛苦才找到的，你说扔就扔！”

老头这回倒笑了；“哈哈哈，这才是断风崖的桃子。进来吧，小伙子。”

祁蓁倒奇了：“喂，老头儿，你怎知此次是真的？”

老头哈哈大笑道：“我猜的，我猜得一向很准。”

令军山的洞穴不太多，灵蛇洞倒是不难找，据老头儿所说，灵蛇洞洞口不大，但是里面深邃异常，想来是这里了。

刚进灵蛇洞时，祁蓁觉得此洞与普通洞穴相比并无异处，只是阴冷了些。只是，越往里走越觉得洞府深邃，竟似没有了尽头，且越往里越冷。祁蓁将外衣紧了紧。已经燃尽了一个火把，估摸着已经走了一个时辰。祁蓁点燃了另一个火把，火把照亮了四周，火光在这洞里显得有些微不足道，火光照亮的四周竟不是石壁！祁蓁正是初生牛犊不怕虎的年纪，然而此时他竟有些着慌，因为他无法感知这个洞穴有多大，自己就像是置身于无边的黑夜一样！

再往前走时，便能看到嶙峋的怪石，有像牛羊的，有像骏马的，有像灵芝仙草的。祁蓁在其中一块石头上摸了摸，确有水渗出，心道：老头说石上有水流出，看来是不假，只是这众多石头，又上哪里寻一个蛇形的？

此时洞内多出许多岔道来，祁蓁正不知往哪里走，而洞内之寒冷比方才又多了一分，寻常人只怕待不上半日便会冻死在洞中。祁蓁乃习武之人，筋骨虽比寻常人强许多，只怕也挨不过一日。

在洞内半日，祁蓁便已冻得瑟瑟发抖，心道如此寻法，先不说会冻死在这里，即便不冻死，这许多岔道，恐怕一年半载也未必寻得出来。还是先出去，过了今夜再想法子进来。

祁蓁一面在洞外生起火堆取暖，一面思索着如何在一日之内找到蛇形笋石并活着出来。这洞内明明有许多笋石皆能渗出水来，为何老头儿偏要蛇形的？是否也曾有要铸剑的人被老头儿打发来洞中寻找蛇形笋石？若真有人来过，这洞内地形如此复杂，未必都能活着出来。今日未入深处，待明日再去查看。

第二日，祁蓁再进去时，算准时刻，日出时进洞，日落时出洞，只在洞中停留六个时辰。他在每一条岔道上都做好记号，次日再进去时便选没有记号的路走。

到第五日，祁蓁能在洞中行走的距离越来越长，再往前走时，隐隐约约看到了一个人影，心道，果然有人来过，大喝一声：“谁！”那人影却不动，等了片刻，祁蓁走过去，拿火把照面一看，这已是个死人！只见这人双目紧闭，盘腿而坐，面色与常人无异，若不是鼻息脉搏全无，还真看不出来是个死人。这里并没有打斗的痕迹，想来这人是迷了路，困乏于此，想打坐调息，竟睡了过去，又因洞内寒冷，死后尸体还不曾腐烂，想来这人死的时日不长。只是在这深不见底的黑洞中，面对着一具尸体，竟有种毛骨悚然的可怖。

祁蓁不敢多停留，又继续往前走，心想既然有人到过这里，想必离要找的东西不远了。这样想着，精神就振奋许多。

果然，没走多久，祁蓁又看到一个人，这次他没喊，直接走过去一看，亦是个死人。与方才那人不同，这人是趴在地上的，头抬着，手伸向前方。祁蓁拿火把照了照这人的脸，竟“啊”一声叫了出来，这人竟是睁圆了眼，目视前方！若说方才恐怖，那只是因为在暗无天日、深不见底、寂静无声的洞里对着一具尸体，而现在，这人却是面目狰狞得让人恐怖！

只见那人手是向前伸开的，牙关紧咬着，看他样子仍是要向前爬行，只是到了此处再无力向前了。看这人模样，想来前方定有他想要的东西，是什么东西让他到死都念念不忘？祁蓁顺着他手指的方向看去，看到的只是怪石林立，除此之外并无他物。

不过，这些怪石大多状如笋芽，且都倒立着。

此时火把已将燃尽，祁蓁又换了一个火把。这已经是第四个了，他一共带了六个火把，他必须在六个火把燃尽之前出去。

祁蓁将这些笋石逐一查看了一遍，笋石有倒立着的，也有如春笋般拔地而起的，形态各异，大小不一。只是这众多的笋石，上哪里找一个蛇形的？眼看第四个火把也将燃尽，若还找不到，只怕今日又要无功而返了。

祁蓁靠在一根石柱上叹气，思量着是要继续前行呢，还是现在就出洞去。正思索间，忽地有一滴水滴下，正中他头顶。水滴异常冰冷，祁蓁激灵灵打了个冷战，抬头一看，上方倒立着一根笋石，水滴正顺着笋尖往下滴。祁蓁将火把照近了看，这个倒与别的不同，别的都是上大下小，如倒立的笋尖，这个却是直的，底端如蛇头，更妙的是，蛇头还有一个细小的石尖伸出，正如吐芯子的蛇，蛇芯子上正有水滴出。

祁蓁大喜，这可不就是老头所说的蛇形石头了吗？他忙将水袋拿出接水，只是水滴得极慢，要想装满水袋，至少得等上一两个时辰，只怕到时火把燃尽，自己就要冻死在洞中。

祁蓁看了看这蛇形石头，发现蛇头与蛇身相接处略微有个凹槽，便将水袋上的绳子系在凹槽上，本想让它自行滴满水，自己到别处去查看，谁知，正当祁蓁用力将绳子系紧时，突然听到“轰”的一声巨响，原来是身后的一扇石门打开了。

有机关！祁蓁惊道，怪道老头非要找蛇形的石头。

这是一间石室，祁蓁拿起火把走进去，发觉这石室自是另一番天地，与外面的寒冷潮湿不同，这里温暖而干燥。

室内四面是凿过的石壁，只有一张石台，台上有一个石盒，石盒与石台连成一体，不知是何作用。再看这石室内，再无其他东西。

祁蓁心道：这石室古怪，既是人凿开的，若无用处，又何必费这气力？必定还藏着什么东西！因此他又在石室内来回摸索了一遍，在石台下方摸到一块圆石，心下大喜，这定是开关了，用力一旋，果然转得动！随着圆石的转动，石盒的盖子慢慢打开，祁蓁一看，里面有一卷竹卷和一块黑色石头。祁蓁拿起竹卷，卷首是三个大字，只是这字是用古文写的，自己并不识得。他又将竹卷展开来看，只见上面有许多图案，都是宝剑的形状，每一把剑的图案下面都配有文字说明，也都是古文，祁蓁识得不多，但依图看来，定是与铸剑有关，且带回去给老头儿看看。

因此祁蓁将竹卷和石块都包好了带出洞来。

出得石室，水袋刚好装满水，祁蓁上前便要解开绑在蛇头上的绳子，脚刚踩下，石门却“吱呀”一声慢慢合上了。祁蓁道声“好险”，原来机关在脚下，若是有人从外将门关上，我岂不是永远出不得石室？

回到老头儿的住所，祁蓁将水袋、竹卷和石块一起扔给老头儿，鄙夷地说：“老头儿，你可不是个好东西，明知洞内有危险，你自己不去，却让别人去！你怕是要找替死鬼去帮你找东西吧？”

冉锡冷笑道：“哼！不入虎穴，焉得虎子！既要好东西，怎能不付出一点代价？”

祁蓁道：“也罢，我不跟你啰唆，东西给你了，什么时候帮我铸剑？”

老头哈哈大笑道：“好小子，你当我戏耍你玩哪，非也，要铸好剑，需得这个东西。”

老头拿出祁蓁带回来的黑石，在他眼前晃了又晃。

祁蓁好奇道：“这是什么东西？”

“这是锡石，是冶炼兵器用的。战国时无锡县有许多这样的石头，当时还传有一句话：‘有锡兵，无锡宁。’意思是产这些石头的时候天下会大乱，不产这些石头的时候天下就太平了。说来也怪，始皇帝去世后这些石头就慢慢少了，到后来竟是一块也找不到了。”

“那你怎么知道洞里有这石头？”祁蓁问道。

“我哪里有这先见之明？只是这些石头有大用处，或许先祖会留下一些也未可知。”冉锡道，又指了指竹卷问，“你可知道这是什么？”

“这不是我拿回来的竹卷吗？”

“这是《铸剑录》！祖师爷欧冶子留下的铸剑之法，多少铸剑大师在找它！”

“哦，怪道上面尽是一些剑的图画。”祁蓁道。

“你可别小看这些剑，每一柄都是绝世宝剑，旁边有祖师爷标注的铸造之法，这可是铸剑师的宝物。”

“既然你喜欢就拿去吧，反正我留着也没什么用处。”祁蓁说。

老头儿哈哈大笑道：“你倒大方，不过我也不能白让你帮我拿东西，这个药丸给你，你即刻吃下吧。”说着将一颗药丸扔给祁蓁。

祁蓁接过问道：“这又是什么？”

老头道：“解药，竹卷上有剧毒。”

祁蓁道：“你逗我吧？若有剧毒，为什么我现在还好好的？”

老头儿道：“哼！我骗你做甚，这毒药三天后才发作，有足够的时间让你来找我，你若将竹简交给我，我便给你解药，若是不交竹简，哼哼……”

祁蓁惊出一身冷汗道："怪道你放心别人去寻书，竟是藏着如此歹毒的心思。难道你这毒别处竟不能解？"

冉锡又冷笑道："这是祖师爷的独门配方，你道是随处可解的吗？你若不信，尽可以不吃！"

祁蓁赔笑道："我信，我信。"随即将药丸吞下。

冉锡又道："不过你这娃娃倒有意思，我喜欢！我交你这个朋友啦。我也是有名字的，以后别总老头儿老头儿地叫。"

"嘿嘿。"祁蓁笑笑，又故意叫了几声，"老头儿，老头儿……"还揶揄道，"我就喜欢叫你老头儿，你能把我怎么样？"

祁蓁的剑铸好的那一夜，月正圆，冉锡拿着刚得成的剑在试练，他演练的是一套昆吾剑法，剑术行云流水，把祁蓁看得眼花缭乱，剑光被月光照着，周围一片银光闪闪。

祁蓁这才发现老头儿竟然有一身好武功！

得此宝剑，祁蓁自是欢喜万分，便央求老头儿给剑起个名字。

老头儿抬头看了看，就在他练剑的一会儿工夫，月已渐渐西沉，只露出了半边脸，便说："就叫'落月剑'吧。"

祁蓁接过剑，欣喜道："落月剑，甚好！"

不久之后，又有一个人来找冉锡铸剑，而他要铸的，是一把青铜剑。

原本青铜铸剑术已失传，只因祁蓁找回了《铸剑录》，冉锡得以研究此中技法，便应了此人的要求，为他铸了一把青铜剑。

这人的名字叫——杨桐！

冉锡不知道，这个叫杨桐的人会是他的小朋友祁蓁的死敌！

祁蓁也不知道，他所带回的那一卷破落竹简会为他的仇人锻造一把宝剑！

冉锡也不知道，他一生所铸的两柄宝剑，其主人有不共戴天之仇，宝剑的主人均死于他所铸之剑！

第二十四章 长安之困

从高皇帝到现在，大汉立国已有一百多年，长安的人口增加了近一倍，长安城的规模也扩大了近一倍。长安子民每日吃穿用度，数以百万计，因此，为方便百姓采买物资，朝廷在长安的西北角辟出一地，专供物资交换之用。西北角设有西市和东市，东市多为商贾聚集之地，西市则多为工匠。从王公贵胄到寻常百姓的日用所需，都出自于东西两市。来往于两市的人鱼龙混杂，三教九流各色人等皆有。

两市的周围布满了各种各样的酒肆和客栈，供来往的商客使用。

在西市南端的巷子里有一家特别的客栈，这家客栈的住店倒没有特别之处，但是所供饮食却是别具一格。客栈老板不知从哪里听说高皇帝刘邦在做泗水亭长的时候喜欢吃狗肉，让厨子专门研制狗肉烹制方法，最后竟自创出一道独特的菜肴，此后便以此道菜肴作为本店的招牌菜，还美其名曰“沛县狗肉”。

这家客栈因这道菜而声名远播，生意也越来越兴隆，到后来竟成了长安城的一大特色。南北往来的客商若不到客栈来吃一顿狗肉，都引以为憾，似是没到过长安一般。

久而久之，人们都以“狗肉客栈”之名代之，而忘了它原本的名字。

这日，狗肉客栈来了两个孩子，十五六岁的模样，精瘦黝黑，看着甚是单薄，想来是农家孩子，生活不易，小小年纪便出来讨生活，看着甚是让人怜惜。这狗肉客栈也算是有些年头了，住宿打尖价格均不低，通常来这里的都是有些年纪的，多少赚了些铜板才会舍得来这里花钱，像这两个孩子这般年纪的客人是少之又少，因此这两个孩子在客栈里就显得很有些不同，时不时地引来一些异样目光。店主倒是个随和人，不以衣着论人品，来者是客，便让小二将两个孩子迎进了客栈内。

两个孩子各挑了一个担子，筐已空了，想来是一早就进城卖货，货已卖空，才到狗肉客栈来打尖。想来家中的确不富裕，两个孩子都舍不得花钱，只要了两个简单小菜，并没点店里的招牌菜“沛县狗肉”，其中一个孩子可能觉得简单了些，又跟小二多要了一壶白薄酒。

小二爽快地应道：“好嘞！”

不一会儿小二将酒端上来，方才要酒的男孩说了声“多谢”，声音很是清脆。

两个男孩子，一个只顾埋头吃饭，另一个却一杯接一杯地喝着酒。

客栈人很多，许多粗犷的汉子一边撕咬着狗肉，一边大口地喝酒，酒喝得多了话也就多了起来。只听旁边一桌的一个大汉说道：“哎，你听说了吗，行刺大司马大将军的那个刺客被抓住了。”

“咳！此事已传遍大街小巷，还用你来说？刺客都已被正法了！”他的同伴说。

中年大汉又说：“你说这人是不是疯了，霍光也是能随便行刺的？”

“谁知道？这年头疯子多，我们百姓哪能知晓？”

“哎，听说霍大将军的女儿霍成君被册封为皇后了。”

“可不是？霍家真是荣宠至极啊！”

“……”

两个男孩从客栈出来后，往西走了十几里路才来到一间简陋的小屋跟前，将担子放在屋前，进屋拿盆打了一盆水，将脸上的污垢洗净，露出两张白白净净的俏脸，再从屋里出来时，竟变成了两个美丽绝伦的少女。

两个少女正是季桑和郭什。

两人来长安已有些日子了。自从祁蓁死后，季桑万念俱灰，想遁入山林了此残生。郭什百般劝说无效，只得搬出李飞来：“飞哥哥还在大牢里，你能安心不去救他吗？”季桑一听，垂首叹气，李飞于自己有大恩，是因自己的家事才受这无妄之灾，自己怎能不管？郭什一个女孩子，在长安如何行事？想想亦是不能放下心来，因此季桑和郭什再次来到长安，等救出李飞后再说吧。

二人来到长安，打听到李飞已被关入诏狱，便不敢贸然行动。劫狱救淳于弋实属无奈之举，然而，对抗朝廷的结局之惨痛，她们已无力承受。前有李飞和祁蓁两大高手在，他们仍落得如此下场，而现在，只剩了她们两个女孩子，如何能成事？

两人在长安城郊的南风村找了一处农户房子暂且住下，李飞既然还在狱中，此事就还有转圜的余地。两人只能一边打探消息，一边再慢慢想办法。

换好衣服，郭什便对季桑说：“桑姐姐，我得去找一下阿罗，他来长安了。”

“阿罗？你范伯伯的儿子？”季桑问。

“嗯，他本该在家照顾伯伯的，如今却来了长安。”

“你如何知道他来长安了？”

“我见着他了，今日在狗肉客栈，店小二就是他。”

范罗确是来了长安，在狗肉客栈做伙计。郭什和季桑两人易了容，范罗没认出他们，但是郭什却是一眼就看到了范罗。范清渠身受重伤，身边离不开人，阿罗本应在南郡才对，如今却出现在长安城，郭什很是担心，必要找范罗问一问缘由。

狗肉客栈的伙计房中，范罗累了一天，此时睡得正香，全然没有发觉有一个黑影正在靠近窗前。突然，“啪”的一声，一个小石头打在范罗身上，惊得范罗一个挺身，从床上坐起来，连忙看看周围，扔石头的人早已不见，只有地上一小块绸布，应是那人用绸布包着石头扔进来的。

范罗捡起绸布，借着月光一看，上面写着几个小字：小树林见。范罗不知道什么人要见他，略一思索，收起绸布，匆匆来到小树林中。

月光下，一个俏丽的身影背对他站着，背影有些熟悉，范罗一边向前走一边猜想这背影是谁。

突然，背影转了过来，“阿罗！”叫着范罗的名字，不是郭什是谁？

“姐姐！”阿罗高兴地朝郭什跑去，“我猜一定是你，不会有别人来找我！”

“你长高了。”看到阿罗，郭什很是高兴。

接着，郭什说：“白日间我在客栈看到你。你怎么来了长安？家里出什么事了？”

阿罗见问，哭了起来，低头道：“爹去世了。”

猛然听到噩耗，郭什哭了，边哭边埋怨阿罗：“什么时候的事？你怎么不告诉我？”

范罗道：“有月余了，爹不让我来找你。”

唉……郭什在心中叹气，人生不如意之事何其多！她越想越伤心，哭了许久才问阿罗：“伯伯可有什么遗言？”

范清渠自那次受重伤之后，便回到了秭归。

秭归是屈原的故乡，也是范清渠的家乡。

自那次重创之后，范清渠的武功一直都没有恢复，身体也大不如前，加之年已近六旬，常常有垂垂老矣之感。“人总要落叶归根的吧？”自从回到秭归，范清渠常常这样自言自语地说着。范罗觉得父亲像是变了一个人，往日的威严都消失不见了，只剩下一个垂暮老人的衰微。

范罗今年十六岁，原本性子活泼，喜欢热闹，只因父亲这一年来身体极差，为了照顾父亲，他变得安静了许多，没有了以往的吵闹。后来，范清渠有些神智不清时，便喜欢说年轻时候的往事，却又前言不搭后语，不是记错人名，就是记错时间。还好，他还记得自己和姐姐，范罗想。每当范清渠絮絮叨叨说起往事时，范罗就在一旁静静地听着，偶尔也会纠正父亲：下太湖潜水的是姐姐；上树抓鸟的是我；陪您去张掖的是姐姐……范罗每纠正一个，范清渠都会“哦、哦”地点头答应，只是，应完又忘了。有时，父亲不讲往事，只是安安静静地坐着，范罗就一个人在一旁练剑。

到了后来，范清渠不能行走、只能静卧在床的时候，意识才变得异常清醒，他将范罗叫到床边，对他说：“我一生游历四海，年轻时追随过李陵，后来又遇到了挚友阿泗，中年得子范罗，此生想做的事都做了，若说有遗憾，那就是在浚稽山没有和李陵同进退。你去找阿什，和阿飞一起完成李陵的遗愿，就是对我最大的孝顺，其余不必牵挂。如今我已了无牵挂，到了叶落归根的时候，死后就葬在屋后的樊山吧。”

说完父亲的遗言，阿罗不禁又悲从中来。郭什更甚，她深以为憾，伯伯一手将自己带大，他抱病在身时不能床前侍奉，临终不能亲听遗言。伯伯心心念念李将军的遗愿，而如今飞哥哥身在大牢，不知何时才能脱身，又何谈了却先辈的遗愿？想到这些，郭什顿觉自己真乃大不孝！不由得又伤心起来，两人抱头痛哭了一阵。

末了，倒是范罗安慰郭什道：“姐姐莫要伤心了，爹最放心不下的是李将军的遗愿，眼下当务之急是要救出飞哥哥，我们才好北上。”

说到李飞，郭什不免一脸愁容，叹着气说：“飞哥哥如今关在诏狱，我们也是无法可想，这该如何是好？”

范罗道：“我在狗肉客栈做伙计，倒是听到一些消息，似乎霍光并未对飞哥哥用刑。如此看来，霍光的态度应已缓和了些，我们再等等，或许能找到机会。”

说到狗肉客栈，郭什才想起来问范罗：“你为什么去狗肉客栈当伙计？”

范罗道：“我刚来长安就看到通缉你们的告示，心中很是着急，又无处可以打听你们的消息。狗肉客栈在长安名气大，往来的人多且杂，这样的地方最好打探消息，于是我就到那里当起了伙计。”

范罗想得没错，今日郭什和季桑也是为此目的才去的狗肉客栈。郭什把范罗啧啧夸赞了一番，并将这些时日所发生的事一并对范罗说了，之后告诉范罗她们暂时住在建章宫以南，南风村的一所民宅里，让他仍回客栈去，一有消息就来南风村找她们。

第二十五章 昔日好友

霍光时常会去牢房看李飞，多数时候并不是为了问案情，因为他已经知道，本案的关键人物——淳于弋已死，连同他的母亲。他看得出来李飞并不知道太多内情，不过是为了江湖义气才卷入其中。霍光频繁地来找李飞，有他自己的打算。霍光自辅政以来一直希望有一个得力干将去守卫汉匈边境，李陵便是最好的人选，可惜李陵不愿回汉，自己曾派人去接，却被他拒绝了。现在李陵的儿子回来，若能将他留在大汉，那是再好不过的事。

这日，霍光又到牢房来看李飞。

“你在这儿多久了？”霍光问。

“半年有余了吧。”李飞说。

“你不想知道你那些朋友的近况？”

“自然是想，你要说便说，不用在这里卖关子。”李飞冷哼一声道。

霍光笑笑说：“告诉你也无妨。淳于弋死了，连同他的母亲。”

李飞在牢里这许久，无事时常常会想起他的那些朋友们，也想过他们最坏的结局，想得多了，李飞内心也就逐渐平静下来。可一旦真的亲耳听到了结局，心中波澜又起，不免感到哀伤，他和祁蓁如此努力，仍是救不了淳于弋的命。他哀叹一声，一改方才的不羁态度，颓然地问道："怎么死的？你们杀了他？"

霍光冷笑道："算是吧。卫尉左都候杨桐找到他们藏身的地点，然而他并不合作，被杨桐当场射杀。"他顿了一下，又说："你好像觉得他很冤？"

李飞斜了一眼霍光道："他冤不冤我不清楚，霍大人应该很清楚吧？"

霍光听李飞话里有话，怒道："放肆！难道你认为是我罗织罪名陷害他？"

李飞道："霍大人的为人我不清楚，但是淳于大哥，我和他虽相识不久，却也知道他为人忠孝正直，别人绝难收买他，他自己更没有理由做此等连累家人的事。况且，当晚和淳于弋巡查的还有两人，那两人均在淳于弋之前被杀，你不觉得奇怪吗？张禾被杀时我就在场，我目睹了他被杀手杀害，若不是为了掩盖事实，何须杀人灭口？"

霍光道："廷尉录过窦泉张禾二人口供，当晚淳于弋借故将他二人支开，他才好单独行动。后张禾一家皆不知所终，你又怎知道不是他们三人串通好了要谋害于我？”

李飞冷笑道：“哦？我听说廷尉在淳于弋家还搜出萧望之给淳于弋的书信。这么重要的物件竟然能被廷尉搜到，谁又知道这是不是霍大人您自己安排的一出好戏，既博得了皇上的同情，又打击了异己。”

“放肆！”霍光大怒，“我是看在你父亲的份儿上未对你用刑，希望你有朝一日为大汉朝廷效力，以全你们李家之名，可你竟如此冥顽不灵！”

李飞一摊双手，耸了耸肩说：“我对效力朝廷不感兴趣。何况我说的都是实话，霍大人不愿听实话，我也无可奈何。”

霍光气得一甩袖子，离开了牢房。

一晃已是腊八时节，眼看快过年了，牢房的狱卒们因盼着和家人团聚，往日的戾气也都收敛了几分，因此牢房中少了些哀号声，比往常要安静。不过，狱中的安静并不能让人内心宁静，只会让人更清晰地闻到死亡的味道。

其实，以前的新年伊始并不一定是在一月初一，秦朝将其定在十月初一。孝武皇帝废除了这一历法，改一月初一为新一年的开始，将一月定为正月，因为“正”，正是初始的意思。

新年伊始通常都会带给人新的希望。不过这跟监狱没什么关系，牢房里依旧寒冷潮湿。

因为不准探视，李飞也没有御寒的衣物，这寒冷的天气，即便是在塞外长大的李飞也禁不住打起哆嗦来。

季桑和郭什终是不放心李飞，前些日子曾来过一次诏狱。只是，她们这次不敢再惊动狱卒，而是买通了狱中一个叫冒大娘的勤杂人，顶替她到狱中送饭。

当天季桑便易容成一个四十多岁的中年妇人，到狱中送饭。怕旁人起疑，季桑并不敢说话，只以眼神与李飞交流。幸而李飞认出了是季桑，知道她的来意，只以眼神示意她不可再劫狱，也不要再到牢里来，他自有办法出去。不过李飞见来的是季桑而不是祁蓁，猜度祁蓁是不是出事了，想问，却又不便问。而季桑见李飞无碍，放下心来，也不多言，短暂停留后便出了诏狱。

霍光终于命人给李飞送来了冬衣。

这次，他让人将李飞带到了审讯室。

一见到李飞，霍光便开门见山地说："这几日老夫突然有一事想不明白，想来问问你。"

李飞道："霍大人有什么事尽管问。"

霍光问："你为什么来汉？"

李飞道："父亲思念故土，却又不能回来，临终时有遗愿，让我回来祭祖。"

霍光道："如果我没记错的话，李陵应该在好几年前就去世了，为什么你现在才回来祭祖？"

李飞回他："父亲道：'父母在，不远游。'我须侍奉母亲终老后才能来汉。"

霍光问："这么说你母亲也故去了？"

李飞回他："是，母亲两年前故去了。"

霍光道："那么，你在这里至少有两年了，如果仅是祭祖，你早该回去了。"

李飞问："霍大人何意？不妨明示。"

霍光道："汉匈纷争由来已久，你又是在匈奴长大，你来汉已久，你所说的理由站不住脚。况且你又卷入了刺杀朝廷首辅的案件，你认为我应该怎么理解？"

李飞道："原来霍大人是怀疑我为匈奴打探消息而来，我若说不是，霍大人肯信吗？"

霍光不置可否："我只希望你能顾念你父亲对大汉一片赤诚的份儿上，不要做对大汉不利的事。"

李飞幽幽说道："霍大人放心，父亲赤诚如斯，我又怎能违背他的意愿？”

“那好，我姑且信你。”霍光点点头，说完准备离开牢房。

“霍大人！”李飞叫住了霍光。

“还有何事？”霍光问道。

“淳于弋既死，霍大人是否可以重新彻查此事，为他昭雪，也可以让他的遗孀光明正大地活着。”

霍光一听又是此事，心中恼怒，心道：我不追究已罢了，你倒没完没了了。他稍微忍下了怒气，才问：“你对淳于弋了解多少？你本是局外人，为何抓住此事不放？我霍光辅佐三代帝王，得罪过不少人，谁和我有过节，会用什么手段报复我，谁能说得清？你怎知淳于弋不会做此事？”

李飞道：“我和淳于弋相交不深，但我有一位生死之交，我相信他的判断。”

霍光道：“你那位生死之交叫祁蓁吧？不过是一个江湖浪客，如何信得！”

李飞驳斥道：“怎么信不得！江湖浪客好过朝廷政客！何况本案疑点重重，你为何不肯重新彻查？莫非让我说中了，幕后主使就是你，是你罗织罪名陷害淳于弋，打压政敌！”

霍光气得七窍生烟，质问道：“你说张禾是被杀手杀害，那杀手长什么样？武功如何？”

李飞道：“杀手蒙着面，我无法看清他的面目，但是他武功极高，我亦敌不过他。他之所以未杀我是因为他已得手，为免多生事端，及时避开。而后我被捕入狱，再无法追查此人下落。”

“他使一把青铜剑，如今江湖人士中已极少有人用青铜剑，廷尉为什么不去查一查那把青铜剑？”李飞又补充道。

霍光怒道：“胡说！且不说没人见过青铜剑，只就你这番言论，谁能相信你不是胡编乱造出来的？你让廷尉如何相信？此事休要再提了。”

“唉……”李飞在心中叹口气，无可奈何，每次与霍光提及此事总是不欢而散。

自从淳于弋和祁蓁死后，季桑几乎没有笑过。为了救李飞，她和郭什暂且在南风村住了下来。

两人都各有心事，话不太多，只是夜里无法入睡时都喜欢爬上屋顶，坐着发呆，时间长了两人就有了默契，每当天气好的时候两人会不约而同地到坐到屋顶上看星星。

今日，郭什刚上了屋顶坐下，季桑也跟着上来，还拿了两壶酒，递了一壶给郭什。

别看郭什平日里大大咧咧，其实她并不常饮酒。她拿着酒壶抿了一小口，就被呛得眼泪直流，才发觉季桑喝的竟是烈酒！她朝季桑看了看，季桑却是一口气干了一壶，眼睛都没眨一下。

其实季桑也不常喝烈酒，只是，淳于弋和祁蓁死后，她便无法入睡，有一天她就给自己灌了一壶烈酒，醉死了过去，第二天她发现依然能醒来——酒果然能解愁，于是，她开始习惯于喝烈酒。

她很羡慕郭什，虽然她和郭什都是从小没了父母，但她总觉得自己和郭什还是不一样，郭什是在她的泗爷爷和范伯伯呵护下长大，即便出来行走江湖也都有范伯伯保护着，郭什还有兄弟阿罗做伴，郭什的内心永远有着一份天真烂漫。

而她，从来都是一个人。

郭什知道季桑心里的苦痛，却不知道怎么安慰她，她没有体会过那种无限孤独的滋味。

过了许久，郭什才轻声地问道：“桑姐姐，这阵子你好些了吗？”

季桑低下头不说话，她知道郭什说的是淳于弋和祁蓁。她永远无法释怀，可是伤痛总会慢慢褪去。

好与不好又有什么相干？

季桑淡淡地说："阿什妹妹，等救出阿飞，你们俩就找一个遥远的地方好好地生活，不要再涉足朝堂和江湖，那——是让人伤心的地方。"

"唉……"郭什叹了口气道，"飞哥哥将来或许会回到匈奴，他若回去，我怎么办？"

季桑道："这个你倒不必担心，阿飞应该不会回匈奴的。"

郭什问："姐姐怎么知道？"

季桑道："你有没有想过，李将军有三个儿子，为何只让阿飞来汉？"

郭什说："他的两个哥哥都已成亲，自然是不便来。"

季桑摇摇头道："成亲倒在其次，其实，李将军是想让阿飞留在大汉。李将军的三个儿子里面，只有阿飞最像汉人。"

郭什不解，问道："姐姐为什么这么说？难道飞哥哥的两个哥哥不是李将军亲生的？"

季桑又摇摇头，道："他的两个哥哥虽也是李将军亲生的，但都不喜汉文化，心里定然也是不喜汉朝的，而阿飞却不同，他举手投足、言谈举止，活脱脱就是一个汉人。他对汉文化有很深的造诣，甚至比你我都更了解古今历史典故，从骨子里看，他更像是一个汉人。所以李将军遣他来汉，并不想让他再回匈奴。祭祖就是让阿飞明白，他是李家的子孙，要留在大汉继承李家的血脉。”

“哦……”经季桑这么一说，郭什恍然大悟，心情顿时畅快许多，欢快地回屋睡去了。

季桑睡不着，仍在一口一口地喝着酒，喝得足够多了，自然就能入睡了。

一晃春天来了，冰雪开始融化。

等了这么久，阿罗终于带来了一个消息：李飞将从廷尉诏狱转到长安县地牢。

地牢之所以称为“地牢”，是因其建于地面之下，约数丈之深，上以大石封之。

比起诏狱，地牢里少了许多令人毛骨悚然的酷刑，但别以为地牢就好于诏狱，其实未必！诏狱关押的多是朝廷官员，有许多官员不过是党争打击的对象，未必真有罪，说不定哪一天皇上心血来潮，就会重新启用，所以诏狱里的犯人并非人人都得大刑伺候，没有被上刑的人，仍有很大机会活下来。而地牢则不同，它是于地下深处挖出一个十数丈见方的洞，洞内气闷潮湿。常常是地面阳春三月，洞内却是恐怖阴森！最可怕的是，这样大小的一个洞有时竟关押了数百个犯人。这样的地方最容易发生瘟疫，而一旦有瘟疫发生，犯人便会成片成片地死亡。

李飞若是被关在这样的地方，恐怕只会比被关在诏狱死得更快吧？

不过，死在地牢的概率虽然更高，但是守卫却要比诏狱松懈很多，这对季桑和郭什来说，算是个好消息吧。

这是不是也意味着，李飞不再是政治犯？

眼下管不了这许多，这是一次机会！季桑和郭什都不会放过！

在诏狱时不能下手。

从诏狱到地牢的路上，囚车仍是由卫士押送的，卫士的武功相比普通狱卒要高许多，因此，路上也不能下手。

若是被关入了地牢，仍然不能下手，因为，那时会惊动更多的人。

最好的机会，就是等到卫士和狱卒交接后。因为，狱卒会在卫士离开后才将囚犯押入牢房，这中间会有一炷香的时间。

祁蓁不在了，他们没有人习惯用弩机，况且他们也不知道何处可制作箭矢。少了这件远距离制敌的武器，他们只能用剑！且他们必须在一炷香的时间内将人救出。

为此，季桑、郭什、范罗三人先去地牢附近将地形查看一番，将其熟记于心。

在周围埋伏了很久，终于见卫士将李飞交给狱卒。公文交接好之后卫士便离开了，狱卒正准备将李飞押入地牢。

季郭范三人早已守在地牢不远处，只见狱卒押着李飞走到地牢入口，伺狱卒蹲下打开地牢口时，三人迅速翻墙而入。狱卒听见声响，站起身来刚想拔剑，范罗眼疾手快，将狱卒立毙于剑下，接着又和郭什将赶上前来的两个狱卒斩于阶下。在此空当，季桑用宝剑砍断李飞身上的镣铐，随手从狱卒身上抽出一柄剑扔给李飞，四人共同御敌。

地牢狱卒的武功与卫士相去甚远，不一会儿工夫，四人已相继翻墙出了地牢，不过一炷香时间。

今夜竟然没有遇上太多阻力，几人心中均感庆幸。

出了地牢，四人马不停蹄地向北疾驰，两日后便从朔方出了汉界，天色已晚，四人便决定在受降城歇息。

此处已是匈奴地界，李飞离家已久，再次进入匈奴地界，很想回王庭看望两位哥哥，只是，乌齐杜哈怕是没那么容易放过自己，罢了，等从马鬃山回来再去探望兄长吧。

四人随即掉转了马头，向西北方向疾驰而去。

第二十六章 回到漠北

四人向西行了一日，便踏入这荒无人烟的大漠，此时人困马乏，须得歇息一日才能上路。

虽已是开春，但是塞外依然寒冷，夜里更甚。不过李飞从小在漠北长大，习惯了这样的气候，找落脚的地方自然不是难事。他顺着行走的方向，很快找了一个避风的地方，再生起篝火。点起篝火一是为了取暖，二是防止狼群靠近。

郭什因救了李飞出来，一路上欢欣雀跃，在汉界时急于脱困，未有机会与李飞说话，此时离汉界已远，便开始叽叽喳喳说个不停，一面问李飞在狱中有没有受苦，一面将李飞入狱后所发生的事都一一讲给他听。因此李飞到此时才知道，祁蓁在淳于弋中箭而死的同一天晚上死于杨桐剑下，心中不免感到痛惜。

“飞哥哥，你受苦了，他们可曾对你用刑？”郭什突然问。

李飞笑笑，说：“我没事，没有受苦，你看，我还和以前一样强壮。”

说着他挺了挺身板，特意向郭什展现了他宽厚的肩膀，虽是为了安慰郭什，但李飞的模样却是憨了些，郭什忍不住笑了出来，还故意逗他说："你没事最好，要是有事，我可不会管你！"说完低头去拨弄火苗，俏脸被篝火映得红扑扑的。

李飞知她在说玩笑话，笑笑不说话。

季桑早已离了篝火，独自寻了一个地方静静地坐着。

李飞知道她伤心，便离了篝火过来找她，只见她独自坐在一个小山坡上，也不知在想什么，从背后望去，如石雕一般一动不动。月光洒在她身上，将她丝绸般的秀发映得如同碧波在荡漾，犹如仙子下凡一般。

李飞悄悄走到她身边，在她身旁坐下，轻声问道："还在想淳于大哥和祁兄？"

季桑心中实是不想谈起淳于弋和祁蓁，便岔开了话题："你们不多聊聊？我以为你们三兄妹会有很多话要说的。"

季桑回避，说明她仍放不下，于是说："阿桑，我知道你难过，知道你放不下，只是逝者已矣，活着的人仍要活着。"

季桑低下头，抚弄着手中的剑。

"是祁兄的剑吧？"李飞轻轻问道。

季桑抬起头，答非所问地说："月已西沉，落月很美，是吗？"

的确，落月很美。

落月剑的主人想来正在月亮上看着他们。

马鬃山并不是一座独峰，而是由一列山系组成，绵延三百余里。从远处看，就像有万马在奔腾，而主峰就像领头的那匹骏马，奔跑时四蹄翻腾，长鬃飞扬，仰天长啸，似乎正率领着群马从冬日苍茫的草原上滚滚而来。

远看马鬃山，群山雄伟而壮阔，但是山中却是青峰绝壑，山涧流长，有着江南春色般的秀丽。李飞记得其中的一个山谷曾出过五彩石头，自己还曾去捡过石头，只是时日已久，现在已经不记得那山谷在哪里了。

这两年他曾将《山海经》读了一遍，书中曾记：独山，山上多有金玉，山下多有美石。这书中所载竟让他有种似曾相识的感觉，只不知这"独山"是否是当年捡彩色石头的那座山？不知当年他们父子俩曾住过的那个山洞还在不在？十年了，自那以后，自己就没再来过这里。

李飞又想到了乌齐杜哈，自己撒了个谎，其实父亲留下的到底是什么他自己都不知道，又何来的"藏在悬崖中”？不过是自己随口编的。乌齐能找到吗？如果他找不到，必然不会放过自己。但是如果他找到了，自己岂不是愧对父亲？

李飞怀着忐忑的心情在山中搜索着，四人围着群山转了十多天，仍然一无所获。李飞颓然地坐在地上，焦躁地扯着自己的衣襟，心想，我们这么找不知要到何年何月才能找到？正垂头丧气，转念又一想，如果连自己都找不到，恐怕乌齐杜哈也很难找到吧？

但愿如此吧。

阿罗年纪小，性子急躁，不耐烦了起来，向李飞抱怨道：“飞哥哥，到底在哪里？我们都在这里找了好多天了。”

李飞伸手搔搔后脑，抱歉地说：“我确实记不清了，那时年纪还小……”

“唉……”范罗叹了口气，对李飞的记忆力也是无可奈何。

当晚，四人胡乱找了个山洞过夜。

第二天，天刚泛白，季桑、郭什、阿罗都还在梦中，洞外却突然响起了一阵欢快的声音：“我找到了，我找到了……”

这声音登时让三人从睡梦中惊醒过来，三人“唰”地一把抽出长剑挺身站起，一看才知是李飞，三人都松了一口气。倒是阿罗先反应过来，以为他找到了儿时的山洞，兴奋地问道："真的？你找到了？在哪儿？"

李飞仍是一脸兴奋："在这儿，你们看。"说着摊开手掌，露出几块晶莹剔透的小石头。

三人一看，才知道他说的是石头，而不是山洞，一脸失望地散开了。

"嘿，我还以为你找到山洞了呢，原来是几块石头。"范罗撇撇嘴说。

李飞不服气地说："你们不知道，这些石头很难找，白天在太阳光下它们和普通石头无二，到了夜里，它们会泛着淡淡的光，只有夜里去寻才能寻到。"

范罗撇撇嘴，不以为意。

见几人都不理睬，李飞解释说："你们别急，我记得我小时候去捡过石头，想来那个洞口离彩石谷不远，我心中有种感觉，那山洞应该就在附近。"

"那你好好想想，我出去找些吃的。"郭什回道。

李飞回到洞里躺着，努力地回想当年的情景。

当年，他们似乎走过一段下山的路，洞口离路不太远，山洞也不是很大……想得乏了，也就迷迷糊糊地睡过去了。

李飞再醒来的时候发现那三人还在睡着，也不知道什么时辰了，揉了揉眼睛，走出山洞，伸了个懒腰。

好像现在是早晨，这么说我睡了一天一夜？李飞一边想着，一边望着太阳升起的方向，看了许久，直到阳光越来越刺眼。

突然，他好像想起了什么，转身跑回洞里叫醒他们。

“快起来！快起来！我想起来了！”

阿罗睡得正香，被李飞叫醒，心里不快，迷迷糊糊地说：“是不是又想起来去哪里捡石头？”

李飞在他头上敲了一记，骂道：“捡什么石头！快起来！我知道山洞在哪里了。”

太阳快下山的时候李飞领着他们在马鬃山主峰的西南角找到了那个山洞。

李飞记起那年曾在洞口看过落日，此处落日甚是不同，因为在某一个时刻，太阳刚好能透过对面的山顶照在他坐着的那块大石头上。

而现在，他来得刚好，落日的最后一抹余晖正照在他的身上，而他，正是坐在当年坐过的那块大石头上。

真好，当年的一切都还在！

山洞不大，里面可谓是一览无余，仅够十来个人容身。

阿罗看着如此“简陋”的山洞，又噘起嘴说：“飞哥哥，你确定真是这里？”

李飞呵呵一笑，朝阿罗做了个鬼脸，说：“不确定啊，毕竟是我爹选的地方。”

这里确实很“简陋”，简陋到没有人会想将东西藏在这里。然而，谁又能说这不是最好的伪装？或许正是它的简陋才让它更安全！

父亲就是父亲，一个曾经叱咤战场的军事天才，他相信父亲的安排。

想着想着，李飞不由自主地笑了起来，朝阿罗耸耸肩说：“反正来都来了，就找找吧。”

这里的确不能藏东西。

洞穴浅，石壁坚硬，没有暗洞，也不好设置机关。

找了一会儿，李飞忽然又不着急了，只见他悠闲地坐下来生了一堆火，烤着干粮，吃饱后打了个饱嗝，歪着头又准备睡去。范罗见他突然行为古怪，问道：“我们在山中找了许久，好容易找到这里，你怎么又不寻了呢？”

李飞神秘地笑笑：“不急，明日再慢慢找。”

范罗正丈二和尚摸不着头脑，忽听得外面喊道：“扎仆颜，你终于回来啦！”范罗才恍然大悟，指着李飞道：

“哦……飞哥哥，原来你早知道有人跟踪我们。”

李飞冲阿罗笑笑，示意他不要说话，转身对着洞外喊：“乌齐，原来你这么想我，我刚到匈奴你就出现了，看来你对我倒是‘情深义重’啊！”

乌齐杜哈：“是啊，我可是时时刻刻都在想念你，这两年你真让我好找哇。现在你既然回来了，不如出来喝两杯，我们兄弟也好叙叙旧。”

乌齐杜哈话中带着讥讽，李飞也不以为意，论斗嘴，谁能斗得过他？当下哈哈大笑起来：“叙旧，那自然是要的，只是这些天我找东西实在是找得乏了，现在我浑身上下的骨头都疼，我连一步都走不动了，要不你进来坐坐？”

乌齐杜哈冷哼道：“你是不是以为我不敢？”

李飞道：“乌齐兄号称匈奴第一勇士，有什么不敢？我只是觉得这么说话怪累的，乌齐兄到底要不要进来？不进来的话我可要歇下了。”

乌齐杜哈和李飞皆是以匈奴语对话，郭什听过，不以为怪，季桑却没听过，便问李飞：“你们在说什么？”

李飞苦笑道：“说来话长，这位乌齐杜哈和我们家颇有渊源，却又不信任我家的人，我一离开匈奴他就派人跟踪我，我和阿什都差点死在他手里。如今在这匈奴地界，恐怕要常和他打交道了。”

洞内许久没有回音，洞外的乌齐杜哈显得有些不耐烦了，不再似刚才那般礼貌，喊道：“扎仆颜，你父亲到底留了什么东西给你，快交出来，否则，今日谁也别想离开这里！”

李飞朝洞外喊道：“什么都没有，不信你上来看。”

乌齐冷哼一声，道：“哼！你用不着激我，看自然是要看的，不过不是我，自会有人上去！”

说着一挥手，从他身后走出两个人来，李飞朝洞外一看，竟是自己的两个哥哥！怒道：“乌齐！你不会连自己姐夫和结拜兄弟都不放过吧？！”

乌齐杜哈冷笑：“我谁也没强迫，是他们自己要来的，他们见不得你去做汉贼，要来劝劝你！”

两个哥哥来到山洞，三兄弟好久不见，甫一见面却是在这样的场合，都不知道说什么好。两个哥哥想的是，三弟的性子，他们哪能劝得动？而李飞想的是，两个哥哥是来替乌齐杜哈做说客的，亦不想开口。

三人大眼瞪小眼地干坐了半个多时辰，最后还是大哥忍不住了，开口道：“三弟，若父亲真的留有遗物，你不能带到汉朝去，我们生在匈奴，长在匈奴，家在匈奴，你不能背叛匈奴。”

李飞道：“大哥，你不要听乌齐一面之词，父亲留下了什么我们都不知道，何来的背叛匈奴？”

二哥扎仆烈这时开口说了：“既如此，先找遗物吧，三弟，你应该知道东西藏在哪里。”

李飞白了二哥一眼道：“不知道！”

二哥性子急躁，与他的发小乌齐杜哈一样，也有几分狠戾之气，见三弟如此模样，上前便要动手，倒是大哥温和些，一边拉住扎仆烈，一边劝说李飞：“三弟，你若知道，就快些找，乌齐在外面可等不了多久，若是一把火烧了这里，我们可都活不成。”

话音刚落，乌齐杜哈的声音果然就在洞外响起：“扎仆罕、扎仆烈，东西拿到没有？再不出来我就放火了！”

扎仆罕急忙答道：“正在找呢，快找到了。”一边应付着乌齐，一边催促着李飞去找东西。

李飞赌气道：“要找你自己找，我可不受乌齐摆布！”

扎仆罕急道：“三弟呀，我倒也想找，可父亲什么都没告诉我，我上哪里找去？”

李飞白了大哥一眼道：“你可知道，父亲不愿跟你说正是因为你和乌齐走得太近，我们李家一直都在他的监视当中。试想，他若信任我们，会监视我们吗？你还替他来做说客！”

扎仆罕道：“不是我想来的，是乌齐逼着我们来的。你也知道他心狠手辣，要是拿不到东西，非但我和你二哥保不住性命，连家小也都保不住！”

李飞叹了口气，心知大哥说的是实话，乌齐的为人，他们三兄弟都很清楚。

李飞心中虽已答应，仍不免要跟大哥嘱咐几句：“先说好，东西是父亲留下的，我们须得遵从父亲的遗愿！”

扎仆烈听李飞如此说，知他心属汉朝，断不会为匈奴考虑，于是说道：“三弟，既然是父亲的遗物，须得我们三兄弟一同处置，你也不能一人独断专行。”

李飞一听，又停下了脚步。

扎仆罕见状，忙给二弟使眼色，意思是：这些话，总得等找到了东西再说。

扎仆烈才住了口。

第二十七章 山之马鬃

李飞环顾山洞内外，洞穴不深，没有暗洞。石壁很坚硬，无法存放物件，父亲也不擅长机关之术，不可能在石壁上开凿机关。所以，他要藏东西，必定是选择一种简单易行又能掩人耳目的方式。

因此李飞将目光转到洞外，在洞口处扫了一眼，他发觉与洞内坚硬的石块不同，洞口外侧有松软的泥土，上面甚至还长了几株野菊。

洞口附近多是杂草，并不见有开花的植物，只有此处是野菊。此时也不是野菊开花的季节，没有花朵，野菊看起来也就与杂草无异，若不认得，便以为也是杂草。

李飞只觉这几株野菊有些异样，却又说不上来如何不同，便上前将野菊拔掉，然后用手去刨野菊下面的泥土。

众人不知李飞要做什么，都只是看着，只有郭什觉得，飞哥哥这样做，必有他的道理，二话不说，上前与李飞一起刨起土来。见郭什与李飞一起挖土，众人才反应过来，都上来一起帮忙。

在这满是碎石的山中，只这一尺见方的地，刨了一尺多深仍不见有碎石，李飞心中暗暗称奇，且竟是越刨越宽。

阿罗口快，喊了出来：“咦？这下面竟比上面宽许多。”

直挖到五尺多深时，李飞突然碰到一个坚硬的东西，心中一动，连忙清掉上面的泥土，渐渐地露出一个锈迹斑斑的铁盒来。

取出铁盒打开一看，里面只有几卷羊皮卷，因时日已久，外卷色泽已变，内卷却还新亮如昔。

李飞拿起其中一卷，展开来看，顿时惊得非同小可。

是地形图！

扎仆罕、扎仆烈不懂军事，并不知道这些图为何意，而李飞自小跟随父亲出征，一看便知这些是匈奴周围几大山系的地形图。羊皮卷共有五张，其中四张为地图，分别是燕然山、狼居胥山、阴山和鞮汗山，上面均详细标出了山形、关卡、水源等要素。

这分明是军用地图！

父亲乃当世军事奇才，所绘之图必定大有用处。这些图若是匈奴得到，可根据此图布防；若是大汉得了，抗击匈奴可谓是进退自如！

惊骇之余，又为难起来，父亲费尽心思画出这些图，到底是什么用意？

李飞疑惑着翻开了最后一张羊皮卷，这张却不是地图了，而是一封信，是父亲留给他的一封信。

信中写道：汝父戎马一生，此大汉之心，天地可鉴。未料，老而不得归，必客死他乡，是为痛。匈奴常劫掠汉，武帝好战，善兵，常使匈奴亡败。新帝不治，必为匈奴所困。图助汉抗匈，汝得此图，若光尚在，可与光，若已故，汝自决之。

原来父亲想让我把地图交给霍光！

李飞恍然大悟，此时才明白父亲让他来汉的用意——拿着地图去投奔霍光，以霍光之能，定然可以让李飞承袭汉骑都尉之职，假以时日，李家就能恢复昔日的荣光。

原来父亲是想让他留汉为官，光复李家门楣！

如此的重担，李飞从没想过。

看完父亲留下的信件，李飞不知如何是好，一时陷入了沉思。父亲对汉的一片赤诚自己能深切地感受到，可自己并不喜欢官场，朝堂永远是个旋涡，自己厌恶这种明争暗斗的争权夺势，当初李家就是因为皇帝的一念之差落得灭门的下场，现在又何必再踏入这个旋涡？

父亲的愿望此时让他陷入一种两难的境地。

先不说自己想与不想，即便想，那也不过是又一次“赵氏孤儿”案。今时不同往日，自己也不是那个“赵武”。

李飞沉思良久，旁边的大哥二哥看他许久不说话，虽不知他在想什么，却也大致能猜到那几张羊皮卷的重要性。

他们自小对汉文化不感兴趣，汉字识得不多，不知父亲所留书信上写了什么。

扎仆罕问：“三弟，父亲的信上说什么？”

听到大哥问话，李飞回过神来，心想，信的内容还是不让哥哥们知道吧，乌齐杜哈本就不信任李家，如若他知道信的内容，恐怕大哥二哥在匈奴的日子也不会好过。

因此他只对大哥说：“父亲说不能回汉是他一生的憾事，但他既葬在匈奴，也应为匈奴尽一份力，这些图将来可为匈奴所用，只是得由我保管着。”

扎仆罕听了将信将疑：“父亲信中真是这么说的？”

扎仆烈心眼多，不如大哥老实，他不相信李飞说的话，当即反对：“不行！图得由我和大哥保管！”

李家大哥二哥执意要将地图交给匈奴，李飞不肯，李家三兄弟为了图的去向在激烈地争论着。郭什和范罗自扎仆罕、扎仆烈进入洞中，一直没有说话，此时听兄弟三人对话所用匈奴语，他们虽听不懂，但李陵的遗物已经找到，猜也猜得出他们在为地图的去向争吵。

范罗此时发话了，是说给扎仆罕和扎仆烈听的："图不能交给你们！虽说图是由你们父亲所绘，但没有我父亲的血旗，也不可能找到地图。我父亲为保护血旗的秘密遭了乌齐杜哈的毒手，否则也不会这么早就去世，要说决定图的去留，我也有权决定！飞哥哥，图不能给他们！"

范罗说得有道理，郭什也附和道："阿罗说得对，伯伯守图十几年，我和阿罗也有权决定图的去留！图不能交给他们！"

李飞自然也不想把图交给乌齐，只是碍于两位兄长在这里，只能想办法拖延，况且乌齐杜哈已把洞口全围住，须得想个计策脱身才行。

这边洞里正为图的去留争吵不休，洞外的乌齐杜哈早已等得不耐烦了。

既然东西已经找到，是时候收网了。便朝洞内喊道："扎仆颜，交出东西来，否则放火烧洞，让你两个哥哥给你陪葬！"

李飞怒道："他们来给你做说客，你竟连他们也要杀？"

乌齐杜哈满不在乎地说："在大义面前，个人生死又算得了什么！你的哥哥们就算死了也是我们匈奴的勇士，而你不过是一个反贼！”

“你啰里啰唆一大堆，莫不是想拖延时间？快把东西交出来！”乌齐杜哈又补充道。

“我若不交呢？”李飞说。

“嘿嘿。”乌齐冷笑着，“你觉得你们还能活着出去吗？”

说完下令：“火把准备！”

“哎……哎……我说着玩的。”李飞又恢复了他的嬉皮笑脸，跟乌齐扯起皮来，“乌齐兄想要，我自然会给你。”

“不过……”李飞补充道，“你得保证放我们走。”

乌齐杜哈冷哼道：“你以为你有资格跟我谈条件？”

李飞道：“嘿嘿，我若没有资格，那我宁可毁了这图，然后与你拼个鱼死网破！”说着，作势就要烧掉地图。

“慢着！”乌齐杜哈急了，说，“只要你交出地图，我就答应放你走！”

李飞道：“好！既如此，就请你先后撤五十步，待我走出五里，我便将图交给哥哥们带回。”

“不行！”乌齐道，“地图必须现在交给我！”

李飞冷哼道：“现在我若将图交给你，我们还能活着出去吗？”

“你待要如何？”乌齐杜哈道。

李飞道："你不过是怕我挟图逃走，如今你为砧板我为鱼肉，我跑得了吗？况且我两个哥哥的态度如何，你很清楚，有他们跟着你还不放心？"

乌齐杜哈想了想，最终示意士兵后退，给李飞让出一条道来。

几人出得山洞，奔出五里外，李飞才停了下来。

此刻，他没有选择，若不把图交给乌齐，两位哥哥以及家小在乌齐手中恐怕都难得活命。李飞走到大哥面前，从怀中拿出地图，交给大哥，此时他很想和大哥说点什么，话到嘴边又无从出口。

他突然觉得，从小一起长大的两位哥哥，此刻竟陌生得像是完全不认识一样。

此一别，匈奴再没有他的容身之地，此生怕是不能再相见了。

叹了口气，千言万语到最后只剩了一句："大哥二哥，你们保重，我走了。"

兄弟三人拜别，扎仆罕一边把图纳入怀中，一边回身想走，李飞也转身准备跨步上马。忽听"嗖"的一声，冷箭从他身旁飞过，正中大哥的手腕，只听扎仆罕一声惨叫，四张羊皮地图应声而落。见地图散落在地，扎仆罕伸手想去捡，谁知刚要触到羊皮卷，又“嗖嗖”几声，箭矢刚好落在手和羊皮卷的中间，扎仆罕吓得连忙缩了回来。

扎仆烈喝道：“什么人放箭？出来！”

不一会儿，草丛中走出几个人来，为首的一人朝李飞施礼，道：“在下袁槐，见过李兄。”

李飞见这几人面生，自己并未见过，问道：“你们是什么人？为什么跟着我们？”

袁槐道：“我们是霍大人派来保护李公子的。”

李飞一听又是霍光，冷笑道：“霍大人倒是有心！”

袁槐像是没听出李飞语气中的嘲讽，说：“那是自然，霍大人神机妙算，知道李公子路上有危险，派我们一路保护着。”

李飞突然恍然大悟起来：“这么说，你们从长安一直跟到这里？”

难怪，他们这么容易从地牢中逃脱，这一路走得这么顺利，顺利得有点不可思议，怎么也没想到是因为霍光派了暗哨。他们跟了这么久竟然都没发觉，真是愚蠢得紧。

看看此时袁槐的表情，一副成竹在胸的模样，便知道自己所猜不假。

李飞冷笑道：“这么说我还得感谢霍大人了？”

袁槐这回终于听出了李飞在嘲讽他，不过他脾气倒好，并不生气，反而跟李飞开起了玩笑：“好说，好说，李兄如果要谢，把那东西给我就行。”说着指了指地上的地图。

李飞道：“很不巧，你要的东西已经有主人了。”

袁槐道：“我看未必！”

“必”字刚落音，袁槐剑尖已到眼前，李飞慌忙闪身避过，随即足尖一点，一招“鹤鸣长空”攻向袁槐的灵虚穴。

三招一过，李飞已知袁槐的武功不在青铜剑客之下，当下不敢大意，踩稳底盘，与袁槐小心应付着。十来招之后，李飞便渐渐落于下风，心中不免有些急躁，心知乌齐杜哈马上会赶到这里，到那时，非但自己，这里所有人都走不了。他一咬牙，使出一招“焚琴煮鹤”，此招顾名思义，是毁其所有。此招乃长空剑法当中最霸道的打法，一个不好，连同自己也会一同毁去。

这一招拼的是内力，没有破解之法，袁槐便硬生生接下了这一招，登时觉得虎口发麻，步伐凌乱起来，连着后退了几步。

这袁槐武功也甚是了得！后退数步之后便稳住了步伐。李飞武功亦不弱，棋逢对手，袁槐便来了兴趣，站定之后提剑又向李飞袭来。

李飞原本不敌袁槐，情急之下才使出绝招，也只能略占上风而已，并不能伤到袁槐分毫。而袁槐倒是缠着他越斗越猛，这对急于脱身的李飞来说当真是苦不堪言。

好在季桑见李飞不敌，上来帮忙，二人才勉强和袁槐打个平手。只是，如此纠缠，只怕一会儿乌齐便能来个“瓮中捉鳖”了。

这边李飞、季桑拖住了袁槐，但是袁槐带来的几个手下却没闲着，其中两人分别和郭什、范罗交上了手，另一人早已将地上的羊皮卷纳入怀中。

原本，扎仆罕、扎仆烈见众人都忙着交手，本想趁乱将羊皮卷拿走，谁知这两人武功十分不济，被袁槐的手下一脚一个踢翻在地，动弹不得，最后只能眼睁睁地看着羊皮卷被拿走。

袁槐手下拿了羊皮卷后，吹了一声口哨，示意袁槐已得手。袁槐见状便下令撤退，几人均是武林高手，一声令下，转眼就消失得无影无踪。

李飞见羊皮卷被劫，待要去追赶，然彼时乌齐杜哈已经赶到，冲着李飞喝道：“扎仆颜，你还想跑？”说着便命令大军将李飞四人围了起来。

大哥扎仆罕走到乌齐的身边将刚才发生的事说了一遍，

乌齐即刻分兵两路，一路去追袁槐，一路仍在原地包围李飞。

“扎仆颜，你还有什么话说？”乌齐质问道。

“我无话可说。”李飞垂下头答道。

“来人，全部带走！”乌齐喝令。

“慢着！”李飞喊道，“我可以跟你走，要杀要剐随你便，只是请你放了我的朋友。”

“扎仆颜。”乌齐厉声说道，“我是在跟你商量吗？我对你一再忍让，你却总是让我失望！”

“带走！”乌齐杜哈喝道。

四人当中范罗最是倔强，自然不肯就范，随手就斩杀了几个上前的匈奴士兵。乌齐杜哈怒不可遏，立刻撤了士卒，换上弓箭手，要将四人当场射杀。

一时间乱箭横飞，四人无处可躲，只以剑格挡，哪里挡得这许多？被箭伤到的倒有许多处。

季桑站在郭什身后，身中一箭，手上之剑略有迟滞，眼见箭矢又飞来，直向郭什后背，季桑来不及思索，挺身挡在了郭什背后，箭当场穿过了她的身体。

季桑顿时倒在了地上。

李飞见季桑倒在血泊中，生死不明，顿时暴怒，不顾密集的箭雨，向乌齐杜哈这边杀过来，誓要杀了乌齐杜哈！

箭矢不断从李飞身边飞过，李飞身上已有多处被箭头擦伤，腿上亦中了一箭，随时有性命之忧，真是惊险万分。

看着弟弟身处险境，扎仆烈却不为所动，他与乌齐杜哈要好，两人均是狠戾之人，他认为扎仆颜已做了汉人，就不再是自己兄弟，也不念血脉之情，因此放任李飞的生死不管。

倒是大哥宅心仁厚，虽不赞同弟弟的决定，但骨肉之情却是难以割舍，如今弟弟有危险，自是不能坐视不管。

见三弟已危在旦夕，扎仆罕急忙走到乌齐身边，劝道："乌齐兄弟，方才那劫走羊皮卷的人分明是汉人派来的，我可以保证扎仆颜绝不知情。如今，当务之急是多派人手去追，务必在匈奴境内将其拦下。至于舍弟，现在即便杀了他也于事无补，不如让他去追回地图，留下他两个朋友做人质，舍弟重情义，为了救朋友，他必定千方百计寻回地图，即便他追不回来，那时再杀他们也不迟。"

想想也是，乌齐杜哈觉得有理，便下令停止射箭，将郭什和范罗带走，留下李飞和生死未卜的季桑，让李飞三日后带着地图来赎人，否则就杀了郭什和范罗。

此时李飞正跪在季桑身边，不知她是死是活，只见她脸色苍白，只有微弱的脉搏，心中愤恨，并未听清乌齐杜哈说什么，只恨恨地说：“你最好祈祷她不要死，否则，我灭了你全家！”

乌齐杜哈冷哼道：“你最好活着来找我，否则，你就等着给他们陪葬吧！”说完扬长而去。

李飞抱着浑身是血的季桑，不知所措，双手因害怕而不停地颤抖，紧紧地抓住箭柄，却不敢动，生怕一动季桑就灰飞烟灭了。他口中胡乱说着自我安慰的话：“阿桑你不会死的对吧？我不会让你死的……”

最后李飞一咬牙，哆哆嗦嗦地将箭拔出，顿时鲜血直流。李飞心慌到了极点，一边按压着伤口，一边敷上金创药。

似乎他能做的就这么多了。

常年行走江湖的人，金创药是必备，除此之外就是当归、党参、人参等制成的药丸，服下可益气补血。

季桑仍在昏迷中，药丸她现在还无法服下。

李飞守在季桑的身边，不知她何时能醒来。

这四周也没有落脚之处，李飞只能将季桑暂时安置在一处山洞中。守了一天一夜，季桑仍未醒来，李飞一探她的额头，竟是滚烫的，又见她双唇紧闭，嘴唇竟有些发紫，暗道不好！若是高热不退，只怕……

只是，此处哪里找得退热之药？

李飞走出山洞，想看看附近有没有薄荷、金银花或是大青叶。

走到溪边，李飞见有一人在汲水，那人一身匈奴衣着，想来是当地人，或许能指引一二，大喜之下急忙跑过去。

“这位兄弟……”李飞开口问道，话还没说完，那人转过身来，李飞一看，竟“哈哈哈”笑出声来。

第二十八章 显的秘密

阿鲁图！竟然是阿鲁图！

“扎仆颜哥哥！”阿鲁图看清了是李飞，开心得跳了起来，跑过来一把抱住李飞，“真是你！太好了！”

自狼居胥山一别，已两年有余，两人都没想到竟能在这里碰到。李飞捶着阿鲁图的肩膀感慨地说：“阿鲁图你长高了，长大了，也变结实了。”

阿鲁图憨厚地笑着。

李飞问道：“你为什么会在这里？”

阿鲁图说：“自从在狼居胥山遇到哥哥，心中很是羡慕，我对哥哥所说大汉的事物很是好奇，很希望能像哥哥一样去看看外面的世界。后来我就想，自己反正是一个人，在哪里不是生活？于是，在那不久之后我也离开了狼居胥山，一路向西走，走走停停，遇到喜欢的地方就住上一段时间。”

“你在这里住了多久？”李飞问。

“半年多。”

“那你可知道这附近有无薄荷、金银花、大青叶这些草药？”

“这些都是去火退热之药，哥哥要这些何用？”

“我有一位朋友因受伤发热，我得给她寻一些退热之药。”

“既如此，我带哥哥去找，金银花、大青叶怕是难寻，薄荷倒容易。”

幸好阿鲁图找来了薄荷叶，认真调理了两天，季桑的体热已慢慢退去。

这两天李飞一刻不离地守在她身边，见她醒来，已慢慢能下地行走，悬着的一颗心总算放下了。

“阿桑，你终于醒了，你不知道，你不说话的时候是多么吓人。”李飞幽幽地说。

这两天虽是在昏迷中，季桑隐约能感觉到李飞无微不至的照顾，如今，他的言语和眼神中更是透着一种温柔，但是这种温柔隐隐让她感到不安。她说不清哪里不对，很多时候，她都在刻意地回避这种温柔。

阿飞的话，让她想起了祁蓁，祁蓁就常常用这样的语气和她说话，有些幽怨，语气柔软却不容人反驳。

只是祁蓁已不在了，她也不想有另一个祁蓁。

于是她自嘲地笑了笑，说：“没有那么吓人，我去阎王爷那儿报到了，阎王爷却不收我，说我是个灾星，不要来这里祸害阴曹地府，还是去祸害人间吧，说着就把我打发回来了。”

季桑竟然开起了玩笑，李飞还是头一次见，惊得不知说什么好，好半天才说：“你伤成这样还有心思说笑，看来是恢复得不错了。”

季桑却长叹一口气道：“我没说笑，阿姑常说我是个灾星。”

说起往事，季桑又变得低落起来，李飞怕她伤心，便岔开了话题道：“别胡说啦，哪有你这么美的灾星？灾星都是像我这般丑的！”

这话倒是让季桑忍不住了，扑哧一声笑了出来。

说笑了一阵，李飞才正色道：“我们得启程去长安了，阿什和阿罗还在乌齐手上。”

去长安之前，李飞让阿鲁图先去趟匈奴王庭，一是让自己的两位哥哥照顾好阿什和阿罗，二是告诉乌齐自己去长安找地图，让他信守承诺。

这一次，李飞决定带着阿鲁图一起去长安，便让他办完事即到长安去找他，并沿途给阿鲁图留下了记号。

交代完这些事，李飞带着季桑向长安出发。

此处人烟稀少，寻不到马车，季桑伤重，其实不便骑马，李飞只能将她扶上马鞍后也翻身上马，在她身后扶住她。两人同乘一骑，在落日的余晖中徐徐前行，夕阳将他们身后荒凉的大漠染得血红。

要是永远能这样该有多好，李飞心里想着。

江汉浮浮，武夫滔滔。

匪安匪游，淮夷来求。

既出我车，既设我旟。

匪安匪舒，淮夷来铺。

江汉汤汤，武夫洸洸。

经营四方，告成于王。

四方既平，王国庶定。

时靡有争，王心载宁。

江汉之浒，王命召虎：

式辟四方，彻我疆土。

匪疚匪棘，王国来极。

于疆于理，至于南海。

王命召虎：来旬来宣。
文武受命，召公维翰。
无曰予小子，召公是似。
肇敏戎公，用锡尔祉。

釐尔圭瓒，秬鬯一卣。
告于文人，锡山土田。
于周受命，自召祖命，
虎拜稽首，天子万年！

虎拜稽首，对扬王休。
作召公考，天子万寿！
明明天子，令闻不已，
矢其文德，治此四国。

这是一首纪念召虎平定淮夷之乱的诗，有王对召虎功绩的肯定，也有王对召虎的殷殷期许：继承先祖召公的功业，成为王的左膀右臂。

李飞的嗓音浑厚而低沉，听着他的歌声，仿佛置身军营中，在这片广袤的土地上，更能感受到边关将士的孤独与寂寞。

季桑竟也听得痴了，她知道阿飞读书甚多，却没想到他有如此造诣，竟能唱出如此古老的歌曲，心中由衷感到佩服。王对召虎的殷殷期许，召虎定会不遗余力，只不知，阿飞的父亲对阿飞的期许，阿飞会如何自处？

“阿飞，你真让人刮目相看！”季桑赞叹道。

李飞得意地说：“小时候父亲教我们学汉字，大哥二哥不甚喜欢，只有我学得最认真。每每学完一些汉字，父亲眼中就会流露出嘉许的目光，而我为了得到父亲的嘉许，总是特别卖力。匈奴没有书籍，父亲便想方设法让人从大汉捎一些书籍过来，只是，父亲能找到的书实在不多，很多书都是我来汉之后才有机会读到的。”

季桑知道他一直被父亲的遗言束缚着，总有烦闷积郁心中，便开解他说：“阿飞，李将军会为你感到骄傲的。”

李飞叹道：“父亲、范叔叔、阿什、阿罗，他们都希望我不要再回匈奴了，可我自己无法抉择。诚如父亲所愿，让我去投奔霍光，然朝堂上不见刀光的争斗实非我所愿。阿桑，你是否也认为我该入朝为官？”

季桑道：“李将军是我们大汉的英雄，相信有一天后人总会给他一个公正的评价。匈奴你已回不去，乌齐怎肯轻易放过你？至于你是否入朝为官，我相信若李将军还在世，也定不会勉强你。”

李飞终于长长地吁出一口气，说：“谢谢你能这么说，父亲如果在天有灵，定会很高兴的。”

大漠苍凉，边塞苦寒，那些守土的将士用他们的满腔热血捍卫着先辈们留下的每一寸土地。

长安城的未央宫里，皇帝刘询来回踱着步子，脸部五官因愤怒而变得扭曲。地上散落着乱七八糟的竹简、纸笔等，显然他怒气还未消。

皇帝今日为何发如此大的脾气？

原来，今日有人给他上了一封密折，密折上写的并非寻常朝事，而是关于已故许皇后的。上折之人翻出了陈年旧账，说许皇后并非死于难产，而是有人蓄意谋害！刘询原本不信，可这人却将当年之事写得十分详细，许皇后何时服药、何时生产、何时有何症状，均一一在列，不由得刘询不信。更甚者，此人还找到了当年许皇后服用的药方以及实际所服之药名，许皇后所服之药当中有一味确是致血崩之药！

刘询暴跳如雷，当即下旨重新彻查此事。他命令将当时服侍许皇后的所有太医、宫女通通抓起来，下狱候审！

皇帝刘询如此迫不及待地要查个水落石出，是因他除了暴怒，还有哀伤。

他并非生来就是太子，能够波澜不惊地继承皇位，不是！几年前他还只是一介平民，和自己的外婆生活在一起。他的祖父戾太子在那场惨绝人寰的巫蛊案中死去，他的父亲也死了，他的母亲在掖幽庭生下了他。这场政变死了许多人，这以后皇室直系血脉就迅速凋零。皇叔祖孝昭皇帝无子嗣，几经辗转，他才得以登基为帝。

许皇后是他流落在民间时娶的平民女子，两人感情极好，就算他后来做了皇帝，对许皇后的宠爱也一直未减。

许后之死对他是一个很大的打击，只是人死不能复生，他也无可奈何。

其实他不是没有怀疑过皇后的死，许后生头胎时并无异样，为何反而在生二胎时难产？虽说女人生孩子的事他不懂，但是许后在生产之前并未有过大喜大悲、大的病痛，却因难产而母子俱亡，实在让他难以接受。

现在有人重提此事，更加深了他心中的疑虑，如果密折所奏之事属实，那是谁有如此大的胆子，敢谋杀堂堂一国之后？

刘询不禁想到了霍光。

许皇后一不专宠，二不干政，她能妨害到谁的利益？只有霍光！

霍光盼着自己的女儿为后已不是一日两日了，当初他要立许氏为后时霍光就反对过。如果说真是有人谋杀皇后，那么，有这个胆子有这个能力的，满朝上下恐怕只有霍光一人了。

其实他早就对霍光不满，霍光仗着武帝托孤，独揽朝政几十年，已历三朝，到现在仍不肯放权，自己早已过了弱冠之年，却仍不能独立打理朝政。不但朝堂是霍光的天下，连后宫也不例外，太皇太后已经是他霍家的人，现在又把自己的女儿霍成君送入宫中为后！

霍光，你到底要把持朝政到几时？刘询恨恨地想着。

如果让我查明真相，我定要灭了霍家！刘询握紧了拳头。

在诸多被打入大牢的宫女医官中，淳于衍赫然在列，因为她是当年负责帮许皇后调理的女医侍。

霍府里，显夫人焦虑地来回踱着步子，不知道在思虑何事。她来回走了许久，才一咬牙，像是下了很大的决心，急冲冲地向霍光的书房走去。

霍光见是霍显，露出了不耐烦的神情："慌慌张张的又有什么事？”

显夫人道：“淳于衍被抓起来了。”

霍光淡淡地说：“这与你有何干系？”

突然，“扑通”一声，霍显跪了下来，把霍光吓了一跳：“你你你……这是干什么？”

“求老爷救救淳于衍……”霍显哭着说。

霍光奇道：“为什么要救她？你与她有那么大交情？”

眼看无法再瞒着，若不说出实情，老爷断不会出手相救。因此霍显支支吾吾地说：“是……是我指使淳于衍毒害许皇后的。”

“什么？”霍光被霍显的话吓住了，不敢相信自己的耳朵，“你……你……你再说一遍！”

“许氏在一日，成君便一日不能为后，只有许氏死了，成君才能成为皇后。于是我让淳于衍将许氏的补药给调换了，所以……所以……许氏因此大出血。”

霍光惊骇莫名，一时说不出话来，他没想到霍显居然如此胆大包天！干出这等灭族的事来。

霍光本来站着，此时身体却摇晃起来，险些晕倒，霍显见状站起来扶他，却被霍光一把推开，霍光颤抖着说：“谁给你的胆子？”

霍显向前挪了几步，扯着霍光的衣襟说：“老爷，我也是为了成君啊……”

“住口！”霍光喝道，“你这是为了成君吗？你这是要害死整个霍家啊！”

“不管怎么说，请老爷无论如何先救下淳于衍，否则，大狱一旦用刑，她肯定招架不住，到那时她什么都会招出来，她一招供我们霍家就完了。”

“你也知道这会害了霍家，现在才知道怕，晚啦！”

霍显扯着霍光的衣袖不放，边哭边哀求：“老爷，老爷，我下次再也不敢了，求老爷帮帮显这一次。”

“还有下次？”霍光吼道，“这次就够灭九族的了！”

“我问你，你还有没有事瞒着我？”霍光又问。

霍显被霍光吓得一哆嗦，不知道他指的是什么，结结巴巴地说：“没……没有了。”

“到底有没有？”霍光不依不饶，“你最好一次说清楚，否则你死的时候我不会替你收尸！”

“我说，我说……”霍显连忙说，“其实……行刺你的事也是我安排的。”

“啪。”霍显话音刚落，一记清脆的耳光落在她脸上。

“你是嫌我活太长了是吗？”霍光骂道。

“老爷。”霍显捂着脸说，“我都是为了霍家啊，皇上迟迟不肯封成君为后，我就唱了一出苦肉计，皇上感念霍家，多半就会封成君为后，你看，成君不是顺利入宫了吗……”

“啪。”又一记耳光落在霍显的脸上，霍光怒道：“你还以为成君为后是你的功劳？那是迫于我在朝中的权势，我都这把年纪了，还能活多久？我一死，你看皇上怎么对霍家！你这个蠢女人！”

骂完霍显，霍光叹了一口气，颓然地坐在地上。

想他霍光精明一生，却娶了这么个浅薄的女人，霍家早晚要毁在这女人手里。

第二十九章 将门虎子

李飞和季桑从塞外回来，就直奔霍府。

袁槐既是霍光派来的，总得回来向霍光复命，即便图不在霍府，霍光也知道图在哪里。

季李二人当然不会大摇大摆地走进霍府，只在夜里偷偷上房梁打探。好在两人都曾来过霍府，大致了解霍府的地形，便偷偷来到霍光书房的房顶。霍光有晚睡的习惯，季李二人在房顶守到半夜，霍光和霍显的这番话被他二人听了个正着。

真是踏破铁鞋无觅处，得来全不费工夫！

他们苦苦追寻而不得的真相，不过是一个粗浅的妇人为了自己的利益而随意做出的决定！

李飞感到悲哀，而季桑却感到愤怒！

或许，在他们这些王公贵胄的眼里，这不过是一件权力斗争中微不足道的小事，但是季桑却因此失去了家庭，失去所有她在这世界上的亲人。

季桑手紧握着剑柄，将嘴唇咬得生疼。

李飞感到季桑在发抖，知她心中积郁着仇恨，连忙拉着她跃下房顶，奔出很远才停下来。

“我真怕你刚才一冲动跳下去将霍显一剑杀了。”李飞说。

“她该死！”季桑吼道。

李飞握住季桑的肩膀，安慰她：“我知道你恨她，只是现在还不是报仇的时候。我们不但要报仇，还要为淳于大哥洗刷冤屈，才能告慰他们的在天之灵。”

季桑“哇”地哭了出来。李飞竟不去劝阻，任由她哭着，她应是很久没这样哭过了，能哭出来，心中的悲伤会随着眼泪慢慢地流走。

天地之间，我们是如此地渺小，又能如何呢？李飞在心中叹道。

过了很久，季桑才止住了哭声，冒出一句话来：“我是不是很蠢？”

“啊？”李飞被她问得一愣。

季桑道：“窦泉的风寒根本就不正常，我早该想到是淳于衍！她医术高超，又跟霍府来往那么密切，我怎么就没想到她和此事有关？她若要配制一种能引发风寒症状的毒药，应该不是难事。怪只怪我自己蠢，还去找她。定是她将我的行踪告诉卫尉的。”

李飞连忙说：“这怎么能怪你，连淳于大哥都没猜到是她，你又如何能知？”

“不，是我的错！弋哥哥临死前曾跟我说淳于衍不可信。其实那时我还不大明白为什么弋哥哥说她不可信，现在终于明白了。这次若不是我亲耳听到，我定还会去找淳于衍。阿飞，你说我是不是很蠢？”

李飞将季桑揽入怀中，轻声安慰她：“不是你的错，不是你的错。”

忽然他像是想起了什么，对季桑说：“对了，我也想起一件事，你还记得我们曾去找过张禾吗？”

季桑说：“记得，怎么了？”

“张禾临死前曾说了两个字，一个‘走’，一个‘先’，我原以为他是让他的母亲和妹妹先走，现在我突然明白了，那个‘走’字的确是让他的母亲和妹妹先走，那个‘先’却不是‘先走’的意思，而是‘显’字，是‘显夫人’的‘显’字！是显夫人指使他们陷害淳于大哥！是显夫人指使淳于衍配制毒药毒死窦泉。张禾或是出于某种原因侥幸没喝到淳于衍配制的毒药，所以他有所警觉才要逃，而显夫人显然也是知道了张禾要逃才派人来杀他！”

这一切的幕后主使都是霍显！

可这有什么用？一切都太迟了。

“你怎么不早说呢？”季桑幽幽地说。

“若不是方才听到了真相，我无论如何都猜不出张禾所指竟是显夫人！”李飞抱歉地说。

“唉……不重要了。”季桑说。

“不，这很重要，我知道怎么去拿地图了。”李飞说。

虽然霍光严厉地斥责了自己的夫人，但事关霍家整个家族的命运，他又不得不为显夫人去收拾烂摊子。

第二天，他便给皇帝上了一道奏折，陈述许皇后之死实乃天命，并非人力所为，现有人重翻旧账，必定是为了扰乱朝廷，铲除异己。此人居心叵测，请皇上收回彻查旧案成命，严查此人，切不可让朝局陷入动荡。

皇帝看了霍光的奏折，顿时火冒三丈，怒不可遏。退朝之后，他将此折撕了个粉碎，心想，你霍光坏事做绝，还不忘在这儿充好人！

恨归恨，皇帝暂时也拿霍光没办法。

霍光从武帝时期就开始辅政，算上刘贺，他已经是四朝元老，他的势力在朝中盘根错节，若此时杀了他，朝廷定会掀起一番腥风血雨。

刘询这皇帝之位还没坐稳，若再有政变，霍光完全可以废了他再另立新帝。无奈之下，刘询强忍着怒气准了霍光的请求。

皇帝下令，所抓之人一律释放。

霍光再一次用他的铁腕镇压了皇帝“不听话”的举动。

表面看，霍光赢了，一代权臣的气势是如此地锐不可当！然而，俗话说得好，盛极必衰！

这或许是霍光最后一次展露他的铁腕了，因为，一颗仇恨的种子已经深深地种在了皇帝的心里。

霍光赢了官司却输了皇帝的心。

他已年近六旬，而皇帝刚过弱冠之年。

我可以等！刘询心中想道。

阿鲁图已从匈奴回来，顺着李飞留的记号很顺利地找到了李飞。

夜里，三人再次来到霍府高墙外，李飞只让季桑陪着阿鲁图在墙外放哨，并未让她跟着自己潜入府内，他担心季桑控制不住，会一怒之下杀了霍光或者霍显。

霍光还在书房里看奏折，他每天都睡得很晚。年纪大了，睡眠不好，他和显夫人早已分房睡，两人各有自己的卧室，有时看奏折看得太晚，懒怠动了，他也会在书房歇息。

子时将近时，霍光伸了个懒腰，才走出书房回自己的卧室，正准备上床歇息，忽听得有人喊道："霍大人，别来无恙啊。"话音一落，从门后走出一个人来。

霍光转身一看，是李飞，倒放下心来，并不声张。

"是你？你来做什么？"霍光问。

李飞哼了一声道："我是专程来道谢的。"

"道什么谢，我怎么不知道？"

"霍大人真健忘啊，你一路派人送我出长安，又'护送'我去马鬃山，你忘了？"

霍光哈哈笑起来："侄儿说哪里话，我亦是担心侄儿的安危。"

李飞道："既然霍大人不否认，那么我此次来的目的霍大人应该清楚吧？"

霍光冷哼道："我霍光做事向来敢做敢当。是我派袁槐半路劫道，地图如今就在我手中，你半夜来找我，恐怕就是为了这几张图吧？"

李飞道："霍大人明白就好，那我就不必多费唇舌了。"

霍光哼了一声，说："东西在我这里没错，但你找不到，我也不会把图交给你。"

“你就不怕我杀了你？”李飞怒道。

霍光却坦然地说：“我霍光也不是贪生怕死之辈。”

“倒是你……”霍光又说，“你可曾了解过你父亲真实的内心？你可知道你父亲为何要做这份图？难道真是为了留给匈奴吗？你父亲生就一颗汉人的心，我了解他，哪怕死了也不会改变！你若真的孝顺，就不应该来问我要东西！”

李飞原以为霍光只会专权弄势，没料到他竟还有几分骨气，倒愣住了。

其实霍光没说错，父亲所留遗言是要将图交给霍光的。若阿什阿罗无事倒也无妨，只是……他们现在还在乌齐手上，自己又怎能坐视不管？

犹豫许久，李飞才开口道：“霍大人，如果……我只是借用几日呢？”

几天后，三匹快马再次疾驰北上。

李飞让阿鲁图先去告诉乌齐杜哈，让他到受降城来。

不久后阿鲁图回来，说乌齐杜哈不愿去受降城，让他们到浚稽山去见他。

这个乌齐，又在玩什么花样？李飞心道，受降城就在汉匈边界，他为什么要舍近求远巴巴地跑到浚稽山？哦，是了，浚稽山靠近匈奴王庭，调兵更容易；再者，浚稽山于他来说“敌远我近”，一旦拿到地图，他就可以无所顾忌，而我们深入匈奴腹地，岂不是他想如何宰割便如何宰割？

嘿嘿！你想得倒好！

但只怕胆量还不够大，这点伎俩恐怕还算计不到我！李飞心想，不过，既然你怕我，那就给你点颜色瞧瞧，否则岂不是对不起你那份“信任”？

李飞随即带着季桑和阿鲁图掉转马头朝浚稽山而来。

到了约定地点，乌齐杜哈早已等候在了那里，他带了人马过来，站在他身后黑压压的一片。李飞大致目测了一下，有近千人。

而李飞的身后，只有季桑和阿鲁图两人。

两相比较，顿时显出乌齐咄咄逼人的气势。

先前在马鬃山，乌齐带了五百人来，却连图的边都没碰到，想来这次又加派了人手。

李飞嘿嘿冷笑道：“乌齐，你可真看得起我哈，摆这么大阵仗。”

乌齐吃过李飞的亏，不想和他去斗嘴，直接问道：“扎仆颜，东西可带来了？”

李飞扬了扬手中的羊皮卷，说：“喏，都在这里了。”

乌齐杜哈道：“那就别废话了，你给东西，我放人。”

说着他让手下人将郭什和范罗带上来。

李飞却不急，慢悠悠地说：“说实话，乌齐，我信不过你，你看你今日带了这么多人来，恐怕不仅仅是拿图这么简单吧？图一旦到你手上，恐怕你就要赶尽杀绝了吧？”

乌齐杜哈道：“那你想怎样？”

李飞道：“好说，好说！我这里一共有四卷羊皮，我扔一卷，你放一个人，人都过来后我全给你。”说完先扔了一卷过去。

乌齐手下将图捡起递给乌齐，乌齐展开，上下查看一遍，没发觉有什么异样，又看了看李飞，见他一副气定神闲的样子，便示意先将郭什放了。

郭什走到季桑跟前时，李飞又扔了一卷过去。

郭什被带走前曾见季桑倒在血泊中不知生死，此时见季桑无事，开心地冲着季桑喊道：“桑姐姐，你没事啦？”

季桑迅速用剑挑开郭什身上的绳子，扶她上马，一边说：“先上马，此处不是说话的地方。”

那边乌齐刚将范罗放出，还未等他走到跟前，季桑便下马去接应，挑开范罗身上的绳索，便拉着他迅速上马。

此时，李飞将最后一卷羊皮卷扔了过去，立刻掉转马头，领着四人策马狂奔。

转眼，李飞等人已策马奔出几里远，乌齐看着李飞逃命的架势，身后并没有人出来接应，猜测他应是没有埋伏人手，于是下令："追！追上了格杀勿论！"

李飞一边策马狂奔，一边对其他人说："跟紧我，上山！"又朝阿鲁图喊道："阿鲁图！"

阿鲁图会意，吹响一声长长的响哨，林中立刻钻出十几匹马来，也跟着他们一路狂奔，马背上驮的却不是人，而是沉甸甸的布袋子。

五人领着马群朝山上走去，李飞在一处山坡上停了下来，让另四人一同下马，将布袋卸下来，自己一边手上忙不迭地捯饬着布袋，一边对四人说："这里有五把小型弩机，射程和弓箭差不多，阿罗拿一把，阿桑常和祁兄在一起，应当略懂一二，拿一把，阿什和阿鲁图不熟悉弩机性能，负责装箭并居中策应，我守中路，阿罗和阿桑分守左右路。"

指挥停当，李飞又交代范罗和季桑："你们不常用弩机，箭矢要省着点用，我们要在这里坚持三天。"

五人便以扇形排开，各守其位。

不得不说此时李飞是真的很想念祁蓁，祁蓁无论是剑法还是箭法，都算得上当世绝顶高手，有他在，别说守三天，守上一个月都是绰绰有余。

李飞自己也不用弩机，祁蓁在时曾教过他使用方法，他其实用得并不顺手，但是弩机不用搭弓射箭，速度要比弓箭快许多，李飞虽用得不顺手，但他从小练习射箭，射箭的准头是有的，因此，他选择守中位，能够兼顾到左右两边。

乌齐领兵追到了山脚，当他们靠近时，果然只有李飞的中路能射杀敌人于百步之外，季桑和范罗百步射程内很难射中敌人，须得等到敌人靠近到十几步时才得以命中，只是这个距离靠得太近，早已失了先机，敌人几个箭步就能冲到他们跟前，郭什和阿鲁图更来不及装箭，无奈下，季桑和阿罗只能拔剑与敌人近身搏斗。

如此一来，体力消耗过快，乌齐只要发起几次冲锋，他们就累得筋疲力尽。

数次冲锋后乌齐也看出了门道——中路强，左右弱。因此他学乖了，调整了进攻路数，佯攻中路，实攻左右两路。如此一来，李飞便只能在左右两路疲于奔命了。

一天下来，五人都累得筋疲力竭。

然而这只是开始，要命的还在后头。乌齐带了一千人来，而李飞只有区区五人，再能守也有累垮的时候。乌齐将这一千人分成五队，每队二百人，每隔一个时辰换一次人，五队轮番进攻，日夜不休。

乌齐的士兵可以轮番休息，李飞等人却不能，两天下来，五人眼里都布满了血丝，似要喷出血来。

到第三天后，只有李飞还能勉强支撑，阿罗和阿鲁图支撑不住了，神情恍惚，开始出现幻觉，而季桑和郭什也好不到哪儿去。

第三十章 连弩再现

李飞等人已被困山上五天，山下的乌齐杜哈估计山上的几人应该已是强弩之末了，正摩拳擦掌准备上来活捉李飞。

一想到扎仆颜已是囊中之物，乌齐高兴得笑了出来，又恨恨地说：“哼！你终究还是落到了我手里！”

此时的乌齐正琢磨着用什么方法折磨李飞，好让他求生不得求死不能，出一口心中恶气。

山上的五人确实已经到了身体能支撑的极限，尤其是范罗，年纪最小，不像李飞那样有强大的毅力，此刻已是瘫软在地。

“飞哥哥，你不是说撑三天吗？这都五天了，还有没有人来救我们？”阿罗已精疲力尽，闭着眼睛有气无力地说。

“有有有。”李飞安慰道，“再等等，马上就来了。”

话虽如此，但李飞知道，他们不能再等下去了，因为，箭矢已经用完了，干粮只剩一天，如果再来一次进攻，他们就只能束手就擒了。

得冲下去，冲下去才有活路！

李飞正想着怎么突围出去，忽见山下尘土飞扬，抬眼望去，隐约见来人竟身着汉服，顿时欣喜若狂，叫了出来：“来了！来了！终于来了！”

李飞冲着他们喊道：“上马，冲下去！”

几人本已累到眼皮都抬不动了，被李飞猛地一喝，立时都清醒了过来，虽不知道发生了什么，但是知道李飞不会无缘无故命令他们，必是有他的用意。几人登时一跃而起，跨上马背，跟着李飞一道冲下山去。

乌齐杜哈确实料得不错，李飞等人已是山穷水尽，此刻正是收网的最佳时机，因此带着人往山上来，准备去接收胜利果实。

刚走到山脚，便突然看到身后尘土飞扬，乌齐一时也不知道来者何人。不过他感觉有些不对，因为自己没有发过调令，匈奴军队不会主动前来，而此时会出现在这里的，非友即敌！

乌齐杜哈在山下，李飞在山上，他不如李飞居高望远看得真切，只等来人走近些才看得清楚，只是，等他看清楚时，已是吓出了一身冷汗——来人竟是身着汉服！

大惊之下，乌齐立刻回过神来，命令士兵掉转马头对付山下敌人。

可惜仍是迟了，汉军已到眼前，把匈奴兵的队形冲散了。

被冲散的匈奴军裂开了一个缺口，这个缺口打开得很及时，李飞等五人正好往山下俯冲，正是趁着这个缺口冲出了乌齐杜哈的包围圈，与来的人会合。

走到跟前，郭什范罗几人才看清来人竟然是袁槐！

袁槐来得正是时候，不早不晚。

他带了两队人马前来救援，前队冲散乌齐的队伍，而后队运来了大汉的重型武器——连弩！

此时前队人马在乌齐队伍前绕了一圈，又完整地退回到后队的身后。

因为，连弩已准备就绪！

乌齐杜哈起先猛地被对方一阵冲杀，阵脚大乱，士兵被冲散到了四面八方，过了好一会儿才将他们集结起来。当他带着集结起来的队伍追过来的时候，他看到了赫然列在敌方阵前的重型连弩！

乌齐杜哈顿时吓得面如土色，当即下令：撤退！所有人立即撤退！

连弩之箭如狂风暴雨般射向乌齐部，来不及掉头的士兵已成片成片地倒下！

好不容易才集结起来的队伍顿时又乱成一锅粥，士兵们争先恐后地往回跑，相互踩踏之人不在少数。

趁着乌齐部溃退之际，袁槐李飞连忙带着众人向南撤退，一口气跑了几百里，一直走到离龙勒水五十里的地方才停下来休整。

终于有机会喘口气了。几日不眠不休，几人终于可以安心地睡上一觉。

一觉醒来，郭什就急急忙忙去找李飞。在乌齐大营里待了几日，连日来又疲于奔命，还没有机会和李飞说上话，况郭什是个心里藏不住话的人，她有许多话要说，也有许多疑问想问。找到李飞时，他和袁槐正在议事，郭什将李飞拉到一边，小声问道："飞哥哥，这人怎么会来？"说着指了指袁槐。

李飞故作神秘地说："霍大人派来的。"

郭什奇道："霍光？霍光为什么要救我们？"

"因为地图。"李飞笑笑。

"地图？什么地图？你先前不是给乌齐了……"

郭什见李飞说话只说半截，急道："飞哥哥，到底怎么回事？你快跟我说清楚。"

在郭什的催促下，李飞才将那日的情形说了出来。

原来，那日霍显和霍光的谈话被李飞听到后，李飞以此威胁霍光交出地图，那霍光倒也不是贪生怕死之辈，宁死不肯交图。这倒出乎李飞意料之外。

那日霍光对李飞说："我并非有意维护霍显所为，只因牵涉到整个霍家，不得已而为之。你虽知道真相，但并无证据，说出去未必有人肯信，莫说你拿此事要挟不到老夫，即便要挟得到，老夫又岂能任你摆布？何况此图关乎国家边境安危，我断不会交给匈奴人。你若不听我劝，大可现在杀了我。"

霍光能说出此番话来，李飞倒犹豫了。霍光此人虽私心很重，但在国之大事上倒也能坚持原则，还算条汉子。更何况父亲本就留有遗嘱将图交给霍光。

因此李飞才和霍光说要借图几天。霍光看了看李飞，似乎知道他的意图，便对李飞说："我知道你要图是为了救朋友，我倒有一法，你不必拿图去换，亦可救了你的朋友，你可愿听？"

若真能如此那是再好不过，怎么不愿意？因此霍光将计策说给李飞听，听得李飞连连称赞。

当日霍光派人找工匠仿制了几份羊皮卷，又找了技师将图临摹出来。乌齐杜哈又未见过真图，短时内量他看不出来！

霍光还派了袁槐来驰援李飞。只因袁槐要调拨人手，因此迟了些天。

只可惜，李飞原说是在受降城约见乌齐，受降城在两国边界，要调兵也容易些，因此袁槐只带了三百人来。后乌齐杜哈将地点改到浚稽山，袁槐不及调兵，连忙又从受降城赶往浚稽山。到得浚稽山，这三百人就显得单薄了些，好在他带了一队连弩，多亏了连弩队，才制住了乌齐。

听完原委，郭什恍然大悟，说："怪不得你要我们在山上坚持三天！我原先还怪你把图给匈奴人，不过现在听你说来，你给乌齐的图是假的？"

李飞道："地图是霍大人监制的，假不假我可不知道，但我估计不会有什么用处。"说完冲着郭什顽皮一笑。郭什会意，笑道："哈哈！飞哥哥现在也会糊弄人啦。"

李飞和郭什正说着话，只见袁槐过来找李飞，原来他们方才正在商量下一步往哪里走。郭什便识趣地走开了。

李飞心想，人马均是袁槐带来的，自己怎好越权？他虽有心相问，终究不是自己的人，若众将不服，反倒不妙。于是李飞对袁槐说："袁兄有什么高见？"

袁槐性子直爽，并不知李飞心思已转过了九转十八弯，直言道：“在下并非行伍出身，行军打仗非我所长，李兄有什么想法尽管说，不必客气。”

袁槐态度谦恭，并非惺惺作态之势，李飞当下也释怀，从怀中拿出地图，指着一处说：“我们有两条路可以走，一是过龙勒水，一直向南到达遮虏障；二是向东走，经鞮汗山到达遮虏障。第一条路，过了龙勒水就是一片平坦之地，乌齐手下全是轻装骑兵，而我们有弩机辎重，这片地域不利于隐藏；若是选第二条路，过了一带丘陵便是上百里沼泽地，人马辎重都会陷在沼泽地里。”

袁槐问道：“既然两条路都有不便之处，那么以李兄之见，我们应当如何？”

李飞指着地图说道：“以在下之见，先渡过龙勒水，南行两百里，便可绕过沼泽地，再向东南方向行军一百里，便可到达鞮汗山。此行阻碍虽少，但多走了许多路，我们有辎重，而乌齐部全是轻骑，速度比我们快。我们若想活着回去，首先箭矢要充足，另外，这一路我们不能再休整，须得一口气奔到鞮汗山。”

袁槐道：“箭矢大约还剩一万支，三四天总还够的，若路上不停留，大约够用了。”

李飞道：“如此甚好。”

袁槐拱手施一礼，道：“一切听李兄的安排。”便准备去安排各事项。

李飞忽又叫住了他，凑近耳边神秘地问：“袁兄想不想立功？”

袁槐不知李飞所指为何，疑惑地看着李飞：“李兄有话请直说。”

李飞指了指地图上的一角说：“你看，这里有一片树林，我估算过，以我们的行军速度和乌齐骑兵的速度，他大概会在这里追上我们。”李飞指着树林前方的位置说。

“然后呢？”袁槐还是不明白。

“若是我们事先将弩机埋伏在树林里，一旦乌齐的骑兵进了树林，是不是就不太好出去了？”李飞说完还朝袁槐挤了挤眼。

不过袁槐似乎还是不太明白，又问道：“可是他明知树林不利于骑兵，为什么还要进树林？”

李飞在心里暗骂了句“笨蛋！”心道：你说你不善行军原来不是谦虚，看来是真的不会。接着又向袁槐解释道：“乌齐这个人我很了解，给他一点诱惑他立刻就会上钩。”袁槐终于听懂了——李飞是要将乌齐诱到树林里截杀。

这边乌齐被汉军杀了个措手不及，又让李飞跑了，恼羞成怒，回去又点了一千兵马追了过来。

汉军这边，袁槐已如李飞所言将人马隐蔽到树林中。李飞让袁槐带着弩机手守在树林入口处，袁槐的两个副手袁羽和袁田分两队人守在山路入口，一旦乌齐部进入山路便截断他们的退路。自己则带着阿鲁图等四人出去诱敌。

李飞带上了弩机，守在小山丘上等着乌齐人马的到来。

夜幕时分，乌齐部果然出现了，李飞朝先头部队放了一箭，接着季桑和范罗从左右两侧各放了一箭。箭矢虽未杀伤人马，先锋部却意识到前方有埋伏，当即派人搜索。

李飞几人将所带箭矢放完，便让阿鲁图放出事先准备好的几十匹马，李飞等人在前面领着马群奔跑，一时间尘土飞扬，乌齐部也搞不清前方到底有多少人。

乌齐杜哈见前方烟尘滚滚，并不知对方来了多少人，但心想李飞肯定在其中，便下令追赶。

追出了几里远，乌齐猛然想到：扎仆颜诡计多端，此番会不会又是疑兵之计？我且不追，看他如何。便令部众停止追击，原地待命。

这边李飞见乌齐果然疑心，向阿鲁图递了一个眼神，阿鲁图即驰回袁槐处，袁槐见阿鲁图返回，便知计策已成，遂下令后队从后方进击乌齐部。

霎时烟尘滚滚，两军又杀将在一处。乌齐杜哈不知汉军连弩队是否在此，不敢恋战，且战且退，退到树林边，乌齐一看前方有隐蔽之处，心下大喜，命令部队进入树林隐蔽。

此举正中李飞下怀！

只听李飞一声哨响，袁槐立即下令放箭！

乌齐杜哈部刚进入树林，迎接他的就是狂风骤雨般的箭矢，方才知道中计了，当即又命令撤出树林。

进来容易，出去哪那么容易？后路已被袁羽袁田截断，两千人马被困在狭窄的山路中动弹不得。乌齐因在后队，没有进入树林，但是袁槐当机立断，命令将连弩机推出树林，将匈奴人就地射杀！

乌齐部前有攻击后有追兵，进退不得。

只可惜，守在山路口的汉军只有一百多人，路口虽容易守，奈何匈奴军处在死亡当口，退后必死无疑，不如拼死一冲！因此都拼死冲了出去。

这一仗，匈奴伤亡五百多人，汉军伤亡五十六人。

这一战后，所有人都对李飞刮目相看。尤其是范罗，简直崇拜到无以复加，每天如影子一般跟着李飞，要李飞一定要答应他，将来李飞做了将军要让他做个前锋。李飞被他缠得心中烦躁，敲着范罗的脑袋说：“你整天都在想些什么？你知道我不喜欢朝堂纷争。你看看我们李家的下场，我不想再重蹈覆辙。以后莫要再提此话！”

阿罗将脸凑到李飞跟前说：“飞哥哥，你不做将军可惜了，你就当是为了我行不行？”

“嘿嘿，不行！”说完李飞撇下阿罗去找袁槐去了。

“哎……袁兄！”李飞见到袁槐，拱手施礼。

“李兄，叫我袁槐吧。”袁槐拱手还礼道。

经此一役，袁槐对李飞的态度已大有改观。

“既如此，恭敬不如从命了，袁槐兄，叫我阿飞即可。”

袁槐忍不住笑了出来，道：“阿飞，找我何事？”

李飞又神神秘秘地凑近袁槐耳边说：“我这里还有奇功一件，你感不感兴趣？”

袁槐疑惑地看着李飞，这回倒不是怀疑他的能力，而是心下好奇，不知道他又要搞什么幺蛾子。此人七窍玲珑，鬼点子极多，确是个人才，难怪霍大人都对他另眼相看。因问道：“什么奇功？”

李飞做了一个抹脖子的动作。袁槐吓了一跳，说：“这可有点危险，我们虽有连弩，但箭矢也不是用不完的啊，况且带着这些辎重也跑不快，万一算计乌齐不成反被他咬一口，我们可都跑不掉。再说了，乌齐吃了那么大亏，不跑回家去还追我们干什么？”

李飞摇摇头说：“你不了解他，我和他从小一起长大，他从不吃亏，这次吃那么大亏，他岂肯罢休？”

袁槐仍是一副难以置信的样子。

李飞笑着拍了拍他的肩膀说：“别怕，他肯不肯追，那就要看我们给他的诱惑够不够大。”

“又要诱敌？他虽折损很多，但我们也只有二百来人，埋伏都不够，你要怎的？”袁槐道。

李飞道：“你只需给我二十个人，剩下的你带走，到指定地点埋伏，其他就不用管了。”说着低声耳语一阵，袁槐听得直点头，等李飞说完，也就不再反驳，带着人马准备去了。

第三十一章 狭路相逢

三番五次中了扎仆颜的圈套，乌齐杜哈当真怒到了极点，恨得牙痒痒，恨的是每次见到扎仆颜都被他耍得团团转，更恨的是奈何不了他。

乌齐杜哈垂头丧气地回毡帐，只能拿东西撒气，帐篷里的东西被他摔了一地，仍不解气。他实在想不通，扎仆颜到底有什么妖法，为什么每次都让他灰头土脸落荒而逃。

方才鞑胡劝他收兵，被他劈头盖脸一顿臭骂，讪讪地走了。他也想收兵，他不去追扎仆颜就好了，若没有白天那一战，他大可带着地图回去邀功，更能显出他大人有大量，不跟扎仆颜那小子计较，可如今要收兵，自己的脸往哪里搁？说自己两千人被两百人打得落荒而逃跑回来的？想想都觉得丢人。

乌齐正独自喝着闷酒，鞑胡又进来，向乌齐报告说粮草被烧了。

“什么？”乌齐跳了起来，将手中的杯子摔到地上，咬牙切齿地说，“扎仆颜，你不要欺人太甚！”

走出营帐，只见火光冲天，乌齐一边命人去救火，一边亲自带人去追。

乌齐原本不用亲自来追，只因在气头上，无处出气，骑了马便追了出来。乌齐杜哈此时一心想抓住扎仆颜，心无杂念，只顾打马狂奔，竟让他追上了其中几人，正要让部下前去捉拿，回身一看，身后哪里还有人？原来这乌齐只顾着追赶，竟把随从甩得老远。

乌齐仗着箭法好，搭弓射箭，两三箭便放倒了两三个人，待到随从追上他时，最后一个也被他制服了，随从赶到，将唯一的活口带回了营帐。

回到营帐一看，这带回来的人竟是阿鲁图！阿鲁图为李飞去送过信，是以乌齐认得。

乌齐气不打一处来，用匈奴语骂道："你一个匈奴人，为什么帮着汉人？"阿鲁图吓得不敢说话，缩成一团躲在角落里，乌齐看着就来气，挥起马鞭在阿鲁图身上狠狠地抽着。阿鲁图疼得哇哇大叫，开始求饶道："别……别打了。"

"说！你为什么要这么做！"乌齐杜哈吼道。

"他……他给我钱，并且答应到了长安让我做官。"

乌齐杜哈打累了，又继续骂道："一点点好处就能让你出卖自己的国家，没有半分骨气！你知不知道，我现在就可以杀了你！”

阿鲁图急忙求饶道：“别别别……我也被扎仆颜骗了。只要你肯答应不杀我，叫我做什么我都愿意。”

乌齐杜哈冷哼道：“贪生怕死的家伙！说，扎仆颜去哪儿了？”

阿鲁图双眼滴溜溜地转着，似乎在犹豫该不该说。

乌齐杜哈举起鞭子喝道：“快说！不然我现在就杀了你！”阿鲁图吓得连忙说：“别杀我，我说，我说。”

“他们总共就两百人，是霍光为了笼络扎仆颜而借给他救人的，既然人已救出，袁槐已带着连弩队回汉复命去了。扎仆颜怕你追着他不放，因此放火烧了你们的粮草，没有了粮草你们便无法追击。因我会说匈奴语，他们利用我混进军营里，说事成之后会在长安赐我田地良宅，从此我就可以在长安生活。”

“没用的废物！”

第二天，乌齐依旧带上人马，继续去追李飞，倒不完全是因为阿鲁图的这番话本身，而是这番话让他更坚定了要活捉李飞的决心。

此时乌齐杜哈想要活捉李飞的心比任何时候都强烈，

不仅仅是因为面子，而是，他咽不下这口恶气！

乌齐带着剩余的人马追出了一百多里，终于在鞮汗山脚下追上了李飞。

此时李飞的身边只剩下了季桑、郭什、范罗、袁羽和袁田，乌齐杜哈若是一鼓作气将李飞等人包围起来，他们此时怕是插翅也难飞。只是乌齐吃了李飞多次亏，心中顾虑，未敢靠得太近。

李飞几人身上只带了一把手持式弩机，而乌齐杜哈部已慢慢包围了过来，再有一会儿就进入弓箭手的射程范围。

匈奴勇士的弓箭手一旦搭弓，那可不是闹着玩的，到时候众人恐怕都会被射成筛子。

袁羽和袁田相互使了个眼色，对李飞说：“大哥交代我们一定要护将军周全，如今追兵将至，请将军先走，我们断后。”

李飞知他二人此刻是以性命护他安全，实是不忍，但是战机稍纵即逝，能多得一刻便又多一分胜算，因此无暇顾及旁的，只嘱咐他们道：“你二人不可恋战，记住，到鞮汗山会合。”

二人道声“明白”，便分头走了。

幸亏袁槐坚持让李飞留下袁羽和袁田，否则李飞真危矣。二人扮作李飞的模样，让乌齐部分兵追出了一段距离，李飞才得有喘息之机。

乌齐原本对阿鲁图的话仍存有疑虑，并不敢十分猛追，追出一百多里，不见有汉军埋伏，才信了阿鲁图说的汉军已回朝复命去了，这才肆无忌惮起来。

在包抄李飞的过程中，弓箭手射中了李飞一箭，只见他趴在马上不再动弹。乌齐见李飞中箭，精神大振，命令要抓活的，自己拍马当先追了上去，乌齐部将士见主将一马当先，精神大振，都争先恐后地追了上来。

乌齐的马离李飞只有几十步之遥了，眼看乌齐就要追上李飞，却见驮着李飞的马拐进了山谷之中，乌齐尾随进入山谷后，李飞忽然坐了起来，接着吹了一声响哨，响彻整个山谷。

哨声过后，山上顿时落石滚滚，乌齐部士兵和马匹被落石砸死砸伤无数，没有被砸到的多半也被受惊的马踩死。

受惊的马匹和死伤的士卒众多，一时间，哀号声响彻山谷。

又是扎仆颜的诡计！然而乌齐杜哈此刻再没有余心去恨扎仆颜了，带着士兵想要退出山谷，却哪里能够？山谷进退之路已经被连弩队给封死了。

这一次，李飞做了充分的准备，没有再让匈奴人逃掉。

乌齐部一千五百人，全部葬身在了山谷。

山谷的另一端，李飞看着乌齐杜哈在他眼前倒下，已身中数箭的乌齐杜哈在倒下前看到了李飞，他瞪大双眼，看着眼前这个每次都近在咫尺却永远触及不到的人，眼里充满了愤怒和不甘心。

李飞有些于心不忍，背过身去不再看乌齐，但是他明白，乌齐不能活着回去！他对自己满怀恨意，他若不能抓住自己泄愤，必会将所有恨意发泄在自己的两个哥哥身上。

所以，对不起，乌齐，为了扎仆罕和扎仆烈，我不能留你在世上，李飞心道。

结束了吧？这些是非恩怨，应该可以结束了。

第三十二章 既定婚约

再次踏进大汉的土地时，阿鲁图已经在汉界上等着李飞了。

李飞露出一个灿烂的微笑，上前紧紧地抱着阿鲁图。

过了遮虏障，袁槐要回去复命，就不再与李飞同行了。经过这些日子的相处，两人都生出相见恨晚、惺惺相惜的感觉，尤其是袁槐，分别时显得依依不舍。

“阿飞，你不和我一起去见霍大人吗？”袁槐问李飞。

“此番就不去了，代我向霍大人问好。”

“可是，临走前霍大人特别吩咐，回来时要带阿飞你一同去见他。”袁槐道。

李飞心知霍光是想留他在朝为官，但是自己无意官场，况且季桑和霍光霍显有仇，着实不方便前去，便对袁槐说：“多谢霍大人好意，只是李某无意于官场。”

袁槐知他为人，也就不再勉强，拱手道：“如此，我们有缘江湖再见吧。”

李飞拱手还礼：“有缘江湖再见。”

望着袁槐渐行渐远的背影一直到消失不见，李飞才回过头来问季桑：“阿桑，你往后有什么打算？”

季桑低头不语。

李飞以为她仍在怪自己，问道：“你是不是仍在怪我不让你杀霍显？”

季桑幽幽叹了口气道：“不是，一开始我的确很想杀了霍光霍显，只是现在，我不能杀了他们。”

“为什么？”李飞问道。

季桑道：“我自然恨不得他们立刻就死在我面前，但是，我若杀了他们，岂不是坐实了弋哥哥的罪名？”

李飞亦叹气：“你说得没错。”

季桑道：“弋哥哥虽死，罪名却没有洗脱，我不杀她，她也不能好过，霍显谋害许皇后，皇帝又怎会放过她？”

“你不去报仇，那你打算去哪儿？”李飞问。

“去找淳于衍。”季桑说。

“我陪你去。”李飞道。他知道，淳于衍是她的另一个心结。

“你干吗要陪我去？你不是应该陪阿什回南郡吗？”季桑说。

郭什见李飞一路上都在和季桑轻声细语地说着话，语气很是亲昵，不觉又生醋意，走上前推开他们俩，说：“去去去，你们要去哪儿一边商量去，别挡我们的道。”说着拉起范罗就走。

郭什阴阳怪气地说话，李飞知道她又生气使小性子了，便不再同季桑说话，拉着季桑和郭什一起走。

其实季桑本不欲来南郡，阿飞此间事了，她也算还了所欠之情，是该离开了。只是李飞怕她孤单，坚持要和她一起去找淳于衍，才将她留下。其实李飞让季桑来南郡亦是有自己的私心，因为在这里，能称得上是亲人的只有郭什、范罗和范叔叔，范叔叔是长辈，他想带着季桑一起去祭拜范叔叔，这样一来也算是带季桑见过长辈了。只不过季桑和郭什都不知道他此番心意，若是得知，季桑如何肯来，郭什更不用说了，必是要闹上一番。

回到南郡，四人先到范清渠坟前祭拜，各人均上过香才回到范家。

夜里无事，李飞便坐在院子里看星星。

阿罗见四下无人，来到李飞身边坐下，悄悄问道：“飞哥哥，你什么时候和姐姐成亲？”

李飞被阿罗这突然的一问吓得蹦了起来，惊道：“什么？和谁成亲？”

“当然是我姐姐呀！”

“我干吗和你姐姐成亲？”

范罗一本正经地说：“爹安排的啊。”

“胡说，范叔叔安排的我怎么不知道？”

范罗又凑近李飞一些，压低声音说：“是真的，你想想，当初你要去找地图，爹为什么不让我去，而让姐姐跟你去？当然是因为他把姐姐许配给你了。”

李飞狐疑地看了阿罗一眼，阿罗很用力地点了点头，表示他所说的都是真的。

过了一会儿范罗又说：“其实姐姐早就知道了，你有没有发现只要你一和季桑姐姐说话，姐姐就很生气？”

李飞看范罗一脸认真的样子，无从反驳，好半天才嘟嘟囔囔地说：“我把你们当自己的家人，这感觉像是娶自己的妹妹，多尴尬。”

“哎，不对啊……”范罗还想解释什么，李飞却连忙起身走了。

李飞不知道，方才那番话已被郭什听了去。方才郭什来找李飞，看到他正和阿罗说话，便驻足聆听，李飞所说，被她听了个真切。对于伯伯让她和飞哥哥北上之意，郭什是早已知晓，这一路上自己如妻子一般照顾他，而李飞却从来不解，自己只当他是未了解伯伯的意思，到了成亲之时自然会明白，谁知，他不是不明白，是根本就不喜欢自己！想着想着，不禁伤心地哭起来。

季桑听到郭什在哭，以为出了什么事，过来询问郭什：“阿什妹妹你怎么了？”

郭什此时正在气头上，谁来都会受她一顿气，更何况是季桑。郭什心想若不是因为你，飞哥哥怎么会移情别恋！何苦现在又来惹我！正是没处发的怨气都发到季桑身上：“是你！你来做什么！都是因为你，飞哥哥才不喜欢我，为什么男人都喜欢你！我讨厌你，你走，我不想看到你！”

季桑被郭什莫名一顿数落，心中甚不是滋味，回到房间，辗转反侧难以入眠，心想，郭什妹妹恼我，定是误会我了，我在这里终究不合适。

第二天一早季桑便自行离去了，也不和李飞告别。

李飞照例去敲季桑的门，却无应答，推门进去一看，人已不在，桌上只留几个字：吾去矣，勿寻，勿念。

李飞不知道季桑为什么离开，放下字条就要去追，恰巧郭什经过，将他拦在门口。

“你干什么去？”郭什问。

“阿桑走了，我去找她回来。”李飞道。

郭什怒道："她走了关你什么事？你是她的什么人就要去找她？"

"朋……朋友。"李飞顿时心虚起来。

"什么朋友让你这么紧张！"郭什又说。

"不……不是，我……只是找她回来。"说着李飞抬脚又想走。

"不许去！"郭什大喊了一声。

李飞抬起的脚又慢慢地放了回去。

郭什呜呜地哭了起来，质问李飞："你是不是不喜欢我？"

"不……不是。"李飞又结巴起来。

"你是不是喜欢季桑？！"郭什又厉声问道。

"……"李飞不知道说什么才好。

郭什一直在哭，李飞不能扔下她不管，只好留了下来。

可是接下来的日子却过得很尴尬，他不知道该怎么面对郭什，不知道该跟她说什么。

李飞与郭什制造出来的奇怪气氛连阿鲁图都察觉到了，虽然阿鲁图不懂男女之情，可是他的哥哥看起来总不如以前那么自然，自己看着都觉得很别扭。因此他要不就是闭门不出，要不就是偷溜出去一整天不回来。

其实最难受的还是李飞，他既不能躲出去，也不知道和郭什说什么。大多数时候他都故意拿阿罗打趣，用来逃避和郭什说话。刚开始阿罗还陪着他玩笑，次数多了阿罗也不乐意了，看到李飞就跑，到后来干脆带着阿鲁图到外面去疯玩，从早到晚都看不到人影，留下李飞和郭什四目相对。

终于有一天郭什也厌烦了，跑去质问李飞：“你是不是喜欢季桑？”

李飞深吸一口气，心知他再不能逃避，于是挺了挺腰板，坚定地答道：“是！”

其实郭什何尝不知道答案？只是不死心罢了，只要李飞一日不承认，她就可以永远当作不知道他的心思。可自己又忍不住去问，当她从他口中听到答案，又忍不住伤心，掩面哭了起来。

李飞轻轻拍着她的肩膀说：“别哭，你一哭我就不知道怎么办了。好阿什，我永远都是你哥哥。”李飞本来是想安慰她，可这么一说她哭得更凶了。

“我才不要你做我哥哥！”郭什大声说道。

停了下，她又说：“你喜欢她，她喜欢你吗？”

李飞叹气道：“我知道，她的心里已经有了两个人，或许再也不会有我的位置，可是我就是想待在她身边，看着她，保护她，我就知足了。”

李飞说出这番话来，郭什是真的受伤了，如果刚才只是气恼，那么现在就是在伤口上撒盐。郭什觉得有些心酸，酸得有些发疼，他从没有用那种眼神看过自己，也没有说过那么深情的话。她知道自己留不住他了。

“你走吧，去找她。”郭什淡淡地说。

“啊？”

郭什态度变得有些突然，李飞不知道她在想些什么，他也不必知道。因为，即便他知道，他也做不了什么，倒不如不知道的好。

走吧！再留下来不过是徒增两个人的烦恼。

第二天一早，李飞带着阿鲁图走了，同样也没跟郭什告别。当那排小木屋快要消失在视线中的时候，李飞还是忍不住驻足回望了一下。

阿鲁图小声地问了一句：“哥哥，我们真的不跟阿罗和什姐姐道个别？”

“不必了。”李飞淡淡地说。

而在小屋里，同样有两双眼睛默默地注视着他们离去。

阿罗同样也轻声问郭什：“姐姐，我们要不要追上去？”

“不必了。”郭什也同样淡然地说，“他的心早已不在这里，留又有何用？”

阿罗却说：“我倒是挺舍不得阿鲁图的，他打猎可是一把好手，那天我们去追兔子……”突然发现郭什正用眼睛瞪着他，连忙住口。

“我是说……我是说……”阿罗想解释，又不知道要解释什么。突然，“啪”的一声，一巴掌落在头上，阿罗捂着头嚷道：“姐你打我干吗？”

“你就知道玩！”郭什说着又哭起来。

范罗知道姐姐是因飞哥哥的缘故，心中难过，便故意说一些玩笑话来逗她：“姐姐，你别难过，飞哥哥也没什么好的，以我姐姐的花容月貌，一定能找一个比他好十倍的。”

郭什听了破涕为笑，也知他拿自己打趣，又一巴掌扇过来，说：“你姐姐我谁也不嫁！”

第三十三章 月照花林

离了南郡，李飞就直奔长安而来。

他不知道她去了哪里，最有可能的是长安，她不会去找霍显，但一定会去找淳于衍！

到了长安，李飞径直来到淳于衍的住处。淳于衍此人看似忠厚老实，实则阴险狡诈，为了一己私利将族弟害得家破人亡，说到底，祁蓁也是间接死于她手，即便季桑不来找她，自己也会来找她！

李飞来到淳于衍的住处，敲了几下大门，便有人来开门。李飞二话不说，抬脚踹开两个开门的下人，提着剑便直冲进淳于衍的厅堂。家中仆人本想阻拦，都被李飞一脚一个踹飞老远，也有一些胆大的上前来，李飞挥剑架到他脖子上，便也吓得不敢说话了。

李飞对余下众人说：“叫淳于衍出来！快滚！”

众仆人都吓得四散逃去，早有人去禀报了淳于衍。

淳于衍刚出诊回来，正在内室更衣，听到外面乱糟糟的吵闹声，便问奴婢是怎么回事，奴婢出去一会儿便来禀报，说家中闯进来了一个凶神恶煞的人。

淳于衍急忙出来看，见是李飞。她曾为李飞治过伤，识得他是劫狱的人之一，便知来者不善，定然又是为了淳于弋的事来的，自己做了亏心事，拔腿就想跑。李飞眼快，一眼瞅见了淳于衍，一个箭步上前把她抓了回来，将剑架在她脖子上，冷冷地问："你就是淳于衍？"

淳于衍结结巴巴地说："不……不是……"

"到底是不是？"李飞喝道。

"是……"淳于衍无奈地答道。

李飞一把将她扔到院中，说："你怎么还活着？"

淳于衍一听他话里有话，吓得哆嗦起来，以为李飞要杀她，连滚带爬到李飞脚下，抱着李飞的大腿求饶："大侠饶命，大侠饶命！"

李飞鄙夷地将她一脚踢开，说道："你这样的人，杀你都怕脏了我的剑。"

"我问你，季桑有没有来过？"

"来……来过。"

李飞冷笑道："来过你还活着？"又喃喃自语地说："看来阿桑还是念旧情不忍心杀你。"

李飞又道："哼！她下不了手，我却下得了手！"

李飞提剑就要杀了她，淳于衍吓得捣蒜似的磕起头来，求饶道："别杀我，求大侠别杀我，我家里有钱，你要多少都可以。"

李飞冷哼道："你以为人人都像你这么爱钱吗？"

"是是是……"淳于衍干笑着说。

"季桑去了哪里？"李飞问道。

"这我就不知道了，她也不会跟我说。"淳于衍故作委屈地说。

的确，季桑能饶她不死已是不易，又怎么会告诉她自己去哪儿了？

李飞知道，淳于衍能说的都说了，有些事情她也知道，但是他不想再问，除了徒增伤痛之外没有任何意义。

淳于衍此人，既然阿桑留她一命，那便让她苟活着吧。此人看着着实让人厌恶，于是他便出了淳于府。

李飞漫无目的地在街道上走着。

她来过了，又走了。

她没杀淳于衍，是放下仇恨了吗？

人海茫茫，却去哪里寻她？

出了长安城，李飞也不知该往哪里去，一路魂不守舍，任由马儿自己走着，不知不觉来到了华山脚下她曾经住过的那间屋子。

屋子已经破败不堪了。那个风雨交加的夜晚，他不在这里，只是从阿什的描述中想象，那场厮杀一定很惨烈。

李飞默默地拾起地上的碎砖头、碎木头、碎瓦片，开始修葺这间破屋子。

一个月后，屋子重新整洁了起来。李飞又给淳于弋、赵氏、祁蓁立了墓碑。

至少，他们有个魂归之所，不用在无尽的黑夜中流浪，李飞心想。

这天，他提了两壶酒来到坟前，将其中一壶倒在祁蓁的墓前，然后靠着祁蓁的墓碑坐下，一边一口一口地喝着另一壶酒，一边开始絮絮叨叨地讲着往事。

“祁兄，我心里有很多话，不知道该向谁去说，这些话或许也只有你才能听得懂吧？

“我们第一次相遇时，我问你去做何事，你说去寻一个人，那时我虽不知道你寻的是阿桑，但我知道你要寻的定是一个不同寻常的人。后来我知道了，你找的就是阿桑，你很喜欢她，只是你不敢表露。

“有一件事你一定不知道，我在华山上见过一个姑娘，我见她时她正在华山顶上练剑，一袭白衣，胜似白雪。她那时翩若惊鸿、宛若仙子，我正看得痴，她却不见了。我遍寻华山也寻她不到，真正是好不失落。后来……后来，就是在这间小屋里，我又见到了她。哈哈哈……祁兄你该猜出她是谁了吧？你我引为知己，从未隐瞒过任何事，只有这一件，我未向祁兄提起过，希望祁兄莫怪……”李飞喝了一大口酒，仰天大笑，笑过之后就开始哭。

“她不但是你的朋友，还是你的心上人。那时我很失落，很失落……后来我想，也好，只有你这样的风流人物才能配得上她，你们，其实很好！谁知造化弄人，你和淳于大哥竟同时离去……

“造化弄人！不但你和淳于大哥不见了，阿桑也不见了……”李飞此时已喝得酩酊大醉，抱着祁蓁的墓碑放声大哭。

“祁兄，你若能听见，告诉我要不要去寻她？又该上哪里去寻她？”

李飞在祁蓁墓碑前一会儿痛哭流涕，一会儿含糊不清地自言自语着，渐渐地睡了过去。

第二天醒来的时候，李飞发现自己躺在床上，想坐起来，却觉得头很痛。转头看见阿鲁图坐在床边。

李飞便问："我什么时候回来的？"

阿鲁图道："你哪里是自己回来的？是我把你背回来的。"

李飞"哦"了一声，起身要下床。

阿鲁图却突然问道："哥哥，我们去找桑姐姐吗？"

李飞还没回过神来，摸着疼得要裂的头说："哪个桑姐姐？"

"还能有哪个桑姐姐？你昨晚念了一夜的那个。"阿鲁图说。

李飞顿时脸红起来，敲着阿鲁图的脑袋说："你偷听我说话！"

"你嗓门那么大，还用偷听吗？"阿鲁图辩解道。

五年后。

两个年轻人来到代郡桑县一位富翁家里吃酒席。这位富翁在当地颇有势力，今天是他六十大寿，家里人为表示富翁乐善好施，请了全村的村民来吃酒席，并请了当地一个有名的说书人来说书助兴。

那说书人是个须发皆白的老者，年纪已经很大，却是精神矍铄，声音洪亮。

只听那说书人道：“我们代郡啊，那是个人杰地灵的地方，尤其是我们桑县……”

底下有个年轻人不服气，笑了起来：“老头你在胡吹吧，我在桑县活了二十多年，怎么不知道桑县人杰地灵咧？”

说书人也不理会年轻人的取笑，问道：“桑干河知道吧？”

年轻人说：“我们桑县的河，那谁人不知？”

老者又问：“那你可知桑干河的源头在哪里？”

年轻人道：“那可不知了。”

老者才慢条斯理地说：“传说桑干河的源头住着一位仙子，这位仙子极其美貌，任何人见到她都会终生难忘。她时隐时现，走路时像轻云笼月，舞动起来又像流风回雪，没有人见过如此轻盈的舞姿。听说曾有一次她在月圆之夜舞剑，月亮见了她竟羞愧得慢慢向西隐去了，因此，人们称她为‘落月仙子’。”

年轻人听得如痴如醉，露出向往的神情，喃喃道：“但愿此生得见仙子一面。”

老者呵呵一笑，继续说道：“仙子居住深山，从不外出。虽然如此，她却锄奸扶弱，护佑百姓。有一日，有位猎户进山打猎，途遇猛虎，猛虎饿急了，朝着猎户就扑了过去，那猎户怎能抵挡猛虎的爪牙？眼看就要成为猛虎的盘中餐。就在猎户命悬一线的时候，突然，一道白光从天而降，一位白衣仙子手持长剑，以电闪雷鸣之势将猛虎毙于剑下。那猎户才得以从虎口脱生，连忙磕头谢恩，等到猎户抬头一看，仙子早已不见踪影。”

说到这里，老者顿住了。那年轻人正待听后事如何，见老者半天不讲，怪道：“你这老头，怎么话说一半？那猎户可曾见着仙子面貌？”

老者捋须笑道：“那老朽就不知了。你自问猎户去吧。”

说书老者走后，众人都散了。却有两个年轻人循着桑干河一直走，一直走进了大山里。

两个年轻人在大山里一直走着，渴了喝溪水，饿了便以猎物为食，走了月余，才看到大山深处有间屋舍。年纪稍长的年轻人像捡到宝一样朝小屋奔去。

这间屋舍很特别，其布局和华山脚下那间小屋一模一样！那年纪稍长的年轻人悄悄走进屋子，屋子里没人，却能听到一阵剑鸣风声，走到屋后，见是一位姑娘在练剑。

姑娘的一袭白衣是那样熟悉，她手中的那把剑光芒四射，年轻人仔细一看，正是祁蓁的那把落月剑！

那年轻人不是李飞是谁？

李飞道不清此时的心情是喜是悲，只觉泪水已模糊了双眼。他缓缓走进屋子，生怕眼前的一切都是幻象。

“阿桑。”他轻声呼唤道。

季桑回过头来，李飞终于看清她的脸，确认这不是梦境。

“真的是你。”

李飞飞奔过去，一把将她揽在怀中。那瞬间，所有的心酸都化成了此时的两行热泪。

“阿飞。”她轻轻喊着他的名字。他将她抱得更紧。他在啜泣着，她能感觉到他的身体在微微地颤抖，于是她将手放在他的后背轻拍着，像在安慰一个孩子，也任由他像个孩子似的哭泣。

阿鲁图远远地望着这一对璧人，识趣地走开了。

许久许久，李飞才将季桑松开。

“桑儿……”他突然换了对她的称呼。

“嗯？”

“你为什么不辞而别？你知不知道这五年我一直在找你？”

“你为什么要找我？阿什本就误会我……”

“没有误会！”李飞突然打断她的话，激动得大叫起来，“没有误会！她说的是真的，我喜欢你，难道你感觉不到吗？”

季桑低下头，嗫嚅道：“阿什是个好姑娘，况且你和她有婚约……”

李飞道：“那是范叔叔安排的，我并不知道他的用意，我若早知道范叔叔是这样的意思，断不会同意。”

他顿了下又说：“何况我也不在乎，婚约有什么用？我娘在匈奴也给我定了亲，我也一样不娶！我要娶的人必定是我喜欢的人，我不喜欢的，任她是王亲贵胄我也不要。”

季桑还是头一次听说他在匈奴还有亲事，奇道：“你在匈奴定过亲？怎么从来没听你提起过？”

李飞笑道：“别说你不知道，就连阿什和范叔叔也不知道啊。”

季桑打趣道：“想不到你竟也是到处欠风流债的人。你不回匈奴，那位匈奴女子岂不是望穿秋水？”

李飞急得辩解道：“冤枉啊，我可没欠风流债，我早跟我母亲说我不会娶那姑娘，况且那位匈奴姑娘早已嫁人了。”

“哦。”季桑低声道。

她更关心的其实是郭什，郭什是她的朋友，更是亲人，她不想伤害她。

“可是郭什妹妹……”季桑到底还是问了。

李飞转过头来，看着季桑说："桑儿，我是认真的，我对阿什，除了兄妹之情再没有别的。"

她并非要他说这些话，只是，阿飞说出这番话来，余者皆不重要了。季桑抬头看着李飞，眼里闪着泪花。

"我懂……"季桑低声说。

"桑儿，你是什么时候来这里的？其实我早该想到你会回你的家乡来。"李飞问道。

季桑轻轻擦掉眼泪说："从淳于衍家出来后，我曾四处去游历，有一年多的时间，后来，就想回家乡看看，此后就一直住在这里了。"

"你知道吗？霍光霍显都死了，淳于衍也死了，霍家满门被灭。你说得对，皇帝不会放过他们。"

季桑幽幽地说："也许是我在这深山里生活得久了，已经忘了仇恨，朝堂多变，江湖杀戮，俗世里我们都只是棋子，不如就在这山林里终老此生来得清净。"

季桑对俗世的平淡，李飞并不陌生，他的师父长泽剑仙就是此类人，经历过人生的大起大落，最终都将归于平静。

"是了。"李飞笑道，"你现在是仙子，可不是我们这些凡夫俗子比得了的。"

知道李飞是在取笑她，季桑羞得低下了头。

“别胡说，那都是不知道的人胡乱叫的。”

李飞却将她搂到自己身边，认真地说：“桑儿，你可知道这五年来我找你找得几乎发疯，如今你可明白我的心意？不要再离开我好吗？”

季桑点了点头。

李飞轻轻地在她额上印上一个吻。

这一次，他不会再让她离开了。